Das Buch

Als Tilly Blich sich den Traum einer eigenen Reinigungsfirma erfüllt, ahnt sie noch nicht, welche Herausforderungen ihr bevorstehen. Die Räumlichkeiten von *Plitz & Blank* entpuppen sich als heruntergekommene Kaschemme im skurrilen Städtchen Untertannbach. Statt als Chefin zu delegieren, muss Tilly wieder selbst den Wischmopp schwingen und stößt bei ihrem ersten großen Auftrag prompt auf die Leiche des ortsansässigen Architekten. Leider hat sie die vermeintliche Tatwaffe bereits gründlich gereinigt – und wird damit sofort zur Hauptverdächtigen des inkompetenten Kriminalhauptkommissars Stubs. Da hilft nur eins: selbst ermitteln. Bewaffnet mit Essigreiniger und unterstützt von Kommissarin Sarah Kraft, dem Abiturienten Leon, Kuchengöttin Gerdy und Basset Muffin kommt Tilly dem Mörder immer näher. Und gerät dabei selbst in größte Gefahr …

Der Autor

Andreas Suchanek (* 1982) verfasste bereits in Jugendjahren seine ersten Geschichten und Romane. Nach dem Studium der Informatik begann er damit, seine Geschichten hauptberuflich zu veröffentlichen. Seinen bisher größten Erfolg hatte Suchanek mit der Urban-Fantasy-Reihe *Das Erbe der Macht*, die mit dem Deutschen Phantastik Preis und dem LovelyBooks Leserpreis ausgezeichnet wurde. Er ist für seine gemeinen Twists bekannt.

ANDREAS SUCHANEK

EIN blitzsauberer MORD

Tilly Blich ermittelt

WILHELM HEYNE VERLAG
MÜNCHEN

Penguin Random House Verlagsgruppe FSC® N001967

Originalausgabe 06/2024
Copyright © 2024 dieser Ausgabe
by Wilhelm Heyne Verlag, München,
in der Penguin Random House Verlagsgruppe GmbH,
Neumarkter Str. 28, 81673 München
Redaktion: Nina Bellem
Umschlaggestaltung: zero-media.net unter Verwendung von
mauritius images/Westend61/Stefan Schurr; FinePic®, München
Satz: Uhl + Massopust, Aalen
Illustration: Alexander Gröber
Druck und Bindung: GGP Media GmbH, Pößneck
Printed in Germany
ISBN: 978-3-453-42757-0

www.heyne.de

PROLOG

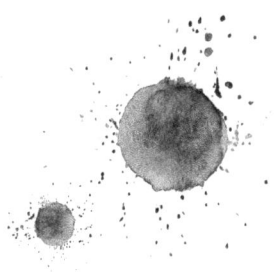

Dass es Blut war, hatte Tilly nicht wissen können.

Direkt nach ihrem Eintreffen im Architekturbüro leerte sie die Gittereimer, die unter jedem Schreibtisch standen, und fuhr mit dem Staubwedel die Rahmen der Monitore entlang. Das Raumlicht fiel durch die Glasfront des Großraumbüros auf den nahen Wald. Tilly betrachtete die Silhouette versonnen.

Hier in Untertannberg gab es viel Wald.

Sie ließ ihren Blick über die Tischplatten wandern, rückte hier und da etwas zurecht und nahm im Vorbeigehen Details wahr, die anderen möglicherweise entgangen wären.

Am Tisch eines gewissen Herbert Labunkel lagen ein paar gerahmte Fotos mit dem Gesicht nach unten. Tilly warf einen kurzen Blick darauf. Darauf war er mit seiner Frau im Urlaub zu sehen. Da stand also vermutlich eine Scheidung an. Eine Dose Deospray hatte ihren Weg neben das abgelegte Tablet gefunden. Eindeutig ein zweiter Frühling. Jedes Arbeitsreich sagte so viel über seinen Besitzer aus.

Der Dielenboden des Büros war blitzblank, Tilly verdächtigte den Chef, dass er ihn selbst poliert hatte. Hans-Josef Krumm war laut Notiz ihres Vorgängers ein Pedant.

Im Zentrum des Raumes stand außerdem die Gips-replik des aktuellen Vorzeigeprojektes des Ortes: ein moderner Glas-Beton-Bau, den das Büro entworfen hatte; das neue Rathaus von Untertannberg. Eingebettet in eine Miniaturdarstellung des umgebenden Waldes. Auch hier fand sich kein Staubkorn, was aber für Tilly sowieso unerheblich war, weil sie hier strenges Putzverbot hatte.

Schließlich konnte so ein Staubwedel im Zweikampf gegen eine Gipsskulptur schon mal den Sieg davontragen. Und sie wollte hier ja niemanden zum Weinen bringen. Der Chef des Büros war auch damit eigen, der kippte vermutlich glatt tot um, falls der Giebel abbrach. Umso verblüffter war Tilly, als es unter ihr patschte. Sie stand mit dem rechten Fuß in einer klebrigen, zähen Masse.

Das Licht war stromsparend gedimmt, daher konnte sie nicht genau erkennen, um was es sich handelte. Sie hatte die Gummihandschuhe vorhin bereits übergestreift und hielt das Reinigungsspray in der Hand. Hier war Fingerspitzengefühl gefordert. Entfernung der Verschmutzung und anschließende Politur.

Ihr Blick glitt über das Modell des neuen Rathauses. Sie erstarrte. Da hatte doch tatsächlich jemand den spitz zulaufenden Eckturm abgebrochen.

Der Chef würde zuerst explodieren und *dann* tot umfallen.

Sie machte einen weiteren Schritt vor. Beinahe wäre sie in der roten Schmiere ausgerutscht.

»Jetzt reiß dich zusammen, Tilly Blich, du bist schließlich Profi. Es gibt keinen Fleck, den du nicht wegbekommst.«

Ein paar weitere vorsichtige Schritte, und ihr offenbarte sich das gesamte Ausmaß der Sauerei. Vor ihr am Boden, halb bedeckt von der überstehenden Tischplatte, lag Hans-Josef Krumm.

Er würde jedoch nicht mehr explodieren.

Aus seiner Brust ragte in schiefem Winkel der Eckturm des Rathauses heraus, bis zum Erdgeschoss hineingerammt. Jemand hatte wohl auf Nummer sicher gehen wollen.

Im Reflex betätigte Tilly den Zerstäuber für das Reinigungsspray. Zitrusgeruch flirrte als feiner Nieselregen über das Gipsmodell und seinen Schöpfer.

Sie griff in ihre Hosentasche und zog das Smartphone hervor. Um diese Flecken mussten sich andere kümmern.

1. KAPITEL

Ein Tag zuvor

Tillys gute Laune hielt an, bis sie den Wagen vor ihrer neuen Firma parkte.

Der Weg hierher war ein einziger Freudentaumel gewesen. Zuerst hatte sie ihrem Chef in Köln die Putzhandschuhe auf den Tisch geknallt und danach die Kündigung. Nichts mehr mit Nachtschichten, flexiblen Einsätzen in sozialen Brennpunkt-Ämtern oder Gehaltskürzungen. Das jahrelange Sparen hatte sich gelohnt.

Vor wenigen Tagen hatte Tilly die Anzeige entdeckt.

Reinigungsfirma
in idyllischer Lage zu verkaufen.
Umfangreicher Kundenstamm und
engagierte Mitarbeiter inklusive.

Sie hatte kurz mit der Sekretärin telefoniert, die auch alle bisherigen Steuerunterlagen an sie geschickt hatte. Sah solide aus. Und weil Tilly es auf der einen Seite mit einem nervenden Ex und auf der anderen mit einem Chef, der sie zur Weißglut trieb, zu tun hatte, beschloss sie ihr gesamtes Erspartes in die neue Firma zu stecken. *Ihre* Firma.

Nach der Kündigung sprang sie in ihr Auto und düste, begleitet vom summenden Geräusch des Elektroantriebs, in Richtung Untertannberg. Eine Fahrt, die sie direkt ins Schwabenland führte.

Nun hielt sie vor der Fassade eines ziemlich heruntergekommenen Gebäudes, das nach außen wie ein Geschäft aus den Sechzigern aussah. Also eines, das in den Sechzigern geschlossen worden war. Auf der verdreckten Scheibe stand in großen Lettern *Plitz & Blank*.

Womöglich war es doch keine so gute Idee, ihrem alten Chef stolz die Bilder der eigenen Firma zu schicken.

Sie schluckte und stieg aus.

»Frau Blich?« Das Geräusch von Stöckelschuhen erklang. »Frau Tilly Blich?«

Vor ihr stand eine schlanke Dame in den frühen Fünfzigern. Sie trug einen eleganten Bleistiftrock, eine helle Bluse in modernem Schnitt, und die Haare waren eindeutig frisch gefärbt. Eine dezente Note Chanel N° 5 umgab sie.

»Ich fürchte schon«, sagte Tilly stockend. »Und Sie sind dann wohl …«

»Pelz. Dorothea Pelz. Ich habe meinen Mädchennamen wieder angenommen.« Sie verzichtete darauf, Tillys ausgestreckte Hand zu ergreifen, als sei diese ein Bakterienherd, den Reinigungskräfte eben so mit sich herumtrugen. »Wir haben telefoniert.«

Erst jetzt realisierte Tilly, dass Frau Pelz eindeutig nicht die Sekretärin war. »Sind Sie die Vorbesitzerin?«

»Gott bewahre, nein.« Frau Pelz lachte in einer Mischung aus Unglauben und dezentem Entsetzen. »Ich und eine Reinigungsfirma, das ginge gar nicht. Am Ende müsste ich noch hier wohnen in dieser«, ein Räuspern folgte, »wunderschönen Stadt. Wollen wir uns Ihr neues Reich ansehen?«

Frau Pelz wartete nicht auf eine Antwort. Sie kramte einen rostigen Schlüssel heraus, friemelte ihn in das Schloss und drehte ihn herum. Mit einem Schritt nach vorn wollte sie die Tür aufschieben, die jedoch ruckelnd über den Boden schabte, was dafür sorgte, dass Frau Pelz dagegen stieß. Grimmig runzelte sie die Stirn und stemmte das Hindernis mit der Schulter auf. »War doch gar nicht so schwer.« Sie keuchte.

Tilly fühlte sich in einen Albtraum versetzt. Die hochmoderne Reinigungsfirma aus ihrer Vorstellung entpuppte sich als Drecksloch, das von innen noch schlimmer aussah als von außen. Eine dicke Staubschicht lag über einer Theke, die sich vorne durch den Raum zog. Fast wirkte es, als sei dies die ehemalige Redaktion einer Zeitung. Oder die Geschäftsräume einer sehr alten Bank. Es roch muffig. Der filzbelegte Boden war vermutlich tatsächlich ein Bakterienherd. Mit Mutationsgefahr.

»Schön«, krächzte Tilly.

»Man muss hier natürlich ein wenig saubermachen«, sagte Dorothea Pelz in verschwörerischem Ton. »Aber dafür sind Sie ja perfekt geeignet.«

Vorsichtig tapste Tilly weiter in den Raum. »Und die hochmodernen Reinigungsgeräte?«

Frau Pelz ging zu einer schmalen Tür und öffnete diese. Dahinter standen ein Rollwagen, Wischmopp und Zerstäuber. »Da gibt es ja nicht viele Innovationen, ist immer noch alles top in Schuss.«

»Sieht genauso aus, wie in meiner alten Firma«, sagte Tilly tonlos.

»Ach, das freut mich aber. Da fühlen Sie sich bestimmt direkt heimisch.«

Worauf sie lieber nichts erwiderte.

In der Mitte des Raumes standen zwei Schreibtische, die aneinandergestellt worden waren. Einer davon wirkte bedrohlich schief. Auf beiden ragten klobige Monitore hervor, am Boden daneben standen uralte Computergehäuse.

»Ich bin froh, dass ich das alles los bin«, sagte Frau Pelz.

»Ach, wirklich?«

»Aber ja. Mein Mann war Tim Plitz, müssen Sie wissen, deshalb das Wortspiel im Namen.«

»Dieser Einfallsreichtum ist schon … aber so richtig«, sagte Tilly.

»Nicht wahr? Zumindest das konnte er. Bis er abgehauen ist. Von einem Tag auf den anderen. Hat mich mit nur ein paar Zeilen sitzen lassen.« Das Gesicht von Frau Pelz verdüsterte sich, als hätten sich jäh Gewitterwolken vor ihr sonniges Gemüt geschoben. »Also habe ich einfach damit angefangen, alles zu verkaufen.« Die Gewitterwolken zogen weiter und machten einem triumphierenden Funkeln Platz. »Ihre neue Wohnung hat auch ihm gehört. Und der Wagen der Firma steht im Hinterhof. Alles inklusive, Sie müssen sich um nichts Sorgen machen.«

Wenigstens die Wohnung konnte nur besser werden.

Tilly sah im Dämmerlicht der hereinfallenden Sonne die Staubpartikel tanzen. Instinktiv fuhr sie mit dem Finger über die Tischplatte. Staub. Diese Räumlichkeiten waren ein wahrer Traum für jeden Reinlichkeitsfetischisten.

»Und die engagierten Mitarbeiter?«, fragte sie mit einem letzten Rest ersterbender Hoffnung.

»Leon!«, brüllte Frau Pelz so überraschend, dass Tilly zusammenzuckte.

Hinter einer der Türen rumorte es, die Klinke wurde heruntergedrückt. Ein Jugendlicher betrat den Raum. Das braune wuschelige Haar stand perfekt durchgestylt von seinem Kopf ab, die Augen funkelten frech. Er trug ein modisches Hemd, Jeans und Sneaker. Eindeutig alles neu, ein rundum gepflegtes Auftreten. Gehobenes Elternhaus also.

»Hi«, sagte er.

Ebenso eindeutig der für Jugendliche typische, gering ausgeprägte Wortschatz.

»Du solltest doch vor dem Eintreffen von Frau Blich sauber machen.« Die ehemalige Frau Plitz stemmte die Hände in die Hüften. »Du weißt, was dir blüht, wenn du hier nicht alles gibst.«

Leon machte eine ausladende Handbewegung. »Wie wär's mit abreißen und neu aufbauen, das ginge schneller. Hier zu putzen ist doch sinnlos.«

»So, jetzt hast du es geschafft, das erzähle ich deinen Eltern.«

»Von mir aus.« Hände wurden trotzig in Hosentaschen geschoben.

»Sind dir Sozialstunden lieber?«, fragte Frau Pelz, sichtlich zufrieden, dass ihr diese Drohung eingefallen war.

»Da bin ich noch nicht sicher«, entgegnete Leon, nachdem er sich erneut umgesehen hatte.

»Also das ist doch …« Ex-Plitz wandte sich wieder Tilly zu. »Hören Sie gar nicht hin. Der Leon hat in seinem jugendlichen Leichtsinn das Auto des Vaters ein wenig …«

»Schrottreif gefahren«, bemerkte der junge Mann trocken.

»… ramponiert, wollte ich sagen. Deshalb haben wir abgesprochen, dass er Ihnen ab sofort als Mitarbeiter zur Verfügung steht, Frau Blich. Immer nach der Schule und in den Freistunden. Er ist neunzehn Jahre alt und damit volljährig.«

»Das nennt man auch erwachsen«, sagte Leon trocken.

»Vorlaut ist er manchmal, aber das ignorieren Sie irgendwann. Er ist jetzt hier und hilft. Quasi freiwillig. Mehr gibt es dazu nicht zu sagen.«

»Quasi freiwillig, um keine Sozialstunden machen zu müssen«, wiederholte Tilly ungläubig.

Frau Pelz tätschelte ihre Schulter. »Ich wusste, wir verstehen uns. Langsam müsste ich dann auch weiter. Das ist jetzt Ihr neues Reich. Oh, ich habe Ihnen noch ein Geschenk mitgebracht. Leon?«

»Steht hinten«, sagte er.

»Würdest du es netterweise holen?« Die »Bitte« kam zwischen zusammengebissenen Zähnen hervor und erinnerte an das Zischen einer Schlange.

»Okay.« Er trottete davon.

Tilly schickte ein Stoßgebet gen Himmel, dass es sich um eine Flasche Sekt oder gleich Champagner handelte. Sie musste ihren Frust irgendwie dämpfen.

Leon kehrte zurück. In seiner Hand hielt er ein längliches Paket, das vom Boden bis zu seinen Schultern reichte. »Überraschung«, sagte er trocken.

»Ein Wischmopp.« Tilly blinzelte.

Frau Pelz quietschte geradezu vor Freude. »Jetzt haben Sie zwei.«

»Wirklich, zwei Ganze.«

»Ach, gibt es auch halbe?« Frau Pelz blinzelte verblüfft. »Auf jeden Fall haben Sie jetzt einen funkelnagelneuen für sich und einen für Leon. Viel Spaß damit.« Sie wandte sich der Tür zu.

Es hatte was von einer Flucht, die Tilly nur zu gerne selbst angetreten hätte. »Stopp! Was ist denn mit meiner Wohnung?«

»Der Ludwig trifft sie dort.« Frau Pelz linste auf ihre Uhr. »In einer Stunde. Er hat auch die Schlüssel. Und du zeigst Frau Blich bitte den Wagen, Leon. Ich muss zurück, die Fahrt nach Stuttgart dauert ein Weilchen. Mein Chauffeur wartet schon.«

Und weg war sie.

Stille setzte ein.

»Du bist also sozusagen ein Sträfling«, sagte Tilly.

»Jupp.« Leon nickte.

»Warum ging es denn mit dem Auto gegen die Wand?«, fragte sie. »Betrunken oder unfähig?«

Verdutzt starrte ihr neuer Mitarbeiter sie an. In seine Augen stahl sich ein amüsiertes Funkeln. »Weder noch. Ein Kumpel saß auf dem Beifahrersitz. Hat mich abgelenkt und zack.«

»Putzt der dann auch hier?«, fragte sie.

»Nicht offiziell«, gab Leon zurück. »Er ist der Sohn von unserem hiesigen Kriminalhauptkommissar. Hab ihm gesagt, er soll abhauen. Bringt ja nichts, wenn wir beide was abbekommen.« Er dachte über Tillys Worte nach. »Aber der darf dann ruhig auch mal den Wischmopp schwingen.«

»Das wäre Schwarzarbeit, damit fangen wir nicht an.«

Tilly ging zu den Schreibtischen und stützte sich auf den, der noch gerade stand. Immerhin, kein Wackeln. Sie setzte sich auf den Stuhl und wäre beinahe hintenübergekippt.

»Also der linke Schreibtisch ist schief, beim rechten ist der Stuhl nicht mehr ganz frisch.«

»Ach«, sagte Tilly. »Danke für die Warnung.«

Sie würde mindestens eine Woche benötigen, diesen

Raum zu putzen, herzurichten und das schlimmste Chaos zu beseitigen. Für neue Möbel hatte sie kein Geld mehr. Was die Frage aufwarf, wie sie Tische, Stühle und Computer ersetzen sollte.

»Und wie ist es hier so?«, fragte Tilly.

Leon zuckte mit den Schultern. »Heruntergekommen und dreckig.«

»Ich meinte die Stadt«, stellte sie klar.

»Die meinte ich auch.« Er zwinkerte. »Aber machen Sie sich selbst ein Bild. Wo ist denn die neue Wohnung?«

Sie zog ein zusammengefaltetes Stück Papier aus der Hosentasche und las die darauf notierte Straße mit Hausnummer ab.

»Sind Sie sicher?«, fragte er.

Leon zog den anderen Stuhl heran und fläzte sich darauf.

»Steht hier.« Sie hielt den Zettel in die Höhe.

Wieder zuckten die Mundwinkel verräterisch. »Na dann.«

»Und was heißt jetzt na dann?« Tilly seufzte.

»Ist ne schöne Gegend«, gab er nur zurück.

»Ich kann dich auch Toiletten schrubben lassen«, sagte sie gefährlich leise.

»Würde eine freundliche Chefin wie Sie bestimmt niemals machen.«

»Ich lerne noch«, sagte sie mit einem Schulterzucken. »Auf dem Weg dahin macht man Fehler. Weißt du ja. Auto gegen die Wand und so.«

»Der Punkt geht an Sie.« Leon erhob sich. »Aber jetzt muss ich los. Habe heute Mittag noch einen Kurs. Morgen früh komm ich vorbei, habe die ersten Stunden frei.«

»Alles klar.«

Und damit war auch er flüchtig. Den Wagen würde sie also frühestens morgen zu sehen bekommen.

Tilly stand inmitten ihrer neuen Firma und fragte sich, wie es so weit hatte kommen können. Karma vermutlich. Ihre Kündigung war zu hochmütig gewesen. Und dabei war es noch ein Glück, dass sie ihrem Ex-Chef die Gummihandschuhe nicht ins Gesicht geknallt hatte, wie ursprünglich geplant. Antonia hatte sie davon abgehalten. Ihre beste Freundin arbeitete in einem Kosmetikinstitut und studierte nebenher Jura.

Das half ungemein, wenn es darum ging, Verträge zu prüfen. Oder Straftaten zu verhindern. Gummihandschuhe ins Gesicht zu schlagen, fiel in diese Rubrik.

»Also schön.« Tilly klatschte in die Hände. »Ich besitze eine Firma. Einen Mitarbeiter. Und einen Kundenstamm.«

Was sie zur Frage führte, wo dieser notiert war. Glücklicherweise entdeckte sie das Regal, in dem Ordner aufgereiht standen. Auf einem Rücken stand in großen Lettern Kundenliste. Sie zog ihn heraus und blätterte durch die abgehefteten Papiere.

Die gute Nachricht war, dass es tatsächlich einen Kundenstamm gab. Die schlechte, dass der Vorbesitzer alles handschriftlich notiert hatte. Sauklaue als Beschreibung traf es nicht mal annähernd.

»Man wächst an seinen Herausforderungen«, sagte sie leise. »Es sind einfach Hürden auf dem Weg zur Verwirklichung meines Traums. Absolut.«

Ihr Blick fiel auf den Wischmopp.

»Ich brauche ein Kölsch.« Die gab es doch sicher im nächsten Späti.

Die Uhr verdeutlichte Tilly, dass es bereits fünf durch war. Sie zog ihr Smartphone hervor und wollte Maps öffnen, um sich navigieren zu lassen, als sie erstarrte.

Kein Netz.

Untertannberg tat wahrlich sein Bestes, ihr den Tag vollständig zu vermiesen. Sie verließ *Plitz & Blank* und eilte zu ihrem Wagen. Dieser stand brav an Ort und Stelle. Immerhin, hier hatte sie wieder Netz, wenn auch nur zwei Balken.

Mit dem Navi ließ sie sich zur Adresse lotsen, an der die Wohnung sein sollte, die zur Firma gehörte. Sie konnte sich noch gut an ihre anfängliche Freude erinnern. Der Kaufpreis war kein Vergleich zu den unsäglichen Kosten in Köln, Karlsruhe oder gar München. Endlich konnte sie sich etwas Großes zum kleinen Preis leisten.

Was das betraf, war Tilly vermutlich immerhin besser dran als bisher. In Köln hatte sie ein Einzimmerappartement bewohnt.

Sie lenkte den Wagen durch eine Gasse und fand sich im nächsten Augenblick mitten in der Fußgängerzone wieder. In der Ferne sah sie das Café *Küchle*. Aufgrund einer seltsamen Straßenführung aus Einbahnstraßen und Sackgassen musste sie einmal um die Fußgängerzone herumfahren, bis sie schließlich die Zielstraße erreichte.

»Das ist ja nett«, murmelte Tilly. »Dann liegt meine Wohnung quasi zentral.«

Wenn sie zu Fuß überallhin kam, war die Frage nach einer Ladesäule für ihr Auto gar nicht so dringlich. Das Navi wies sie darauf hin, dass ihr Ziel in unmittelbarer Nähe lag. Verwirrt schaute Tilly zuerst in die eine, dann in die andere Richtung. Hier gab es nur Läden.

Sie parkte in einer Seitengasse und legte die letzten Meter zu Fuß zurück. Ihr Smartphone wies ihr zielsicher den verbliebenen Weg.

Tilly stoppte.

Und starrte entsetzt auf ihre neue Wohnung.

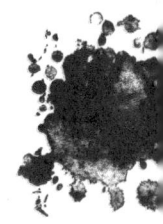

2. KAPITEL

Was Tilly so erschreckte, war nicht der Kerl, der im Eingang stand und sie mit einem offenen Lächeln begrüßte. Es war der Eingang selbst.

»Sie sind die Frau Blich?« Eine Hand streckte sich ihr entgegen. »Lunitz. Ludwig Lunitz.«

»Blich. Tilly Blich.« Sie ergriff seine Hand.

Herr Lunitz musste irgendwo in seinen Vierzigern sein. Er trug einfache Jeans, einen Pullover und darüber eine dünne Regenjacke. An der Wand in Sichtweite lehnte ein Fahrrad, auf dessen Gepäckträger eine Thermobox festgeschnallt war.

Er bemerkte ihren Blick. »Oh, keine Sorge. Ich fahre auch Essen fürs …«, er linste auf die Uhr, »… *Eintöpfle* aus.«

Tilly verstand zwar nicht, wieso er für den Namen der Gaststätte auf die Uhr schauen musste, aber gut. Hier war alles irgendwie anders.

»Außerdem bin ich der Postbote.« Er grinste breit. »Bin quasi Mädchen für alles.«

»Herr Lunitz …«

»Ludwig reicht«, unterbrach er sie.

»Tilly auch.« Sie deutete auf die Ladenfront vor ihnen.

»Angeblich ist das hier meine Wohnung. Ich sehe aber nur diesen Friseurladen.«

»Ich verstehe deine Irritation.« Er nickte verständnisvoll. »Das ist die Wohnung.«

»Ich habe befürchtet, dass du das sagst.«

»Wollen wir?« Er ging voran.

»Müssen wir wohl.« Tilly folgte.

Sie hatte sich selbst immer als starke Persönlichkeit eingeschätzt, aber Untertannberg setzte alles daran, sie aus dem Gleichgewicht zu bringen. Antonia hatte ihr empfohlen, sich endlich diese Meditations-App zuzulegen. Die war ursprünglich dazu gedacht gewesen, sie davon abzuhalten, ihren Ex-Chef nicht gleich mit dem Wischmopp zu verprügeln. Tilly hatte das Herunterladen und Zwangsmeditieren allerdings rundheraus abgelehnt. Bis heute.

Ludwig schob den Schlüssel in die Tür und drückte sie auf. Ein lautes Quietschen ließ Tilly zusammenfahren. »Der Tim Plitz hatte große Pläne mit dem Laden. Er wollte den irgendwie umbauen zu einem Loft. Aber dann ist er ja abgehauen.«

Und Tilly begriff langsam, warum.

Das Innere war komplett im Stil der Siebzigerjahre gehalten. Hinter der Tür wartete ein Hauptraum, in dem ein Holztisch stand. Der Boden war mit weißem fluffigem Zottelteppich ausgelegt. Die Tapete besaß an jeder Wand ein anderes psychedelisches Muster. Das Rot des Sofas war wie ein Warnschild in Großaufnahme. Linker Hand führte eine Wendeltreppe auf eine Galerie, von der aus man die Straße betrachten konnte.

Geradeaus ging eine schmale Treppe nach unten zu einer Küche. Sie erkannte einen Gasherd, alte Schränke und einen Kühlschrank im Retrochic, der schon fast wieder in war.

»Hat was«, meinte Ludwig.

»›Was‹ trifft es eindeutig.« Tilly fuhr mit dem Finger über den Tisch. Staub. Der Untertannberger Staub war überall.

Eine breite Treppe lag vor ihnen, sie führte in den hinteren Bereich, wo sich ein Schlafzimmer anfügte. Darin stand ein Wasserbett.

»Ist jetzt nicht wahr«, rief sie aus.

»Ich wollte ja auch immer so eins haben«, gab Ludwig zu. »Aber die sind ganz schön teuer.«

Tilly hätte ihm liebend gerne dieses hier angeboten, leider benötigte sie davor einen Ersatz.

Neben dem Bett erhob sich ein hüfthoher Tisch mit drei Beinen. Darauf stand eine Lavalampe. An der Decke hing eine Discokugel.

»Und das gehört jetzt alles mir?«, fragte sie, während sie den Schock noch verdaute.

»Herzlichen Glückwunsch.« Ludwig hielt ihr den Schlüssel entgegen.

Sie nahm ihn und nickte, darauf hoffend, dass er die Bewegung als »Danke« interpretierte.

»Es gibt auch noch Kellerräume, direkt neben dem Bad,

die schmale Tür«, erklärte Ludwig. »Die Frau Pelz lässt schön grüßen. Oh, und ich habe dir den Kühlschrank aufgefüllt. Dachte, du hast bestimmt eine lange Fahrt hinter dir. So von Köln.«

»Das ist nett.« Fand Tilly wirklich. »Woher weißt du denn, dass ich aus Köln komme?«

»Hier bleibt nichts lange geheim. Untertannberg wirkt vielleicht wie eine Weltstadt, aber in Wahrheit herrscht hier immer noch die schöne Dorfmentalität.«

»Weltstadt«, echote Tilly. »Das war mein erster Gedanke.«

»Jaja, so geht das allen Besuchern.« Ludwig nickte gewichtig.

Tilly wusste, dass die Einwohner einer Stadt in der Regel einen gewissen Stolz mit ihr verbanden. War ihr in Köln irgendwie auch so gegangen. Selbst wenn man ständig den Dreck der Leute wegputzte, war es aber eben Kölner Dreck gewesen. Untertannberg als Weltstadt zu bezeichnen, war allerdings doch eine ziemliche Übertreibung.

In der Tasche von Ludwig summte es. Er zog sein Smartphone heraus. »Ich muss los. Da hat jemand das *Töpfle*-Menü-2 bestellt. Hab einen schönen ersten Abend. Und wenn was ist, melde dich gerne. Auf dem Tisch habe ich dir die wichtigsten Unterlagen hingelegt, meine Nummer habe ich dir auch aufgeschrieben.«

Damit verschwand Ludwig zur nächsten Auslieferungstour. Immerhin konnte Tilly sich selbst hier etwas zu essen liefern lassen. Sie gähnte.

Sie ging zurück zum Auto und zog als Erstes den Karton mit ihren wichtigsten Habseligkeiten heraus. Nur viermal musste sie gehen, schon hatte sie all ihren Hausstand in der Wohnung. Damit war sie offiziell angekommen.

Der Kühlschrank war prall gefüllt mit Maultaschen, Spätzle und verschiedenen Wurstsorten. Dazu hatte Ludwig ihr ein Schönbuchbräu und eine Flasche Wein in die Tür gestellt. Auf der Anrichte lagen zwei Brezeln.

»Kulturschock.« Tilly griff nach dem Wein. Glücklicherweise fand sie im Schrank ein paar verstaubte Tassen. Sie goss den Pinot Noir in eine davon und versuchte zu entziffern, was in verschnörkelten Lettern darauf geschrieben stand: *Mr muss 's nemma wie 's kommt.*

»Ich arbeite daran«, murmelte sie.

Bewaffnet mit der Weinflasche und der Tasse, stieg sie die Wendeltreppe hinauf. Hier stand eine Couch – glücklicherweise wirkte die eher »gewöhnlich«, nicht wie ihr rotes Gegenstück im Erdgeschoss –, gegenüber an der Wand ein klobiger Fernseher. Links zog sich das Schaufenster über die gesamte Front und gab den Blick auf die Straße frei. Gerade flackerten die Straßenlaternen auf.

Tilly stellte die Weinflasche ab, sank auf das Sofa und zog ihr Smartphone hervor. Kurz darauf klingelte es.

»Meine Lieblings-Blich«, erklang eine fröhliche Stimme.

»Ach Tony-Teufel, heute nicht«, gab Tilly müde zurück.

»Oh, so schlimm?«

Auch in Antonias Stimme lag ein Hauch von Müdigkeit. Vermutlich lagen nach ihrem achtstündigen Arbeitstag jetzt wieder die Unterlagen für das Jurastudium vor ihr. Die Energie ihrer besten Freundin war einfach grenzenlos. In einigen Jahren würde sie eine eigene Kanzlei besitzen, da war Tilly sicher.

»Ich sage nur: ›Reinigungsfirma in idyllischer Lage zu verkaufen. Umfangreicher Kundenstamm und engagierte Mitarbeiter.‹ War eindeutig übertrieben.«

Sie brachte Antonia auf den neuesten Stand.

»Willst du klagen?«, fragte die Freundin sofort.

»Ginge das denn?«

Kurzes Schweigen. »Eher nicht. Wir haben die Unterlagen ja geprüft, es liegt also keine arglistige Täuschung vor. Darüber hinaus müsste ich mir im Detail ansehen, ob wir irgendwo Regressansprüche geltend machen könnten.«

Tilly seufzte. »Ich zieh das jetzt durch. Ich bin Firmeninhaberin, in der Position muss man sich auch Herausforderungen stellen. Wie ging dieser Spruch mit den Dornen und den Chancen noch mal?«

»Dornen sind Probleme, hau ab, solange du noch Chancen auf Flucht hast?«, schlug Antonia vor.

»Tony«, mahnte Tilly.

»Ach Blichy, du weißt doch, dass ich dich wieder hier haben will.« Sie zog garantiert gerade eine Schnute. »Es ist so langweilig. Heute kam eine neue Creme rein, die hätte ich so gerne an dir ausprobiert.«

Tilly stellte sich öfter zum Testen für hochwertige Kosmetika zur Verfügung. Und das war nicht immer ohne Risiko. Einmal hatte sie drei Tage lang mit einem fiesen Ausschlag zu kämpfen gehabt, was zu ein paar gemeinen Bemerkungen vom Ex-Chef geführt hatte – seinen Namen würde Tilly nie wieder aussprechen. Zum Dank hatte sie ihm die Kaffeemaschine mit Essigreiniger geputzt und vergessen, selbigen am Ende aus dem Wassertank zu entfernen.

Sie lächelte bei dem Gedanken.

»Arbeitest du wieder zu viel?«, fragte Tilly.

»Immer. Du?«

»Ab morgen sicher.«

Sie seufzten beide.

»Aber die Einwohner sind ganz nett«, sagte Tilly. »Der Ludwig hat mir einen Wein dagelassen und immerhin hat der Leon versprochen, sich die nächsten Tage um die Computer und den wackelnden Schreibtisch zu kümmern.«

»Lass ihn nur nicht hinter dein Steuer«, kam es prompt von Antonia. Sie kicherte.

»Wenn ich hier keinen Platz zum Aufladen finde, habe ich sowieso ein Problem, dann fährt mein Kleiner nämlich bald nicht mehr«, erklärte Tilly.

»Wie lief denn der Abschied?«

»Oh, das.«

»Tilly«, sagte Antonia. »Sag mir bitte, dass es kein blutiges Ende genommen hat.«

»Nur wenn du die Spritzer Ketchup auf seiner Frikadelle mitrechnest«, erwiderte sie. »Es gab ein paar Gummihandschuhe auf den Schreibtisch – nachdem ich sie zum Reinigen benutzt hatte. Sei froh, dass ich auf den Wischmopp verzichtet habe.«

»Bin ich auch. Dauert nämlich noch, bis ich dich vor Gericht vertreten darf.« Antonia seufzte. »Es ist gut, dass du da raus bist. Eure ständigen Streitereien gingen so nicht weiter. Und diese gegenseitigen Attacken.«

»Du spielst jetzt aber nicht auf den Essigreiniger an?«

»Ehrlich gesagt, dachte ich eher an den Raumduft in der Deodose«, sagte Antonia. »Wie auch immer du das hinbekommen hast.«

Tilly kicherte. »Das war herrlich. Er hat den gesamten Tag nach Veilchen gestunken. Wie ein Edelpuff.« Darauf gönnte sie sich direkt noch einen großen Schluck Wein.

Vor dem Schaufenster flanierten Pärchen, Radfahrer sausten vorbei, Spaziergänger mit hochgezogenen Schultern stemmten sich gegen den Wind. Wie auf ein geheimes Kommando prasselten erste Regentropfen an die Scheibe des Friseursalons.

»Weißt du noch, seine Gegenattacke?«, drang es aus dem Hörer.

»Wie könnte ich die vergessen?«

Ihr Ex-Chef hatte Lebensmittelfarbe in den Zerstäuber des Glasreinigers gefüllt. Daraufhin hatte sich ein Drei-Stunden-Auftrag in eine Nachtschicht verwandelt, weil die Fensterscheibe mühsam doppelt gereinigt werden musste.

»Das war quasi ein Rosenkrieg ohne Rosen«, brachte Antonia es auf den Punkt. »Und deshalb ist es gut, dass du jetzt Chefin einer Reinigungsfirma mit einem engagierten Mitarbeiter bist. Damit komme ich zum Ende meines Plädoyers, Euer Ehren.«

Eines Tages würde Antonia im Gerichtssaal stehen und dem gegnerischen Anwalt ihre Argumente entgegenschmettern. Vermutlich dann aber ohne gleichzeitiges Nagelfeilen. Der konzentrierte Klang ihrer Stimme ließ daran keinen Zweifel.

»Du vergisst die Tatsache, dass ich keinen Cent mehr auf dem Konto habe und meine Firma nicht mal vernünftig ausstatten kann«, sagte Tilly.

»Ach was, ein paar Aufträge und es ist genug, damit du an die Arbeit gehen kannst.« Antonia wirkte überzeugt.

Ihre Energie und gute Laune waren ansteckend, und Tilly merkte, wie ihre verkrampften Muskeln sich zusehends entspannten. Möglicherweise war auch der Wein daran schuld, aber sie nahm, was sie kriegen konnte. »Tust du mir einen Gefallen?«

»Jeden. Mit Ausnahmen.«

»Schick mir ein Paket Kölsch«, bat sie. »Ich habe die Befürchtung, dass ich hier nur lokales Bier finde. Und sehr viele Maultaschen.«

»Alles klar. Ich packe auch noch ein Alt mit rein.«

»Antonia!«

»Nur ein Scherz«, wiegelte diese ab. »Du hältst die kölsche Ehre sogar im Ausland aufrecht. Also quasi im Aus-Bundesland.«

»Das Restaurant im Ort – und ich unterstelle, dass es nur eines gibt – heißt *Eintöpfle*.«

»Ist doch süß!«

»Finde ich auch. Morgen schaue ich mal vorbei.« Tilly

nickte ihrem Spiegelbild in der dunklen Scheibe zu. »Und sobald ich es etwas wohnlicher habe, kommst du mich besuchen, ja?«

»Versprochen. Und jetzt widme ich mich wieder dem Polizei- und Ordnungsrecht.«

»Klingt spannend.«

»Sei froh, dass du in deinem Metier nicht mit Mord konfrontiert wirst.«

»Wer weiß«, sagte Tilly. »Als Reinigungskraft lebt man gefährlich. Aber ich habe ja meinen Wischmopp. Und falls doch mal etwas passiert, weiß ich, an wen ich mich wenden kann.«

»Bis bald, Lieblings-Blich.«

»Bis bald, Tony-Teufel.«

Es tutete hektisch, als die Verbindung unterbrochen wurde. Tilly schenkte sich noch einmal nach, beschloss aber, es bei dieser letzten Tasse zu belassen. Zur Feier des Tages hin oder her, morgen ging es richtig los. Sie hatte bereits ins Auftragsbuch geschaut, das Dorothea Pelz ihr geschickt hatte, und das Architekturbüro Krumm war der erste Kunde auf der Liste.

Davor galt es, das Büro auf Vordermann zu bringen und einige Erledigungen auf dem Bürgeramt abzuhaken. Darunter die Ummeldung. Wenigstens würde es hier nicht so eine lange Schlange geben wie in Köln. Das blieb zumindest zu hoffen.

Sie gähnte und stellte die Tasse ab.

Sekunden später war sie eingeschlafen.

3. KAPITEL

Der kommende Morgen erwies sich als einer von der kopf-schmerzlastigen Sorte. Tilly verfluchte sich selbst für die zweite Tasse Rotwein. Sie schüttete drei Gläser Wasser in sich hinein, vertilgte eine Brezel und verließ ihr neues Domizil.

Für das heraufziehende Wochenende nahm sie sich vor, alles hier zu putzen. Insbesondere auf der Fenster-scheibe mit der Aufschrift *Plitz & Blank* hatte sich eine dicke Dreckschicht angesammelt.

Sie erreichte den Laden, schob den Schlüssel ins Schloss und knallte gegen die Tür, weil die sich nicht bewegte. In Erinnerung an Dorothea Pelz warf sie sich mit der Schul-ter dagegen und ruckelte so lange daran, bis der Spalt breit genug war, um eintreten zu können.

»Die Liste wird immer länger und länger.«

Tilly stellte ihre Tasche ab und begab sich auf die Suche nach der Kaffeemaschine. Zumindest die musste es hier geben. Die Küche war ein schmaler Raum von wenigen Metern Länge. Die Kaffeemaschine sah aus, als hätten Ge-nerationen von Bakterien dort ihr Leben verbracht, um dann im hohen Alter zu sterben und der nächsten Gene-ration das Feld zu überlassen.

Tilly schnappte sich den Essigreiniger und schrubbte alles ordentlich. Kaffeepulver war vorhanden, Filter ebenso. Fünf Minuten später lag der Duft einer frisch aufgebrühten Röstung in der Luft.

So musste der Morgen beginnen. Sie war sicher, mit einer Tasse Kaffee und einem Stück Nugatschokolade konnte sie sich allem stellen.

Ein Scheppern erklang.

Tilly runzelte die Stirn. »Hallo?!«

Hinter der Tür zum rückwärtigen Bereich, den sie noch nicht vollständig durchsucht hatte, rumorte es. Die Tür wurde geöffnet.

»Leon. Du bist aber früh dran.« Tilly starrte den Teenager verdutzt an.

»Ja. Ich wollte mich hier ja um einiges kümmern.« Seine Wangen nahmen einen dezenten Rotton an. »Putzen und so.«

Jemand trat neben ihm durch die Tür. »Hi. Ich bin Patrick Stubs. Wir haben ...«

»Verstehe«, sagte sie. »Geputzt.«

»Richtig.«

Der junge Mann war etwa im gleichen Alter wie Leon. Vermutlich ein Klassenkamerad. Und wenn Tilly eines sofort erkannte, dann, dass die beiden definitiv nicht geputzt hatten.

»Also ...«, setzte Leon an.

»Ich komme aus Köln«, stellte Tilly klar. »Mir ist bewusst, dass ihr nicht den Wischmopp geschwungen habt.«

Damit hatte sie zwei Tomaten vor sich. Rote Wangen, betretene Blicke. Wie verhielt man sich in so einem Fall? Beide waren schließlich volljährig. Trotzdem war Tillys neue Firma keine Knutschbude. Aber das musste sie mit Leon allein besprechen. »Wollt ihr einen Kaffee?«

Beide entspannten sich sichtlich.

»Gerne«, sagte Patrick.

Tilly ging zur Küche und schenkte ihnen allen eine Tasse ein. »Und ihr habt Freistunde?«

»Japp«, erwiderte Leon ein wenig zu schnell.

Tilly verdrehte die Augen. »Leon.«

»Boah, es ist nur Deutsch«, gab er zurück.

»Nur Deutsch«, echote sie. »Ich kann mir vorstellen, was eure Eltern dazu sagen würden.«

Patrick zuckte zusammen. »Mein Vater würde ausrasten. Er sagt immer, dass ich einen Einserschnitt im Abi brauche, wenn ich in seine Fußstapfen treten will. Aber das will ich eigentlich gar nicht.« Er warf fünf Stück Würfelzucker in seine Tasse und hielt Leon die Packung hin.

Der lehnte ab und trank seinen Kaffee schwarz. Lange kannten die beiden sich also noch nicht auf die Art.

»Was macht dein Vater denn beruflich?«, fragte Tilly.

Sie hatte einen Schuss Milch in ihre Tasse gegeben und genoss den emporsteigenden Duft. Eines schien ihr nach nicht einmal vierundzwanzig Stunden in Untertannberg eindeutig: Langweilig würde es hier nicht werden.

»Er ist der Kriminalhauptkommissar«, sagte Patrick.

Womit sie also den Beifahrer des Unfalls vor sich hatte.

»Na, mit dem habe ich eher weniger zu tun.« Tilly trank einen Schluck. »Die haben laut der krakeligen Unterlagen, die mein Vorgänger mir hinterlassen hat, eine andere Reinigungskraft.«

Sie würde heute einen Zeitplan aufstellen, damit sie die Aufträge sauber notieren und Leon einlernen konnte. Für heute stand wenigstens erst gegen Abend etwas an.

»Wie war das eigentlich in der Zwischenzeit?«, fragte Tilly. »Seit der Herr Plitz verschwunden ist, hat ja niemand mehr bei all den Kunden geputzt.«

Leon hatte seinen Kaffee bereits inhaliert und schenkte sich nach. »Die Frau Pelz hat eine Übergangskraft kommen lassen. Sie wollte die Kunden erhalten, damit die Firma nicht an Wert einbüßt.« Er grinste rotzfrech. »Damit auch ja alles State of the Art bleibt.«

»Wir kriegen das beide schon hin«, sagte Tilly zuckersüß. »Das bedeutet ganz viel putzen in naher Zukunft.«

Sein Grinsen verschwand, als hätte sie einen Schalter umgelegt.

Aus dem Hauptraum erklang ein Scheppern. Irgendjemand war gegen die Tür geknallt.

»Und die müssen wir irgendwie ölen«, sagte Tilly im Hinausgehen. »Neue Scharniere wären auch nicht schlecht.«

Es ruckelte, die Tür wurde einen Spaltbreit geöffnet. Im nächsten Augenblick schoss ein pelziges Bündel auf vier Pfoten durch den Raum, fand eine Lücke im umlaufenden Tresen und beschnupperte alles euphorisch. Schließlich rannte der Hund zwischen Leon, Patrick und Tilly hin und her.

»Wie süß!«, rief Leon.

Er ging in die Knie und gab ihm ein paar Streicheleinheiten.

Das Tier hatte Fell, das ihm viel zu groß war. Was vermutlich daran lag, dass es sich um einen Welpen handelte. Die Schlappohren hingen bis zum Boden. Eine weißbraune Maserung überzog den kleinen Körper.

»Guten Morgen«, erklang eine Stimme.

Tilly sah auf. Es gelang ihr gerade noch, ihre Kinnlade nicht herunterfallen zu lassen. Im Eingangsbereich stand ein Kerl mit breiten Schultern, dunklem Haar und Dreitagebart. Er trug Jeans und Turnschuhe, darüber einen Pullover. Lachfalten umrahmten seine Augen.

»Deichfalls«, brachte sie hervor. »Ich meine, gleichfalls.«

»Sie sind die neue Chefin von *Plitz & Blank,* Frau Blich, richtig?«

»Absolut.« Sie fing sich wieder. »Und Sie sind?«

Er streckte die Hand aus. »Sascha Neumann. Ich habe eine Hundezucht hier im Ort.«

Der pelzige Minihund hatte sich mittlerweile auf den Rücken gedreht, alle viere von sich gestreckt und ließ sich von Leon und Patrick den Bauch kraulen.

»Das ist ein ganz entzückender Hund«, versicherte Tilly.

»Freut mich, dass Sie das sagen«, erwiderte Herr Neumann. »Er ist ein reinrassiger Basset. Und genau genommen ist es nicht meiner, sondern Ihrer.«

Tilly benötigte einen Augenblick, um die Worte vollständig zu realisieren. »Bitte was?«

»Ihr Vorgänger, der Herr Plitz, wollte unbedingt einen haben«, erklärte Herr Neumann. »Und um Steuern zu sparen, hat er den irgendwie über die Firma gekauft. Hat angegeben, dass es das neue Maskottchen wird. Ging wohl sogar durch. Auf jeden Fall ist alles bezahlt, und Sie sind die neue Inhaberin, darum gehört der Racker Ihnen.«

»Mir«, echote Tilly.

»Ihnen.«

»Der Hund.«

»Exakt.« Sascha blickte liebevoll zu dem Krümel hinüber. »Ich habe Ihnen natürlich auch das richtige Futter, Leinen und ein Hundekörbchen mitgebracht. Und eine genaue Anleitung, wie oft sie ihn füttern sollten.«

Tilly schluckte. Wie kam sie aus der Nummer nur wieder heraus? Sie hatte noch nie ein Tier gehabt. Was, wenn sie etwas falsch machte? Und woher sollte sie die Zeit nehmen? Schließlich konnte sie den Hund nicht einfach zur Arbeit … eigentlich konnte sie doch, sie war ja die Chefin.

»Den Blick kenne ich«, sagte Sascha sanft.

Tilly bekam eine Gänsehaut. »Ach ja?« Vermutlich wurde er oft angestarrt. Wie peinlich!

»Sie fühlen sich überfordert«, erwiderte er. »Das geht werdenden Eltern immer so. Und im Prinzip ist so ein kleines Kerlchen wie Familienzuwachs.«

Ach ja, er sprach von dem Hund. »Das stimmt.«

»Was halten Sie davon«, sagte er einfühlsam und

schenkte ihr einen Gänsehaut-Blick aus tiefbraunen Augen. »Sie gewöhnen sich erst mal an ihn, und ich schaue einmal am Tag vorbei. Außerdem biete ich jeden Donnerstag Hundetraining auf der Wiese bei meinem Haus an. Entgegen aller Gerüchte kann ein Basset nämlich durchaus erzogen werden. Wie klingt das?«

»Gut.« Alles, was er sagte, klang gut. Moment, hatte sie gerade zugestimmt?

»Wunderbar.« Herr Neumann klatschte in die Hände, was Tilly aus ihrer Trance befreite. »Ich hole den Futtersack und die übrigen Sachen.«

Er ging zur Eingangstür und schob sich durch den Spalt. Für einige Sekunden blieb Tillys Blick auf seinem knackigen Hintern ruhen. Als sie sich umdrehte, grinsten Leon und Patrick sie an.

»Was?«, fragte sie.

»Jeder findet ihn scharf«, sagte ihre neue sehr engagierte Reinigungshilfskraft. »Wir auch.«

Tilly schnaubte. »Er ist *nett*.«

»Und sein Knackarsch erst«, ergänzte Leon verträumt.

»Schluss damit«, verlangte sie.

An welcher Stelle war sie eigentlich falsch abgebogen? Ihr Ausruf schien ein gewisser pelziger Vierbeiner auf jeden Fall fälschlicherweise als Kommando zu verstehen. Prompt flitzte er zu Tilly, beschnupperte ihre Beine und wedelte mit dem Schwanz. Sie hielt ihm die Hand hin, dann kraulte sie sein Fell.

»Du bist ganz schlimm«, sagte sie. »Bestimmt kann

man dir nichts abschlagen. Aber damit du es weißt, ich werde eine total strenge Hundemama sein. Da kenne ich gar nichts. Findet ihr nicht auch, er sieht ein wenig abgemagert aus? Sollen wir ihn gleich füttern?«

»Ich sehe schon, in wenigen Tagen wird aus dem Basset ein Mops«, bemerkte Leon.

»Du bekommst gleich Doppelschichten, mein Lieber.«

»Geht nicht.« Er warf einen Blick auf die Uhr. »Die Freistunde nähert sich leider, leider dem Ende.«

Patrick neben ihm nickte. »Und es steht Mathe an. Da dürfen wir nicht zu spät kommen.«

»Ihr mögt Mathe, könnt Deutsch aber nicht leiden?«, fragte Tilly, während ihre Hand weiter den Hundebauch massierte.

Sascha zwängte sich durch die Tür zurück in den Raum.

»Wie heißt das Kerlchen eigentlich?«, fragte Tilly.

»Wir müssen dann mal los«, fiel Leon ihr ins Wort. »Aber heute Nachmittag komme ich wieder. Ach, du brauchst dringend eine Sekretärin, das Telefon hat schon dreimal geklingelt.«

»Muffin«, sagte Sascha.

»Das ist ja nett, wäre aber nicht nötig gewesen.« Das freute Tilly jetzt doch, sie hatte ein wenig Hunger.

»Der Hund«, sagte Sascha.

»Was ist mit ihm?«

»Sein Name ist Muffin.« Muskulöse Oberarme zeichneten sich unter dem Pulli ab, als er den Sack mit dem Essen abstellte.

»Keine Ahnung, wer dran war«, sagte Leon. »Bin ja nicht ran gegangen. Ich soll hier ja putzen und nicht Sekretär spielen.«

»Arbeitsmoral: sechs«, kommentierte Tilly. »Der Hund heißt wirklich Muffin?«

Die beiden Jungs – mochten sie tausendmal volljährig sein, Tilly konnte sie einfach nicht als Männer bezeichnen – winkten ihr zum Abschied zu.

»Das ist der M-Wurf«, erklärte Sascha. »Alle Namen beginnen mit dem Buchstaben M. Und Herr Plitz hatte sich Muffin ausgesucht.«

Womit Tilly leben konnte.

Der Winzling hatte mittlerweile den Futtersack bemerkt, sprang auf ihn zu und kratzte mit den Krallen über die Verpackung.

»Seien Sie vorsichtig«, warnte Herr Neumann. »Das können die tagelang machen, und am Ende ist ein Loch drin. Bassets sind überaus geschickt, wenn es darum geht, Essen zu stibitzen.«

»Keine Sorge«, sagte Tilly. »Ich werde eine knallharte Hundemama sein.«

Unverschämterweise wirkte Herr Neumann jetzt skeptisch. »Ich drücke Ihnen die Daumen.« Er schmunzelte.

Woraufhin Tilly ihm nicht mehr böse war. »Sie werden schon sehen, das wird was mit uns beiden.« Ihre Wangen wurden heiß. »Also mit Muffin und mir. Ich mag Muffins. Hunde. Hunde und Muffins. Ich muss jetzt arbeiten.« So also fühlte sich ein Auffahrunfall mit Worten an.

Herr Neumann schenkte ihr zum Abschied ein Lächeln, legte ihr im Hinausgehen alle Unterlagen auf den Tisch und ruckelte die Tür hinter sich zu.

Stille breitete sich aus, nur unterbrochen vom Kratzen kleiner Krallen am Futtersack.

»Also wir beide, hm?«

Muffin sah kurz zu ihr auf, schenkte ihr einen Herz-schmelz-Blick, jaulte und kratzte weiter. Glücklicherweise wirkte der Futtersack robust.

»Dieser Plitz war schon ein Mistkerl«, sagte Tilly. »Haut einfach ab und lässt Frau, Hund und Firma im Stich. Aber gut. Eine Blich hat noch nie aufgegeben.«

Sie stellte das Hundekörbchen auf, dessen Innenseite total flauschig war. Muffin linste kurz herüber, ließ sich ansonsten aber nicht von seiner Mission abbringen.

Tilly schnappte sich den Futtersack und verstaute ihn mit den Reinigungsgeräten im Schrank. Als das Ziel seiner Sehnsucht hinter einer wackeligen Holztür verschwand, begann Muffin mit der Erkundung seines neuen Reviers.

Zuerst ließ Tilly ihn machen. Als der Kleine sich aber den Steckdosen näherte und danach auf den wackligen Schreibtisch zusteuerte, lief sie sicherheitshalber hinter ihm her. Ein wenig dämlich kam sie sich schon dabei vor. Doch besser, als wenn ihm etwas geschah. Müde wurde er auf jeden Fall nicht so schnell.

Sie warf einen Blick auf die Uhr.

Um 19 Uhr sollte sie bei der Firma Krumm auftauchen, um dort das gesamte Architekturbüro zu putzen. Bis dahin musste sie sich wenigstens einen Überblick über die nächsten Tage verschaffen und einen Zeitplan erstellen. Den Besuch beim Amt verschob sie in Gedanken bereits. Einkäufe erledigen konnte sie auch später noch.

Als Muffin endlich in sein Körbchen ging, um seinen wohlverdienten Welpenschlaf zu halten, warf Tilly einen Blick in den Hinterhof.

Eigentlich hätte sie es sich denken können. Vor ihr stand ein knallrosa Bus, der von oben bis unten mit Blumen bemalt war. Mit schwarzer Schrift prangte über einer Sonnenblume ein trotziges *Plitz & Blank.*

Tilly kehrte zurück in den Geschäftsraum und sank auf ihren Schreibtischstuhl. Der prompt wieder nach hinten kippte. Fluchend schaltete sie den Rechner ein, um wenigstens etwas Produktives zu tun.

Das Gehäuse ratterte.

Kurz darauf erschien das Windows-98-Logo.

Sie seufzte. »Schlimmer kann es wirklich nicht mehr werden.«

Welch ein Irrtum.

4. KAPITEL

Tilly öffnete die Tür, schob den Putzwagen in den Raum und verschloss sie wieder hinter sich. Der Geruch von künstlichen Veilchen stieg ihr in die Nase – künstliches Raumaroma. Der Eingangsbereich war schmal gehalten. Es gab einen Garderobenständer, eine Tür führte weiter in den Hauptbereich. Rechter Hand führte eine Treppe nach oben. Dass sie das Bürohaus überhaupt betreten konnte, verdankte sie ihrem Vorgänger. Tim Plitz hatte einen Schlüsselring in einer Schublade deponiert, an dem beschriftete Schildchen angebracht waren. Die meisten seiner Kunden wussten vermutlich nicht einmal, dass der Inhaber fort war. Das war gar nicht schlecht, so dachten die meisten vermutlich, dass sie eine Angestellte der Firma war und Tilly konnte erst einmal Vertrauen aufbauen. Die Schlüssel öffneten die Gebäudetüre zu jenen Geschäften, Häusern und Ämtern, in denen Tilly putzte.

Das Architekturbüro Krumm befand sich in einem weitläufigen Haus, das an den Wald angrenzte.

Muffin trottete neben ihr her und biss immer mal wieder in die Leine, die er gar nicht mochte. Doch laut den Notizen von Herrn Neumann musste sie ihn langsam daran gewöhnen.

»Wir fangen oben an«, erklärte sie ihm. »Dann arbeiten wir uns nach unten vor, damit nicht alles direkt wieder dreckig wird, sobald wir durchgehen.«

Wenn Tilly mit dem Winzling sprach, lauschte er andächtig und vergaß die Leine. Allerdings nur, bis sie schwieg. Dann ging das Theater von vorne los. Auf dem Weg hierher hatte Muffin sich zweimal einfach auf den Boden geworfen und sich geweigert weiterzugehen. Einzig die kleinen Leckerlis hatten geholfen.

»Ich bekomme ein ganz neues Gefühl für die armen Mütter, die das tagtäglich mit ihren Kindern erleben«, sinnierte Tilly schmunzelnd.

Sie ließ den Putzwagen stehen, nahm Staubwedel und Wischmopp heraus und ging die Treppenstufen hinauf. Muffin band sie seitlich am Geländer fest. In diesem frühen Alter sollte er die Stufen noch nicht nach oben klettern, und so lernte er auch, auf sie zu warten.

Im oberen Stockwerk gab es insgesamt vier Räume. Einer davon war eine Küche. Tilly reinigte mit zielsicheren Handbewegungen die Oberflächen, schob dreckiges Geschirr in die Spülmaschine – Gabeln, Löffel, sogar ein ziemlich großes Messer. Sie schaltete die Maschine auf das Hygieneprogramm. Das Geräusch einer laufenden Spülmaschine wirkte auf Tilly stets beruhigend. Der Kühlschrank konnte warten, die Fenster mussten es sowieso. Laut Unterlagen hatte sie zwei Stunden, um fertig zu werden, mehr wurde nicht bezahlt. Der Müllbeutel aus der Küche bildete den Abschluss. Von Mülltrennung hatten die hier noch nichts gehört. Eine einfache Maschine für Filterkaffee stand auf der Anrichte.

Im Büro des Chefs stand zusätzlich ein Deluxe-Vollautomat bereit. An den Wänden hingen Urkunden, dazwischen Schwarz-Weiß-Aufnahmen von Hans-Josef Krumm. Er war in den Fünfzigern, besaß eine Halbglatze und ein auffallend kantiges Gesicht. Sein Blick war hart.

Alle möglichen Preise standen auf einem hüfthohen Schrank. Und das waren eine Menge. Das Architekturbüro war offenbar deutschlandweit bekannt. Auf mehreren flachen Säulen sah sie kleine Gipsrepliken von Gebäuden.

Im Erdgeschoss bellte Muffin.

»Ich bin gleich fertig!«, rief Tilly.

Sie wischte überall Staub.

Auf der Schreibtischplatte lagen verschiedene Papiere, darunter auch Kontoauszüge. Sie pfiff laut, als ihr eine Zahl entgegensprang. Wenn das die üblichen Summen für die Fertigstellung von Aufträgen waren, hätten ihr schon zwei bis drei Großprojekte für den Rest ihres Lebens gereicht.

»Von Firmenchefin zu Firmenchef kann ich Ihnen nur sagen, Herr Krumm, Sie sollten mich besser bezahlen«, murmelte Tilly. »Deutlich besser.«

Zudem sollte er die Kontounterlagen nicht so herumliegen lassen. Aber ab einem gewissen Reichtum war das möglicherweise auch egal.

Herr Plitz hatte zu jedem der Objekte das Wichtigste festgehalten. Zu welcher Zeit und in welchem Intervall gereinigt werden sollte und was es zu beachten galt. Hier war es lediglich die zentrale Gipsreplik des neuen Rathauses, das die Firma entworfen hatte, die sie nicht anrühren durfte. Bis jetzt war es noch nicht gebaut worden, wann mochte es wohl so weit sein?

Tilly betrat das dritte Zimmer. Hier waren eindeutig Mitarbeiter untergebracht, denn es standen vier Tische in einer U-Form der Tür zugewandt. Auf jedem davon ein Mac, es gab identische Blöcke und Stiftsammlungen. Alles war akkurat aufgeräumt.

»Entweder sind alle hier überaus ordentliche Menschen, oder sie haben Angst vor ihrem Chef«, murmelte Tilly.

Sie hatte schon immer ein Auge dafür gehabt, aus winzigen Details ganze Lebensgeschichten zu konstruieren.

Auf einem der Tische lag eine Packung Nikotinkaugummis. Jemand wollte sich das Rauchen abgewöhnen. Der Aschenbecher stand direkt daneben. Kein gutes Zeichen. Die permanente Versuchung in unmittelbarer Reichweite.

Auf einem der Tische standen zahlreiche Fotos in Rahmen. Alle zeigten Urlaubsumgebungen, in denen eine Frau mittleren Alters zu sehen war. Tilly schätzte sie auf Anfang vierzig, das Haar war perfekt gestylt. Die Kleidung war nicht von der Stange, auf einem Bild hielt sie eine Birkin Bag – so eine Tasche kostete mindestens 8000 Euro. Eine gewöhnliche Arbeitnehmerin kaufte die nicht mal eben so. Ihr soziales Umfeld bestand eindeutig aus weiteren reichen Personen.

Tilly säuberte auch die anderen Tische. Langsam wurde es jedoch an der Zeit, unten weiterzumachen.

Ein Bellen hinter ihr ließ Tilly zusammenzucken.

»Muffin!«

Dem Winzling war es gelungen, sich aus dem Halsband zu winden. Um ihn herum lagen die Reste der Mülltüten, die Tilly am Eingang der Räume aufgestellt hatte. Sie bestanden nur noch aus Plastikfetzen, dazwischen lagen Essensreste und Verpackungsmüll verstreut. Muffins Fell war von oben bis unten verklebt. Tilly erkannte eindeutig Pudding, außerdem Nutella, und auf den Resten eines Apfels kaute er gerade herum.

»Großartig. Ich hätte wissen sollen, dass dieser Tag eine Katastrophe wird.«

Muffin wälzte sich im Abfall, wedelte mit dem Schwanz und fühlte sich eindeutig pudelwohl. Oder eher bassetwohl.

»Böser Muffin!«, rief Tilly.

Was ihm vollkommen egal war. Mit einem genervten Seufzen sammelte sie den Dreck zusammen. Zukünftig musste sie sich etwas anderes einfallen lassen. Mit deutlicher Verspätung ging es endlich nach unten. Zuerst brachte sie Muffin für die letzten zwanzig Minuten ins Auto. Die Scheiben drehte sie etwas herunter, bis sie einen Spalt offen waren, und es war dunkel, daher bestand keine Hitzegefahr.

Tilly schob den Putzwagen durch den unteren Bereich, wo einzelne Arbeitsstationen aufgebaut waren. Hier saß dann wohl das niedere Volk.

Im Zentrum des Raums entdeckte sie schließlich die

Gipsreplik des Rathauses. Ein seltsamer Geruch lag in der Luft, der Tilly verdeutlichte, dass ihre Anwesenheit dringend notwendig war.

Die Räder des Putzwagens quietschten.

Vor der offenen Balkontür zum Wald hinaus erklangen ferne Geräusche der Natur; das Heulen einer Eule, das Rascheln von Gestrüpp.

Und dann fand Tilly die Leiche.

5. KAPITEL

Der Anblick war im ersten Augenblick so surreal, dass Tilly mit der Sprühflasche einfach nur dastand und den Toten anstarrte. Der abgebrochene Turm der Gipsreplik, das Blut, die im Tod erstarrten Augen – in Schockstarre nahm sie all das einfach nur wahr.

Nach einer gefühlten Ewigkeit stellte sie die Sprühflasche ab, zog das Smartphone hervor und wählte die Nummer der Polizei. Die diensthabende Beamtin, eine Kriminalkommissarin namens Sarah Kraft, wollte sofort ein paar Beamte schicken. Und auch einen Notarzt, obgleich Tilly ihr versicherte, hier käme jede Hilfe zu spät.

Nachdem sie aufgelegt hatte, stand Tilly noch eine Minute still im Raum.

Vor vielen Jahren, ganz zu Beginn ihrer Karriere als Reinigungskraft, hatte sie für eine ältere Dame in Köln geputzt. Nach dem zweiten Einsatz erwartete sie bei ihrem Eintreffen die Polizei. Angeblich habe Tilly eine wertvolle Perlenkette gestohlen. In diesem Augenblick hatte es ihr vor Entsetzen die Sprache verschlagen. Hinzu kam der natürliche Respekt vor der Polizei. Dieser war dann recht schnell gewichen, denn die Vorwürfe waren zwar völlig haltlos, doch die Beamten standen kurz davor, sie festzunehmen.

Tilly gelang es damals, sich zu beruhigen. Sie erinnerte sich daran, dass die alte Dame am Tag zuvor Besuch von ihrem Enkel erhalten hatte. Sie begann kurzerhand, selbst zu ermitteln. Besagter Enkel war Student, hatte Geldprobleme und ein Pfandhaus in der Nähe seiner Studentenbude.

Die Sache war damit geklärt und wurde stillschweigend zu den Akten gelegt. Eine Entschuldigung hatte Tilly nie erhalten.

Seit diesem Tag hatte sie – zuerst instinktiv, dann bewusst – begonnen, alle Fakten ihrer Umgebung aufzunehmen. Sie analysierte die Möbel, die Umgebung, den Zustand der Räume bei ihrem Eintreffen. Welche Bilder standen wo, wer war darauf zu sehen. Außerdem hatte sie Antonia auf Kurzwahl. Noch einmal würde sie sich nicht so einfach verdächtigen lassen.

Bedauerlicherweise kamen ihr nun zahlreiche Details in den Sinn, die sie zuvor zwar wahrgenommen, aber über die sie nicht weiter nachgedacht hatte.

Bei ihrem Eintreffen war die Balkontür noch verschlossen gewesen. Jetzt war sie es nicht mehr. Der Täter hatte sich also eindeutig noch hier befunden, als Tilly eingetroffen war. Das Bellen von Muffin wies ebenfalls in diese Richtung. Er hatte plötzlich damit begonnen, während sie oben die Zimmer geputzt hatte.

Tilly stöhnte auf, wütend über sich selbst, als sie begriff. Das schmutzige Messer, das sich aktuell in der Spülmaschine befand (Hygienespülgang) war blutig gewesen.

Kein Täter war so dämlich, die Tatwaffe einfach so zurückzulassen. Der abgebrochene Turm musste post mortem benutzt worden sein. Der Täter hatte also das Messer eingesetzt, die Tat dann jedoch mit dem Turm zu Ende gebracht. Und während dieser in der Wunde verblieb, hatte er das Messer in der Küche reinigen wollen.

Ergo musste er ihr Eintreffen beobachtet haben, war im Folgenden ins Erdgeschoss geflüchtet. Und während sie oben war und die Tatwaffe mit ihren Fingerabdrücken beglückte und danach auch noch reinigte, war er hier unten abgehauen. Über die Terrassentür.

Der Todeszeitpunkt des Opfers musste also um den Moment ihres Eintreffens liegen. Vermutlich war Hans-Josef Krumm direkt davor getötet worden.

»Das ist gar nicht gut«, flüsterte Tilly.

Glücklicherweise war sie hier nicht in Köln, sondern in Untertannberg. Diese Kriminalkommissarin am Telefon hatte ganz nett geklungen.

Tilly fragte sich, was Hans-Josef Krumm hier überhaupt noch um diese Uhrzeit getan hatte. Möglicherweise wollte er sie begrüßen? Sie einweisen? Oder Überstunden schieben.

Der Klang von Sirenen holte sie aus ihrer Analyse zurück in die Wirklichkeit. Das Zucken von Blaulicht wurde sichtbar, die Sirenen verstummten. Zwei Autos, schätzte Tilly. Auch wenn sie von ihrer Position den Bereich vor dem Haus nicht sehen konnte.

Jemand hämmerte gegen die Tür.

»Aufmachen, Polizei!«, erklang eine barsche Männerstimme.

Nun war Tilly in einem Zwiespalt gefangen. Sie hatte Blut an ihren Schuhsohlen, was bedeutete, sie verteilte selbiges überall, wenn sie ihren Standort verließ. Wies sie die Polizei aber auf die geöffnete Balkontür hin, würden womöglich Spuren des Täters vernichtet werden. Was also tun?

Tilly bückte sich, öffnete die Schnürsenkel und stieg aus ihren Schuhen. Auf Zehenspitzen und in Socken ging es dann zur Tür. Sie drückte die Klinke herunter und zog diese nach innen auf.

»Ich habe Sie angerufen«, sagte sie. »Tilly Blich, Reinigungskraft. Der Tote liegt dort vorne.« Sie deutete in den Hauptraum.

Die grimmige Stimme gehörte zu einem untersetzten Mann in den Fünfzigern. Seine markanteste Eigenschaft war die Nase, die aus seinem Gesicht hervorstach. Sie war etwas zu groß. Seine Augen funkelten anklagend, als wäre der Fall bereits sonnenklar. Er trug zivil.

»Kriminalhauptkommissar Stubs.« Die Worte kamen so unfreundlich, dass er seinen niedlichen Namen damit auf einen Schlag konterkarierte. »Sie bleiben hier«, sagte er.

Und schon war er an ihr vorbei. Hinter ihm betrat eine Frau den Raum. Sie hatte dunkle Locken, die ihr bis auf die Schultern fielen. Womit sie einen Kontrast zu Tilly darstellte, die ihr dunkelblondes glattes Haar generell zu einem Pferdeschwanz gebunden trug.

»Kriminalkommissarin Sarah Kraft«, stellte sie sich vor.

Sie maß Tilly mit ihrem Blick von oben bis unten und blieb kurz an ihren Füßen hängen.

»Ich stand im Blut«, sagte Tilly. »Wollte nichts verunreinigen.«

Was ihr ein anerkennendes Nicken einbrachte.

Die Kommissarin folgte ihrem Kollegen. Vor der Tür hielt ein Notarztwagen, und von diesem Augenblick an brach endgültig Trubel aus. Die Spurensicherung traf ein, Männer und Frauen in weißen Anzügen schwärmten aus.

Ein grauhaariger Mann im Jackett folgte, wohl der zuständige Staatsanwalt. Seine Abendplanung hatte eindeutig nicht beinhaltet, den Schauplatz eines Mordes aufzusuchen. Tilly bezweifelte keine Sekunde, dass er die Ermittlung als Mord einstufte und damit freigab. Hans-Josef Krumm hatte sich kaum versehentlich selbst mit dem abgebrochenen Turm des von ihm konstruierten Rathauses erdolcht.

Eine Dame der Spurensicherung brachte Tilly Ersatzschuhe zum Überziehen und lotste sie zu einem der Tische. Hier sollte sie sitzen bleiben und auf die Kommissare warten. Die Befragung würde dann gleich beginnen.

Was dreißig Minuten später auch geschah.

Kriminalhauptkommissar Stubs musste den bösen Bullen nicht spielen, das war sein Naturell. Die Falten auf seiner Stirn wurden tiefer, je länger Tilly berichtete.

»Sie wollen mir also erzählen, dass sie hier nichts bemerken, fröhlich putzen – was eine angebliche Tatwaffe mit einschließt – und uns erst ganz am Ende, nach einer kompletten Reinigung des Tatorts, anrufen?«

»Ich bin quasi eine Tatortreinigerin«, sagte Tilly mit einem Lachen, doch der Scherz kam nicht gut an.

»Sie sind vor allem eine Tatverdächtige«, blaffte Stubs. »Ich habe selten eine unglaubwürdigere Geschichte gehört. Ernsthaft. So dumm ist doch nicht mal ne Putze.«

Die Kommissarin räusperte sich. »Was der Kollege damit sagen wollte ...«

»... ist, dass er ziemliche Vorurteile gegenüber Reinigungskräften hat«, fiel Tilly ihr ins Wort. »Wenn Sie allerdings einmal die Augen öffnen, werden Sie erkennen, der Bereich im Hauptbüro ist von der Tür aus nicht einsehbar. Die Treppe führt direkt davor rechts ab nach oben. Vermutlich führte Hans-Josef Krumm mögliche neue Kunden direkt in die oberen Räumlichkeiten, diese sollten nicht sehen, wie seine Angestellten hier im Großraumbüro arbeiten.«

»Überlassen Sie die Analyse doch bitte uns«, sagte Kommissarin Kraft schnell, weil ihr Kollege bereits wieder Luft holte. »Können Sie uns noch etwas Hilfreiches sagen? Haben Sie etwas Auffälliges bemerkt?«

Tilly fasste ihre Analyse zusammen. Je kooperativer sie war, desto schneller fanden sie hoffentlich den wahren Täter.

»Unsere Kollegen von der Spurensicherung prüfen bereits den Garten«, sagte Frau Kraft.

»Aber bisher haben die dort nichts gefunden«, ergänzte

Stubs. »Keine Fußabdrücke. Die müssten jedoch vorhanden sein, wenn jemand darüber geflohen ist. Frau Blich, Sie kommen hierher. Aus Köln.« Niemals hatte jemand den Namen ihrer Heimatstadt so negativ betont. »Ihr erster Auftrag führt sie in dieses Büro, wo ein Mann tot auf dem Boden liegt. Sie geben alles, um Spuren zu beseitigen. Die Kollegen haben sogar Reinigungsmittel auf dem Gipsmodell gefunden.«

»Das war ein Sprühstoß im Affekt«, sagte Tilly. »Sie glauben ja gar nicht, wie schnell man sich diesen Reflex beim Reinigen antrainiert.«

»Sie haben Spuren vernichtet«, brüllte Stubs. »Und jetzt sitzen Sie hier und denken, Sie können uns an der Nase herumführen. Untertannberg ist vielleicht keine Metropole, aber wir nehmen unseren Job sehr ernst.«

Worauf für einige Sekunden ein zweifelnder Ausdruck auf dem Gesicht von Sarah Kraft auftauchte. Doch sie hatte sich sofort wieder unter Kontrolle.

»Gehören Sie etwa zur Bürgerinitiative?«, fragte Stubs gefährlich leise. »Hat Rosetta Taff Sie hier eingeschleust? Falls dem so ist, wäre jetzt der richtige Zeitpunkt, uns die Wahrheit zu sagen.«

Verdutzt erwiderte Tilly seinen Blick. Wovon sprach der Kerl eigentlich? Es dauerte einen Moment, bis sie die Verbindung zog. Der abgebrochene Turm. Wenn jemand nach dem Stich zusätzlich diese sehr symbolhafte Mordwaffe nutzte, konnte das neben einer möglichen Verschleierung der echten Waffe auch noch einen anderen Grund haben.

54

»Geht es um das Rathaus?«

»In der tat«, sagte Sarah Kraft. »Aber falls Sie nichts weiter beitragen können, würde ich jetzt Ihre Personalien aufnehmen. Wir werden überprüfen, wann Sie in Untertannberg eingetroffen sind. Sobald wir den Todeszeitpunkt von Herrn Krumm festgestellt haben, werden wir noch einmal auf Sie zukommen.«

Stubs wirkte, als wollte er sie ein zweites Mal anbrüllen und sei es nur prophylaktisch. Was hatte er für ein Problem mit ihr? Glücklicherweise schnaubte er lediglich einmal laut, stand auf und stapfte davon.

Tilly nannte Frau Kraft ihre aktuelle Adresse, erklärte aber, dass sie sich bisher noch nicht um die Ummeldung hatte kümmern können. Ihre Meldeadresse war noch in Köln. »Darüber hinaus bin ich in meiner neuen Firma zu finden, *Plitz & Blank*.«

Der mitleidige Ausdruck der Frau sagte Tilly, sie kannte die Geschäfsräume oder konnte sie zumindest zuordnen. Möglicherweise galt das sogar für ihre private Unterkunft.

»Der Kollege ist heute ein wenig angespannt«, sagte Kommissarin Kraft nach kurzem Zögern. »Vermutlich klärt sich das alles schnell, und dann hat er Sie morgen schon wieder vergessen.«

Was Tilly nur hoffen konnte.

Bedauerlicherweise schoss in diesem Augenblick ein vierbeiniges bepelztes Wesen an ihr vorbei. Dem Basset war es irgendwie gelungen, sich durch das halb geöffnete Fenster zu zwängen. Muffin fand die vielen Menschen toll, er sprang wild um die Männer und Frauen der Spurensicherung herum, bellte und warf die Nummernschilder um, die der Fotograf auf dem Boden aufgestellt hatte.

Ausgerechnet der Staatsanwalt erschrak sich so sehr, dass er rückwärts taumelte und gegen die Gipsreplik des Rathauses stieß. Diese stand am Rand über, und durch das zusätzliche Gewicht überschlug sie sich einmal.

Es gab ein ziemlich unschönes Geräusch, als zuerst der Staatsanwalt auf der Leiche landete und kurz darauf die Gipsreplik auf dem Staatsanwalt. Eine Mitarbeiterin der Spurensicherung wollte zu Hilfe eilen, rutschte aber auf dem Blut aus und fiel mit rudernden Armen zu Boden.

Muffin fand das alles so lustig, dass er noch einmal eine Extrarunde drehte. Dabei verteilte er natürlich all die Essensreste aus seinem Fell im Raum.

Kontaminierung des Tatorts traf es nicht mal ansatzweise.

Kriminalhauptkommissar Stubs stand am Rande des Chaos, starrte auf die zerbrochene Replik, den blutigen Staatsanwalt und die SpuSi-Frau, die wieder auf die Beine zu kommen versuchte.

Für einen Augenblick herrschte Stille.

Was Muffin zum Anlass nahm, sein Beinchen zu heben und in die offene Tasche mit den Probebehältern zu pinkeln. Sekunden später erbrach sich der Staatsanwalt auf die Leiche von Hans-Josef Krumm.

Das Gesicht von Stubs nahm die Farbe einer überreifen Tomate an, die jeden Augenblick zu platzen drohte.

Der einzige Grund, warum er noch nicht brüllte, war eindeutig eine akute Atemnot gepaart mit Fassungslosigkeit.

Tilly ging davon aus, dass er sie niemals wieder vergessen würde. Was vermutlich für alle Anwesenden galt.

»Muffin«, krächzte sie.

Der Winzling kam herbeigetrottet, setzte sich vor Tilly auf den Boden und blickte sie mit treuen Augen an. Vermutlich erwartete er ein Lob. Sollte sie sich herunterbeugen und ihm ein »brav« zuraunen, wäre sie garantiert die nächste Leiche.

»Sie haben ja meine Kontaktdaten«, sagte Tilly hastig. »Falls noch etwas ist.«

»Gehen Sie. Sofort.« Kriminalkommissarin Kraft schob sie hinaus.

Muffin trottete ihr glücklicherweise hinterher. Sie dirigierte ihn mit Mühe zum Auto, sank selbst hinter das Lenkrad und atmete tief ein und wieder aus. Den Putzwagen musste sie in den nächsten Tage abholen, falls sie ihn überhaupt wiedersah.

Gut möglich, dass Stubs und seine Leute damit ein Freudenfeuer veranstalteten.

»Ich glaube, ich habe noch nie zuvor einen solchen Eindruck bei jemandem hinterlassen«, erzählte Tilly dem Lenkrad.

Glücklicherweise antwortete es nicht.

Tilly startete den Wagen und fuhr ruckelnd zurück in die Firma. Sie stellte ihn im Innenhof ab und spazierte zu ihrer Wohnung. Dort angekommen begann Muffin natürlich erst einmal mit einer vollständigen Erkundung. Sie ließ ihn gewähren. Kurzerhand holte sie die Tasse von gestern aus der Spüle, setzte sich an den Tisch im Hauptraum und schenkte sich den letzten Rest des Weins ein. So saß Tilly in der Stille und lauschte den Tapsern, Schnüffellauten und dem intervallartigen Bellen von Muffin.

Es tat überraschend gut, heute nicht allein hier zu sitzen.

Aber was jetzt?

Es gab nur eine Person, die ihr hier weiterhelfen konnte. Das Smartphone sprang ihr förmlich in die Hand. Bereits nach dem ersten Klingeln wurde abgenommen.

»Meine Lieblings-Blich«, wurde sie von Antonia begrüßt.

»Heute bin ich die Tatverdächtige-in-einem-Mordfall-Blich«, gab sie zurück.

»Haha«, drang es aus dem Hörer. »So was ist nicht witzig.«

Tillys Stimme zitterte, als sie zu erzählen begann.

6. KAPITEL

Das Gespräch mit Antonia hatte Tilly geholfen. Anfangs waren ihre Gedanken noch Achterbahn gefahren, doch schließlich beruhigte sie sich. Ihre beste Freundin war überzeugt davon, dass sich alles aufklären würde.

Und obwohl Tilly gelernt hatte, mit dem Schlimmsten zu rechnen, schlief sie doch ein. Es war ein unruhiger Schlaf mit Träumen, in denen sie von einem hüpfenden Rathausturm verfolgt wurde. Irgendwann stellte sie sich ihm mit dem Wischmopp entgegen und besprühte ihn mit Reinigungsmittel. Daraufhin verschwand der Turm, nur um Kriminalhauptkommissar Stubs Platz zu machen, der anklagend auf sie deutete. Im nächsten Augenblick saß Tilly in einer völlig verdreckten Gefängniszelle – ohne Putzzeug.

Sie fuhr auf.

Die Morgensonne blinzelte in ihr Schlafzimmer. Ihr erster Blick fiel auf die Discokugel an der Decke, die sich drehte und Licht in den Raum schickte. Dazu dröhnte der Song »Good Morning Sunshine«.

»Ein Wecker«, murrte Tilly. »Ernsthaft?«

Muffin sprang bereits im Zimmer auf und ab.

Ihr Blick fiel auf die Uhr. Tim Plitz hatte sich täglich um

halb sechs wecken lassen. Da im Kalender aber einmal pro Woche rot markiert *Chef hat frei* stand, hatte ihr Vorgänger den Wecker wohl an einem Tag deaktiviert. Deshalb war sie gestern nicht davon geweckt worden. Das musste sie irgendwie ausstellen. Auch wenn sie Chefin und Reinigungskraft in Personalunion war, wollte Tilly länger schlafen.

Sie brachte die Morgentoilette hinter sich, nahm sich fest vor, heute auszupacken und einzukaufen, und machte sich gegen halb sieben auf den Weg zu ihrer Firma.

Ja verdammt, es war ihre Firma! Auch wenn es nur ein heruntergekommenes Loch war.

Das morgendliche Untertannberg verströmte den Charme eines Friedhofs. Nebel wogte durch die Straßen, der ferne Wald zeichnete sich als Umriss hinter dem Marktplatz ab. Tilly war noch nicht einmal dazu gekommen, sich den Ort genauer anzusehen.

Muffin roch an allem, was ihm vor die Nase kam, markierte sein Revier und freute sich des Lebens. Die Euphorie steckte Tilly unweigerlich an und innerlich seufzte sie beim Anblick des freudigen Bassetwelpen auf.

Da morgen Samstag war, würde sie sich dann in Ruhe die Stadt ansehen und ein wenig mit Muffin auf dem Trainingsplatz üben. Von so einer Leiche ließ sie sich doch nicht aus dem Gleichgewicht bringen. Sie war eine Blich!

Der Vorsatz hielt so lange an, bis sie ihr Büro betrat. An einem der Tische (dem rechten) saß eine resolute Dame mit blondem Dutt. Vor ihr stand eine Kuchenplatte, auf der verführerisch eine Linzer Torte wartete.

»Das notiere ich natürlich«, bestätigte sie gerade dem Telefonhörer. »Ja, also die Frau Blich ist gefragt in diesen Tagen, aber wir schauen mal, wo wir Sie noch unterbringen können. Danke.«

Der Hörer landete auf der Gabel.

»Guten Morgen«, sagte Tilly.

»Ja, guten Morgen, Frau Blich.« Die Frau erhob sich. »Das Telefon hat schon dreimal geklingelt, ich habe alle Anrufer notiert.«

»Und Sie sind?«

»Gerdy.«

Stille.

»Und was tun Sie hier, Gerdy? Wie kommen Sie überhaupt hier herein?«

»Also, ich wollte mal vorbeischauen, wissen Sie. Und als ich gesehen habe, wie der Leon auf seinem Rad – das Auto bekommt er ja gerade nicht mehr – an der Polizeiwache vorbeifuhr, bin ich mit dem Kuchen raus und hinterher.«

»Das war aber umsichtig.«

»Dachte ich mir schon, dass Sie das auch so sehen.« Gerdy nickte zufrieden. »Die Kerle auf der Wache haben ja jeden Tag einen. Und heute ist der Chef sowieso übellaunig. Ich habe natürlich gehört, was passiert ist. Lässt sich ja nicht vermeiden, so wie er ständig herumbrüllt. Auf jeden Fall war er gar nicht gut gelaunt, weil die Frau Kraft ihm den Haftbefehl ausgeredet hat.«

Das Telefon klingelte.

»Haftbefehl?«, echote Tilly.

Gerdy griff bereits wieder nach dem Hörer. »Blich und Blank … äh, Plitz und Blank, wir beseitigen jeden Fleck. Mein Name ist Gerdy, was kann ich für Sie tun?« Sie schob die Hand über die Hörmuschel. »Holen Sie uns doch schon mal Teller und Besteck, damit lässt es sich schöner tratschen.« Sie nahm die Hand wieder von der Muschel. »Ich bin noch da, natürlich.«

Gerdy schnappte sich den Stift und begann, etwas damit zu notieren. »Die Redaktionsräume?« Sie stoppte. »Bist du das, Alfons?«

Stille.

»Ja, schämst du dich nicht?«, blaffte Gerdy. »Die arme Frau Blich hat schon genug durchgemacht. Da kannst du sie doch nicht unter einem Vorwand in die Redaktion locken. Das sag ich deiner Mutter, nur damit du es weißt.«

Wieder Stille.

Tilly schaute dem Schauspiel verdutzt zu und bewegte sich in Zeitlupe über den hässlichen Filzboden, vorbei an den Schreibtischen zur Küche.

»Dann lass ich das noch mal auf sich beruhen«, sagte Gerdy. »Aber so was versuchst du nicht noch mal, du Eidipfdger, du.«

Tilly hatte keine Ahnung, was das Wort bedeutete, doch es klang wuchtig. Sie würde es sich merken.

Gerdy legte auf. »Sie sind schon eine richtige Berühmtheit. Der Alfons vom *Untertannberger Morgen* wollte sie jetzt glatt interviewen.«

»Was für eine Ehre«, sagte Tilly trocken.

Sie fand die Teller und das Besteck. Die Gabeln hatten einen roten Plastikgriff.

Gerdy arrangierte mit zwei gekonnten Griffen ein Stück Linzer Torte auf jedem Teller.

»Wie war das mit dem Haftbefehl?«, brachte Tilly das Thema zurück auf den unangenehmen Teil.

»Da müssen Sie sich keine Sorgen machen, die Frau Kraft hält den Stubs schon unter Kontrolle.« Gerdy pikste etwas Torte auf die Gabel und aß.

Tilly tat es ihr nach und schloss genießerisch die Augen. »Die ist ja lecker.«

»Selbst gemacht.«

»Und Sie arbeiten auf dem Polizeirevier?«, fragte Tilly.

»Halbtags«, bestätigte Gerdy. »Ich bin in die Sekretariatsarbeit eingebunden. Die haben ja sonst niemand.«

Tilly runzelte die Stirn. »Wo ist überhaupt Leon?«

»Wieder weg. Der hat auf seinem Smartphone irgendeine Nachricht bekommen, breit gegrinst und gesagt, er muss noch was erledigen. Weil er mich ja kennt, durfte ich bleiben. Da hat dann das Telefon geklingelt, und es ging los.«

Tilly setzte sich vorsichtig auf ihren Stuhl, darauf bedacht, dass dieser nicht direkt wieder hintenüberkippte. Das erste Mal seit ihrer Ankunft verspürte sie so etwas wie Ruhe. Da saß sie, aß gemütlich ein hervorragendes

Stück Linzer Torte und unterhielt sich. Einfach so. Vielleicht gelang es ihr noch, das Ruder des heutigen Tages herumzureißen.

»Der Kriminalhauptkommissar hat sich vorerst mit dem Argument begnügt, es müssen weitere Beweise gesammelt werden«, ergänzte Gerdy.

»Gegen mich?!«, rief Tilly.

»Das Messer in der Spülmaschine war halt nicht gut. Hat sich herausgestellt, es handelt sich dabei um die Tatwaffe.« Gerdy blickte auf ihr Tortenstück und stellte den Teller auf die Tischplatte. »Ich nehme auch immer das Hygieneprogramm. Da bleibt nix zurück.«

Tilly stöhnte auf. Wie lange würde es wohl dauern, bis ganz Untertannberg darüber Bescheid wusste?

»Sie sehen müde aus«, sagte Gerdy.

»Eigentlich hatte ich mir einen anderen Start in meine neue Selbstständigkeit ausgemalt«, gab Tilly zu. »Mit meinem alten Chef hat es nicht so gut geklappt. Stellen Sie sich Ihren Kriminalhauptkommissar mal zehn vor. Das hier war mein Absprung. Ich hatte ja keine Ahnung, dass ich direkt in einem Mordfall landen würde.«

Gerdy nickte verstehend. »Ach Kindchen, das wird schon alles. Und mich gibt es ja auch noch. Der Leon hat es zwar faustdick hinter den Ohren, aber im Grunde seines Herzens ist er doch ein tüchtiger Junge. Der hat es nur mit seinen Eltern nicht so leicht.«

»Ach?«

»Die verbringen mehr Zeit mit ihrer Kunstsammlung

als mit dem Jungen«, sagte Gerdy. »Dabei war der immer so ein herzliches Kind. Und neugierig. Beim Bürgerfest vor zehn Jahren war das Motto Mozart. Alle haben diese bauschigen alten Röcke getragen. Und was macht der neunjährige Leon? Kriecht drunter.«

Tilly musste laut lachen. »Hat ihm wohl nicht gefallen, was er da gesehen hat.«

»Das kommt noch hinzu.« Gerdy senkte verschwörerisch die Stimme. »Seine Eltern und der Kriminalhauptkommissar verstehen sich gar nicht. Falls das mit dem Leon und dem Patrick was wird, fliegen die Fetzen.«

Tilly schob sich unweigerlich ein weiteres Stück Linzer Torte in den Mund. Gerdy war ein Quell der Informationen und hier mit ihr zu sitzen und einfach so zu plaudern, tat ihrer Seele nach all dem Chaos gut.

»Wofür steht eigentlich Gerdy?«

Muffin hatte den Kuchen mittlerweile entdeckt, saß neben dem Tisch und betrachtete im Wechsel Gerdy und Tilly mit einem Blick, der besagte: Ich verhungere hier, rettet mich.

»Mein voller Name ist Grete Maple«, erwiderte sie. »Mein Vater war Engländer, daher der Nachname. Meine Mutter kommt hier aus Untertannberg. Beide führten eine lange glückliche Ehe. Als sie starben, haben sie mir das Grundstück hier mitsamt dem Haus hinterlassen. Gott sei Dank liegt das weit genug südlich.«

»Ist der Süden besonders schön?«

Gerdy erwiderte verdutzt Tillys Blick, bis eine Eingebung ihr Gesicht erhellte. »Na klar, dass können Sie ja gar nicht wissen. Das ist wegen des neuen Rathauses. Der Bau sollte ursprünglich im Jahr 2000 starten. Das war so ein Millenniumsevent.Die erste Version hatte der Herr Krumm bereits auf Papier entwickelt. Doch der Stadt ist es nicht gelungen, die notwendigen Grundstücke zu bekommen. Eine Dame wollte nicht verkaufen.«

»Und es wurde keine Enteignung ins Spiel gebracht?«

Tilly musste Antonia unbedingt darüber befragen, ab wann so etwas grundsätzlich möglich war.

»Diskutiert wurde das schon«, sagte Gerdy. »Aber der Gemeinderat selbst war sich dabei uneins. Die alte Frau Busch – damals war sie eher die mittelalte Frau Busch – hatte in der Sache eine Menge Einfluss. Reicher Adel halt.«

»Wen hat sie denn in ihrer Ahnenreihe?«

»Untertannberger Adel.« Gerdy winkte ab. »Auf jeden Fall wurde das Projekt fallengelassen. Kann man ja nix machen. Aber der neue Bürgermeister hat es vor vier Jahren noch mal versucht.«

»Da hat sie zugestimmt«, vermutete Tilly.

»Von wegen.« Gerdy kicherte. »Davongejagt hat sie ihn. Gut, dass die Frau keinen eigenen Hund besessen hat. Ich sage es Ihnen, die hätte selbst einen Basset zum Dobermann erzogen.«

Beide blickten zu Muffin, der freudig mit dem Schwanz wedelte.

»Na ja, mit ein wenig Mühe halt«, ergänzte Gerdy und kraulte den Winzling unterm Kinn.

Tilly vergegenwärtigte sich die Gipsreplik, die sie im Erdgeschoss des Architekturbüros gesehen hatte. »Aber das war ein recht moderner Bau. Der Herr Krumm muss noch mal drübergegangen sein. Und den Aufwand für so ein Gebäude aus Gips, den macht man sich doch nicht, wenn das Projekt gestorben ist.«

»Ha!«, sagte Gerdy und stoppte das Kraulen, was Muffin dazu brachte, sich enttäuscht auf den Bauch plumpsen zu lassen. »Die Frau Busch ist vor einem Jahr verstorben. Ihr Erbe ist angeblich irgendein Cousin aus Amerika, und der hat sofort an die Stadt verkauft.«

Womit sich für den Bürgermeister wohl doch noch alles zum Guten gewendet hatte, auch wenn es Tilly natürlich um diese Frau Busch leidtat. Den Tod wünschte sie niemandem. Gut, ihr alter Chef hätte durchaus gerne mal über den Wischmopp stolpern können. Ein kleiner Treppensturz mit anschließendem Krankenhausaufenthalt hätte das Leben einiger Personen leichter gemacht.

»Aber …«, setzte Gerdy an.

»Es gibt noch ein Aber?«, fragte Tilly.

»Da kommt die Bürgerinitiative ins Spiel«, verkündete sie mit einem gewichtigen Nicken. »Die wurde vor einigen Monaten gegründet und stoppt seitdem mit ständigen Protesten die Bauarbeiten.«

Irgendwie tat Tilly der Bürgermeister ein wenig leid. Die Mühlen mahlten in Deutschland ja bekanntlich langsam. Auf allen Ebenen. Wenn es dann doch mal kein Formular war, das einen kompletten Neubau aufhielt, kamen die Demonstranten hinzu. So was vermieste einem garantiert die Amtszeit. Politiker wäre kein Beruf für sie.

»Und jetzt?«, fragte Tilly.

»Zuerst hat der Bürgermeister geschäumt wie ein badisches Tannenzäpfle«, sagte Gerdy vergnügt. »Aber jetzt setzt er auf Dialog.«

»Und ein Tannenzäpfle ist ein Tannenzapfen?«

»Richtig.«

»Und der schäumt, weil …?«

»Es ein Bier ist«, erklärte Gerdy. »Sie haben eine ganze Menge nachzuholen, Frau Blich.«

»Sie haben ja keine Ahnung«, sagte sie trocken. »Immer nur dieses Kölsch und die Frikadellen.« Innerlich seufzte Tilly. Sie vermisste all das und die Currywurst ebenso.

Gerdy überhörte die Ironie geflissentlich, nahm ihre Hand und tätschelte sie. »Das wird schon. Spätestens nach der zweiten Portion Käsespätzle schlägt Ihr Herz schwäbisch. Und bei ihrem vollen Auftragsbuch lernen Sie jeden hier ganz fix kennen.« Gerdy deutete in Richtung des aufgeschlagenen Notizbuchs.

»Sie können das lesen?«, fragte Tilly.

»Eine Sauklaue hat er gehabt, das stimmt schon. Aber auf dem Polizeirevier gibt es schlimmere.« Gerdy ließ Tillys Hand los und ging zum Notizbuch. »Ich kann Ihnen das in ein Excel-Dokument übertragen. Heute haben Sie noch am Mittag eine Stunde ›grob Wischen‹ bei der Bäckerei.«

»Welcher denn?«

»Wir haben nur eine.« Gerdy ließ ihren Finger über die Zeilen wandern. »Und heute Abend sind Sie im alten Rathaus. Also dem einzigen, weil es das neue ja noch nicht gibt. Aber wir sagen halt immer ›altes Rathaus‹. Da müssen Sie das Bürgerbüro und anschließend die Amtsstube von unserem Bürgermeister Blechle putzen.« Sie linste zu Tilly herüber. »Wenn man vom Teufel spricht.«

»Ganz so schlimm ist er hoffentlich nicht«, sagte Tilly.

Ein Rums an der Tür ließ sie herumfahren.

»Mit der Tür müssen Sie unbedingt was machen«, kommentierte Gerdy.

Mit einem Ruckeln wurde sie aufgeschoben. Ludwig Lunitz hielt sich die Stirn. »Ich habe hier ein Paket für dich, Tilly. Expresszustellung. Leider ohne Gefahrenzulage.«

»Das tut mir jetzt leid.« Tilly eilte zu ihm.

»Wenn ich ein Stück von Gerdys berühmter Linzer Torte bekomme, ist alles vergessen«, sagte er.

»Du doch immer, Ludwig«, schaltete sich Gerdy sofort ein.

Es klirrte, als das »Mädchen für alles« die Expresszustellung auf dem Tresen abstellte, den Durchgang hochklappte und in den inneren Bereich trat. Hier wurde er mit einem Stück Torte auf die Hand versorgt.

Muffin begrüßte ihn mit einer Euphorie, die jeden Menschen über zwölf Jahren nur neidisch machen konnte.

Tilly betrachtete das Etikett und erkannte sofort Antonias Handschrift. Mit einer Schere aus dem Schreibtisch öffnete sie das Paketband. Im Inneren befanden sich vier Flaschen Kölsch. Und dazu eine Postkarte vom Dom.

Für meine Lieblings-Blich!
Damit du deine Herkunft nicht vergisst!

Tilly presste die Karte an ihr Herz und lächelte.

»Was ist denn drin?«, fragte Gerdy.

»Ein Gruß von einer Freundin«, erwiderte Tilly. »Jetzt muss ich aber langsam meine Einkäufe erledigen, das Amt besuchen und hier ein wenig Ordnung reinbringen.«

»Du hast es gehört, Ludwig«, sagte Gerdy. »Die Frau Blich braucht Raum. Vor allem nach so einem tragischen Erlebnis.«

»Ich habs schon gehört, die Leiche.«

»Und du weißt ja noch nicht alles«, sagte Gerdy und ging mit Ludwig Lunitz und ihrer Tortenplatte hinaus.

Tilly konnte nur aufstöhnen. Eines war sicher: Innerhalb der nächsten Stunden würde ganz Untertannberg wissen, wer Tilly war. Und dass sie eine Leiche gefunden und das Messer mit dem Hygieneprogramm der Spülmaschine gereinigt hatte.

»Vielleicht sollte ich mich bei der Polizei als Tatortreinigerin bewerben«, sinnierte sie.

Das Gesicht von Kriminalhauptkommissar Stubs beim Anblick ihrer Bewerbung wäre sicher ein interessanter Anblick.

Bedauerlicherweise war ihr noch immer die Katastrophe präsent, die Muffin angerichtet hatte. Unterm Strich stand eine akribische Reinigung, und Muffin hatte seine DNA zurückgelassen.

»Wir sind schon ein tolles Team, wir zwei«, sagte sie.

Der Winzling bellte zustimmend.

Tilly krempelte die Ärmel hoch und begann mit der Arbeit.

7. KAPITEL

Den Tag verbrachte Tilly damit, zumindest das gröbste Chaos bei *Plitz & Blank* zu beseitigen. Ganz nach dem Slogan der Firma. Zwischendrin ging sie mit Muffin Gassi und erledigte die wichtigsten Einkäufe, um sowohl den Kühlschrank zu Hause als auch den in der Firma aufzufüllen.

Leider stellte sich dabei heraus, dass Untertannberg, was die Netzverfügbarkeit anging, einem Schweizer Käse glich. Ihr Smartphone verlor ständig die Verbindung und baute sie erst ein paar Meter weiter neu auf.

Eine Anfrage per E-Mail beim Polizeirevier ergab, dass ihr Putzwagen noch immer untersucht wurde. Sie fuhr also eine Stunde zum nächsten Baumarkt und besorgte sich dort Ersatz.

Immerhin schickte Gerdy kurz darauf eine säuberlich aufgebaute Excel-Tabelle mit allen Kunden, Kontaktdaten und vereinbarten Terminen.

Damit hatte Tilly endlich einen Zeitplan. Sie beschloss, Leon ab kommender Woche mit einzuteilen. Schließlich war er deshalb überhaupt erst in ihre Firma strafversetzt worden.

Eine Stunde vor dem vereinbarten Termin, sie hatte die

Bäckerei ad hoc hinter sich gebracht, erreichte Tilly im geblümten Putzbus das Bürgerbüro. Sie stieg mitsamt den Putzutensilien aus und blieb verblüfft stehen.

Auf dem Rathausplatz standen fünf Personen, drei Männer, zwei Frauen, und hielten Schilder in die Höhe. Tilly las Sätze wie: »Das Rathaus muss erhalten werden.« »Neu ist nicht immer besser.« Gerdy hatte eindeutig nicht übertrieben, es gab eine gewisse Opposition gegen den Neubau. Der Bürgermeister sollte damit wohl ins Wochenende verabschiedet werden.

An der Spitze stand eine Frau, die ihrem Auftreten nach zu schließen auch als Feldwebel in der Armee hätte arbeiten können. Ihre Kleidung passte jedoch nicht dazu. Sie mochte irgendwo in ihren Sechzigern sein, das Haar hing ihr bis zu den Schultern herab. Mit dem geblümten Rock erinnerte sie an Flower-Power und die Achtundsechziger. Ihr grimmiger Blick ließ Tilly schneller gehen. Sie erreichte die doppelflügelige Schwingtür, die ins Rathaus führte.

Die Eingangshalle wirkte nicht heruntergekommen, aber alt. Die Holzvertäfelung der Wände erwies sich bei genauerem Hinsehen als Plastikverkleidung, die eine Holzmaserung imitierte. Die Topfpflanzen davor waren verstaubt und aus Plastik. Überall hingen Schwarz-Weiß-Aufnahmen der ehemaligen Stadtoberhäupter der Gemeinde. Die Schachbrettfließen auf dem Boden hatten einen Retrochic, das war allerdings wohl eher Zufall als Absicht.

Bei diesem Anblick verspürte Tilly eine gewisse Sympathie für den Bürgermeister. Sie hätte ebenfalls einen Neubau bevorzugt, eine Renovierung würde vermutlich teurer werden.

Auf einem grauen Schild waren die Bürgerämter aufgelistet, die sich im Erdgeschoss und dem ersten Obergeschoss befanden. Praktischerweise lag das Bürgerbüro direkt linker Hand.

Sie nickte zufrieden.

Wieso nicht zwei Fliegen mit einer Klappe schlagen? Zuerst die Ummeldung, dann hoch zum Bürgermeister. Den Putzwagen ließ Tilly vor der Eingangstür zu den Büroräumen stehen und leinte Muffin daneben an.

Das Bürgerbüro bestand aus einem einzigen Raum mit einem traurig winzigen Tisch, hinter dem eine ältere Dame mit grauem Haar und einer gestärkten Bluse saß. Das Kleidungsstück war eindeutig in der Lage, Kugeln abzufangen. Auf dem Schild an ihrer linken Brust stand: M. Oberzart.

»Keinen Termin?«, fragte diese geradezu schockiert, als Tilly vor ihr saß.

»Ich bin ja sowieso hier verabredet. Mit dem Bürgermeister. Eine wichtige Besprechung.«

Das zauberte nun doch eine beeindruckt nach oben gezogene Augenbraue in das Gesicht von M. Oberzart. Sie musste ja nicht unbedingt erfahren, dass Tilly das Oberhaupt von Untertannberg aufsuchte, um die Amtsräume zu putzen.

»Den Herrn Bürgermeister wollen wir natürlich nicht warten lassen.« Es klickte, der Drucker ratterte.

Schon lag der entsprechende Antrag auf dem Tisch. Tilly reichte der Frau ihren alten Ausweis.

»Da waren sie aber noch jung«, kommentierte Oberzart.

»Ist jetzt drei Jahre her«, erklärte Tilly trocken.

Der Füllfederhalter kratzte über das ausgedruckte Formular. »Da hatten Sie wohl ein paar schwere Jahre.«

Tilly nahm sich vor, den Arbeitsplatz von M. Oberzart bei ihrer Reinigung dezent zu ignorieren. Das war quasi das Gegenstück zu dem, was Servicekräfte in der Gastronomie aussagen wollten, wenn sie jemandem ins Essen spuckten.

»Haben wir das nicht alle?«, sagte Tilly lediglich.

Untertannberg brachte in der Summe seiner Personen Tillys Puls in gefährliche Schieflage. Eine Meditationssession war vermutlich doch keine schlechte Idee. Vorausgesetzt, die App auf ihrem Smartphone bekam eine Verbindung.

»Ich war auch mal in Köln«, sagte M. Oberzart.

»Ach, hat es Ihnen gefallen?«

Die gegrunzte Antwort konnte alles bedeuten.

Tilly unterschrieb den Antrag, schob die Passfotos über den Tresen und sah dabei zu, wie das ausgedruckte Formular wieder eingescannt wurde. »Wir sind hier schon digital.« M. Oberzart zerriss das Formular und warf es in den Papierkorb.

Immerhin, die Quittung bekam Tilly per E-Mail. Die Adresse auf dem Ausweis wurde mit einem weißen Aufkleber überklebt, in der Datenbank waren bereits die aktuellen Passfotos hinterlegt, und in einigen Wochen würde sie einen komplett neuen Ausweis bekommen. Die Gewerbeanmeldung hatte sie sowieso schon in den Briefkasten geworfen.

Vor der Tür wartete Muffin mit freudig wedelndem Schwanz. Eine Dame kam vorbeigeeilt und deutete mit mahnendem Finger auf das Schild, das Hunde in den Räumlichkeiten verbot.

»Ist ein Servicehund«, erklärte Tilly.

Bevor etwas erwidert werden konnte, trat sie den Fluchtkurs in Richtung Fahrstuhl an. Die Reifen des Putzwagens quietschten. Die Tür schloss sich hinter ihr, und sie atmete auf. Der Fahrstuhl ruckelte, und die Bedienelemente wiesen darauf hin, dass er schon einige Jahre auf dem Buckel hatte.

Das Büro des Bürgermeisters lag im obersten Stockwerk des Rathauses. Auf der Anzeige leuchtete die Vier auf. Die Fahrstuhltür teilte sich und gab den Blick auf einen Gang mit braunem Filzboden frei. An den Wänden prangten deutlich die Ziele des Stadtoberhauptes. Linker Hand hingen Bilder des aktuellen Rathauses, gegenüber in leuchtenden Farben, der potenzielle Neubau; gemalt, gezeichnet, 3-D-simuliert.

»Ich bin wohl in ein Bürgerkriegsgebiet geraten«, sagte Tilly zu Muffin.

Sie schob den Wagen an die Seite.

In Sichtweite war der unbesetzte Empfangstresen zu sehen. Die Tür zum dahinterliegenden Büro des Bürgermeisters stand offen. Tilly lugte vorsichtig hinein. Muffin kannte weniger Zurückhaltung. Er sprang bellend umher, was den hochgewachsenen Mann am Fenster zusammenzucken ließ.

»Entschuldigung«, sagte Tilly. »Ich wollte Sie nicht erschrecken.«

Er entspannte sich. »Ich dachte für einen Augenblick, Sie wären Rosetta.«

»Bitte was?«

»Rosetta Taff«, erklärte der Mann. »Die Anführerin dieser Bürgerinitiative. Sie hat sich einmal als Reinigungskraft ausgegeben und mit einer Zerstäuberflasche voller Farbe alles verunstaltet. Konnte ihr natürlich nicht nachgewiesen werden.«

»Ich bin Tilly Blich und eine echte Reinigungskraft«, sagte sie. »Aus meiner Sprühflasche kommt Essigreiniger oder Spezialentkalker.«

»Das beruhigt mich.« Ein Schmunzeln erhellte seine Züge. »Ich bin Bürgermeister Blechle. Sie können hier auch gerne den Hygienespülgang benutzen, es gibt meines Wissens keine Mordwaffen.«

Tilly lachte auf, obgleich es ihr fast im Halse stecken blieb. Der Bürgermeister besaß eine sympathische Ausstrahlung, was sie gar nicht erwartet hatte. Er trug einen Vollbart, das Hemd spannte über seinen Bauch. Hinter ihm an der Wand hing die Schärpe der Stadt. Sie war von allerlei Buttons bedeckt, darunter auch einem kleinen Basset. Die Hundezucht war offenbar ein wichtiger Teil der Stadtidentität.

Darauf deutete zudem hin, dass der Bürgermeister sich nicht beschwerte, während Muffin um seine Füße herumsprang. Er bellte, wedelte mit dem Schwanz und schnüffelte an dem Mülleimer.

»Es freut mich, dass *Plitz & Blank* eine neue Inhaberin gefunden hat«, sagte Herr Blechle. »Diese Sache mit Hans-Josef Krumm wird bald vergessen sein.« Bei diesen Worten verdüsterte sich die Miene des Mannes.

»Kannten Sie ihn?« Tilly wollte die Chance ergreifen, mehr über den Toten zu erfahren.

»Flüchtig. Er war über die Stadtgrenzen hinaus bekannt, hat einige wichtige Gebäude in Frankfurt, Stuttgart, Freiburg und bei uns entwickelt.« Der Bürgermeister massierte sich die Nasenflügel. »Er war von ruppiger Art, aber ein Könner. Ist ja oft so. Großer Erfolg, großes Ego. In den vergangenen Jahren war diese Sache mit dem Rathaus kaum noch relevant, doch mit dem Tod unserer Frau Busch hat sich das alles gewandelt. Persönlichen Kontakt zu Herrn Krumm hatte ich aber schon ewig nicht mehr.«

»Sie glauben, sein Tod hat mit dem Rathaus zu tun«, schloss Tilly.

»Sie nicht?« Seine Brauen wanderten in die Höhe. »Frau Blich, Sie haben die Leiche gefunden. Man hat mir zugetragen, ein Teil der Gipsreplik sei als … zweite Mordwaffe benutzt worden.«

Tilly notierte sich innerlich, dass der Bürgermeister diese Information kannte. Vermutlich wurde man nicht gewählt, wenn man nicht ausgezeichnet vernetzt war. »Wieso hat der Kriminalhauptkommissar dann nicht schon längst seine Suche auf die Bürgerinitiative ausgeweitet?«

»Der Herr Stubs …«, der Bürgermeister räusperte sich, »… hat seine eigene Art zu ermitteln.«

Wovon Tilly ein Lied singen konnte. Vermutlich säße sie längst in U-Haft, hätte Sarah Kraft nicht auf die Beweise gepocht. »Ist der Neubau damit in Gefahr?«

Herr Blechle zuckte mit den Schultern. »So genau kann man das nie sagen. Aber letztlich ist der Gemeinderat dieses Mal auf Seite des Neubaus. Die Bürgerinitiative hat uns ein wenig Sand ins Getriebe gestreut, indem sie gerichtlich gegen den Bau vorging. Es wird natürlich alles geprüft, eine rechtliche Handhabe gibt es aber nicht.« Er starrte wieder aus dem Fenster. »Letztlich geht es darum, Zeit zu schinden.«

Eine Weile standen sie beide schweigend im Raum.

»Ich werde Sie und Ihren kleinen Helfer jetzt aber allein lassen«, sagte der Bürgermeister. »Hier oben ist niemand mehr, toben Sie sich also aus. Das Bürgerbüro schließt auch gerade, es kommt Ihnen keiner in die Quere.«

Er verabschiedete sich mit einem freundlichen Nicken, packte ein paar Sachen zusammen und ging.

Tilly war überrascht, hatte sie sich Herrn Blechle doch irgendwie ruppiger, autoritärer vorgestellt. Wie einen Machtmenschen. Aber so hatte er gar nicht gewirkt. Sie blickte hinaus, vor das Rathaus.

Die Demonstranten verloren mit dem Ende der Geschäftszeiten und dem einsetzenden Regen die Lust an ihrer Aktion und zogen nacheinander ab. Einzig eine Dame – vermutlich Rosetta Taff – stand noch etwas länger dort, den Blick auf dieses Fenster gerichtet. Ob sie Tilly von ihrer Position aus erkennen konnte?

Schließlich zog auch die Anführerin der Bürgerinitiative ab.

Tilly genoss die einkehrende Ruhe. Das war überhaupt etwas, was sie an ihrem Job mochte. Nach den Geschäftszeiten zu putzen entschleunigte ungemein. Es gab niemand, der einen anbrüllte oder gute Ratschläge bereithielt. Sie konnte schalten und walten, wie sie wollte.

Den Staubwedel schwingend, kümmerte sie sich zuerst um die Flächen im Bürgermeisterbüro. Überall standen Ordner mit akkuraten Beschriftungen, eine Ablage voller noch zu unterschreibender oder bereits unterschriebener Papiere. Die Tischplatte war von einem Sammelsurium aus Notizen, Ordnern und Schreibutensilien bedeckt. Hier saß jemand, der es gewohnt war, lange und viel zu arbeiten. Neben dem Monitor seines Computers stand ein Bilderrahmen. Darin war der Bürgermeister zu sehen, einen Arm um eine Frau gelegt. Vermutlich seine Ehefrau.

Tilly holte den Staubsauger aus der Putzkammer und warf ihn an. Lautes Summen durchdrang die Stille, und Muffin erfreute sich daran. Wild sprang er umher und jagte das Staubsaugerrohr. Wo etwas im Weg war, wurde es umgestoßen. So auch der Aktenvernichter. Mit einem Seufzen schaltete Tilly den Sauger aus und machte sich daran, die Papierstreifen in den Müllsack zu werfen. Dabei fiel ihr etwas ins Auge.

Ein Papier war im Einzugschacht stecken geblieben. Genau genommen handelte es sich um ein Kuvert. Der Inhalt musste sich längst in Streifenform irgendwo im Müllbeutel befinden. Das Kuvert bestand aus verstärktem Naturpapier und war nicht durch den Vernichter gewandert, stattdessen hatte es diesen aufgrund seiner härteren Beschaffenheit blockiert. Die Absenderadresse gehörte zum Architekturbüro Krumm. Der Adressat war der Bürgermeister »persönlich«.

Es hatte also durchaus einen Kontakt zwischen ihm und Hans-Josef Krumm gegeben. Oder zumindest einem Vertreter des Architekturbüros. Nun war Herr Blechle ja nicht verpflichtet, Tilly reinen Wein einzuschenken. Andererseits fragte sie sich, wieso er sie belog? Hatte er Angst, dass sich die Ermittlungen plötzlich auf ihn konzentrieren könnten? So was hatte schon mehr als eine politische Karriere beschädigt.

Natürlich gab es auch noch die Möglichkeit, dass der Bürgermeister der Mörder war. Was Tilly allerdings so gar nicht einleuchten wollte. Die Vorstellung, ein Mann wie er versteckte sich, während sie mit der Reinigung beschäftigt war, wollte nicht so recht ins Bild passen.

Andererseits kannte sie ihn gar nicht und wusste nichts zu den Hintergründen der Rathausgeschichte.

Nur, dass Sie selbst die Hauptverdächtige dieses Idioten im Polizeirevier war, das wusste sie.

Tilly werkelte weiter vor sich hin, nahm alle Details ringsum in sich auf und fertigte so in Gedanken ein Profil des Bürgermeisters an.

8. KAPITEL

Tilly brachte die Reinigungsutensilien in die Firma und schlenderte durch die nächtliche Stadt in Richtung ihrer Wohnung. Auf dem Weg dahin blieb sie verblüfft stehen.

Direkt am Marktplatz lag das einzige Restaurant von Untertannberg – zumindest behauptete das ihre Maps-App. Doch etwas störte sie an dem Anblick der altertümlichen Fassade. Im Bereich davor waren Tische aufgestellt, an denen Männer und Frauen saßen. Die Abendessenszeit war bereits vorüber, daher stand vor den meisten ein Glas Wein, ein Bier oder ein Espresso.

Über der Tür hing das Schild mit der Aufschrift *Eintöpfle*.

Mit quietschenden Reifen kam Ludwig Lunitz neben ihr zum Stehen.

»Hallo, Ludwig«, grüßte sie ihn.

»Tilly.« Er nickte mit einem Grinsen. »Hast du die gute Stube des Bürgermeisters geputzt?«

»Hier bleibt nichts lange geheim, was?«

»Das ist wegen der Rosetta«, erklärte er. »Die hat dich gesehen. Und na ja, vermutlich auch der Manfred.«

Tilly kramte in ihrem Gedächtnis. »Wer ist denn das jetzt?«

Ludwig winkte ab. »Selbsternannter Ordnungshüter. Steht immer mit seinem Fernglas am Fenster und meldet alles der Polizei. Der hat verkündet, dass die Mordverdächtige beim Bürgermeister putzt, was hochverdächtig ist. Nicht, dass der als Nächstes stirbt.« Er kicherte.

»Wie nett, jetzt werde ich gleich zur Doppelmörderin mit Wischmopp.« Sie nickte mit dem Kinn in Richtung des Restaurants. »Am Tag als ich ankam, hieß das noch anders.«

»Hängt von der Tageszeit ab«, erklärte Ludwig. »Morgens heißt es *Brezle,* mittags und abends *Eintöpfle* und nachmittags halt *Küchle.* Die schmecken übrigens gut, die Küchle.«

Tilly blinzelte Ludwig verdutzt an. »Warum um Himmels willen ändern die denn ständig den Namen?«

»Das hat was mit dem Marketing zu tun«, erklärte er. »Dem Branding. Vor ein paar Jahren kam ein ganz schlauer Berater, weil es nicht so gut lief. Und der hat gesagt, dass dadurch eine ›Zentrierung auf die Kernklientel‹ erfolgt. Und deshalb gibt es auch drei Webseiten, über die man dann jeweils bestellen kann. Sogar von weiter weg, aber das macht halt niemand. Ich bin der einzige Auslieferer.«

»Mädchen für alles«, sagte Tilly.

»Mädchen für alles«, bestätigte Ludwig und sah auf die Uhr. »Ich muss weiter. Die Eltern vom Leon haben bestellt. Wenn das zu lange dauert, darf ich mir wieder einen Vortrag anhören, warum es kein Trinkgeld gibt. Die stoppen immer die Zeit.« Ludwig winkte ihr noch einmal zu und düste davon.

Tilly ging weiter, blieb dann aber stehen und entschied sich um. Wenn schon das ganze Dorf über sie tratschte, war es doch gar keine schlechte Idee, sich mal vorzustellen. Das nahm den Tratschenden in der Regel den Wind aus den Segeln.

Sie betrat das Café und fand sich im Fadenkreuz unzähliger Blicke wieder. Einige waren offen, andere eher ein seitliches Herüberlinsen.

»Ja, Frau Blich, das ist ja schön, dass Sie hier sind.« Eine ältere Dame kam herbeigeeilt. »Wir haben uns schon gefragt, ob sie auch genug zu essen haben. Ich wollt ja mal vorbeischauen, aber meine Frau sagt, das wäre zu aufdringlich. Ich bin die Traude. Traude Lohmann, wir hätten noch einen halben Tisch frei.«

»Halb?«, gab sie zurück.

»Damit wir hier eine gute Auslastung bei solidem Umsatz haben und für die Bindung unserer Kunden untereinander …«, die Dame verlor den Faden. »Ich kann mir diesen Marketing-Schmarrn nie merken.«

Damit steuerte sie auf die Tische zu, was Tilly als Aufforderung nahm, ihr zu folgen.

»Und Sie haben jetzt *Plitz & Blank* übernommen?«, fragte Traude Lohmann. »Da sind Sie bestimmt ganz stolz.«

»Es ist ein Traum«, sagte Tilly trocken und verkniff sich, daraus »Albtraum« zu machen.

»Meine Frau und ich führen dieses Restaurant-Café seit fünfundzwanzig Jahren.« Sie zwinkerte verschmitzt. »Damals waren wir natürlich noch nicht verheiratet. Und wir haben den Schritt in die Selbstständigkeit nie bereut. Aber der Ludwig hat schon erzählt, dass sie einen spröden Humor haben.«

»Er hat was?«

»Da wären wir dann.« Frau Lohmann deutete auf den Tisch, wo bereits Kriminalkommissarin Sarah Kraft saß.

Muffin erkannte sie auf Anhieb wieder, sprang an ihrem Bein herum und ließ sich damit sogar von den Essensdüften ablenken.

Ringsum wurde gestarrt und an Getränken genippt, Löffel klimperten in Espressotassen. Das Restaurant bestand aus einem weiten Raum mit hohen Fenstern. Die Möbel waren in Weiß gehalten, wodurch alles einen hellen leichten Flair bekam. Auf den Tischen lagen Deckchen, die entweder *Küchle* oder *Eintöpfle* zeigten, da war das »Branding« eindeutig noch nicht richtig abgegrenzt.

»Jetzt machst du aber mal Sitz«, sagte Tilly.

Ein Schwanzwedeln, ein treuer Blick, dann verschwand der Basset überraschend widerstandslos unter dem Tisch.

»Das klappt doch ganz gut.« Kriminalkommissarin Kraft nickte abgehakt. »Setzen Sie sich nur.«

Tilly nahm seufzend Platz. »Ich bin noch völlig unerfahren, wenn es um Hundeerziehung geht. Das kam aus dem Hinterhalt. Normalerweise hätte ich mir nie einen Hund angeschafft.«

Frau Kraft zuckte zusammen. »Pst, sind Sie wahnsinnig?! Das können Sie doch nicht laut sagen. Das hier ist quasi ein Hundedorf. Nachdem ihr Vorgänger sich schlecht über Hunde geäußert hat, bekam er wirklich Probleme. Deshalb hat er ja auch prompt den Muffin adoptiert, bevor der überhaupt geworfen worden war. Hier ist es übrigens nicht gerne gesehen, dass Hunde vor Geschäften draußen bleiben müssen.«

Was für Tilly so einiges erklärte.

»Was kann ich Ihnen denn bringen?«, brachte sich Frau Lohmann wieder ins Gespräch. »Die Küche ist jetzt leider schon zu, aber wir hätten von heute Mittag noch selbst gemachte Rhabarberküchle.«

»Gerne.« Tilly spürte, wie die Müdigkeit sich langsam bemerkbar machte. »Und einen Espresso dazu.«

»Kommt sofort.«

Frau Lohmann verschwand.

»Frau Blich …«, setzte die Kriminalkommissarin an.

»Tilly«, unterbrach diese. »Wir sind hier ja schließlich informell und unterhalten uns außerhalb der Geschäftszeiten.«

»Eine Mordermittlung hat keine Geschäftszeiten«, entgegnete Sarah Kraft.

»Lassen Sie das lieber nicht die Gewerkschaft hören.«

Ein kurzer frustrierter Zug huschte über das Gesicht ihres Gegenübers, dann hatte die Kommissarin sich wieder unter Kontrolle. Wenn die Dame glaubte, dass sie Tilly hier in gemütlicher Umgebung ausfragen konnte, irrte sie sich.

»Das Rhabarberküchle.«

»Wie bitte?« Tilly folgte Krafts Blick und zuckte zusammen, beinahe hätte sie aufgeschrien. Schräg hinter ihr stand Traude Lohmann. »Sie sind aber lautlos.«

»Jahrelange Übung.«

Tilly lächelte zufrieden und spießte Sekunden später das erste Stück Kuchen auf die Gabel.

»Das mit dem Hans-Josef Krumm hat dich bestimmt mitgenommen?«, fragte Sarah.

»Das würde wohl jedem so gehen.«

»Wie lange arbeitest du denn schon in deinem Beruf?«

»Seit ich denken kann«, erwiderte sie und war nicht bereit, auch nur den Hauch einer Information preiszugeben, die ein gewisser Kriminalhauptkommissar Stubs gegen sie verwenden könnte. »Und selbst? Gebürtig aus Untertannberg?«

»Sarah ist neigschmeckt«, rief Traude im Vorbeigehen.

»Zugezogen«, erklärte Sarah.

»Strafversetzt?«

»Ganz freiwillig. Sobald der Kriminalhauptkommissar in den Ruhestand geht, übernehme ich.«

»Ach, das sind ja gute Nachrichten«, entfuhr es Tilly.

Sarah schmunzelte eine Sekunde lang, bevor sie wieder ernst wurde. »Liegt noch in der Zukunft.«

»Weit?«

»Sieht so aus.«

»Wie weit?« Tilly vergaß für einen Augenblick den Rhabarberkuchen.

»So weit, dass ich mit Mordverdächtigen nicht darüber spreche.«

An der Stelle überlegte Tilly ernsthaft, Sarah mit der Gabel zu piksen. Was vermutlich als Angriff auf eine Beamtin aufgefasst werden könnte und sie doch noch ins Gefängnis bringen würde. »Das glaubst du nicht wirklich?«

»Es geht nicht darum, was ich glaube«, sagte Sarah jetzt knallhart bürokratisch. »Beweise müssen her. Einstweilen bist du die Person, die am Tatort war und dort ...«

»Sag es nicht«, stoppte Tilly sie.

Wenn sie noch einmal hörte, dass das Messer im Hygienespülgang gereinigt worden war, würde sie wirklich zur Mörderin werden.

»Kriminalhauptkommissar Stubs ...«

»... hat hoffentlich zur Kenntnis genommen, dass der Bürgermeister noch lebt.«

Sarah räusperte sich. »Ja-ha, nicht jeder Hinweis wird von uns derart ernst genommen.«

Zufrieden registrierte Tilly, dass es ihr gelungen war, die Befragung umzukehren.

»Vielleicht sollte sich der Herr Stubs lieber darauf konzentrieren, den echten Mörder zu finden«, entfuhr es Tilly.

»Das kommt schon noch. Sobald er deinen Werdegang überprüft hat«, sagte Sarah. »Wobei dein ehemaliger Chef keine Hilfe war. Er hat dich als aggressiv, unpünktlich und neugierig beschrieben.«

Was Tilly rundheraus unverschämt fand, zumindest das unpünktlich. Die gesamte Kolonne war aggressiv gewesen, wenn er wieder eine seiner Ansprachen gehalten hatte. »Er hat seine Gründe, schließlich habe ich gekündigt.«

»Warum eigentlich?« Sarah nickte Traude dankend zu, die ihr einen Kaffee hingestellt hatte.

Tilly berichtete, was zum Zerwürfnis mit ihrem Chef geführt hatte.

Ihre Blicke trafen sich.

In diesem Augenblick realisierte sie, dass Sarah das Gespräch wieder gedreht hatte. So viel hatte sie eigentlich gar nicht preisgeben wollen.

Tilly kam sich vor wie in einem Schachspiel, bei dem jeder Zug mit Bedacht ausgeführt werden musste. Diese Frau könnte durchaus ein Genie sein, das ihrem Chef zuarbeitete und schlicht effektiver war in dem, was es tat.

Sie ärgerte sich darüber, verdächtigt zu werden. Man sollte den ganzen Krimischreibern, die anno dazumal den Gärtner und die Putzfrau zu Mördern gemacht hatten, mal eine Leiche vorsetzen.

Im realen Leben war das doch unrealistisch.

Sie versuchte einen anderen Ansatz. »Das ist typisch für Behörden. Die wollen schnell eine Lösung, da wird halt nach jedem Strohhalm gegriffen.«

»Wir recherchieren akribisch, prüfen unsere Beweise und alles muss hieb- und stichfest sein. Andernfalls beantragen wir keinen Haftbefehl. Der würde sowieso abgelehnt werden. Sogar mein Chef muss sich daran halten.«

»Und wo deuten die aktuellen Beweise hin? Außer zu mir, meine ich?«

»Also …« Sarah trank einen weiteren Schluck, hielt dann aber inne.

In diesem Augenblick hatte sie wohl begriffen, dass sie einer ebenbürtigen Spielerin gegenübersaß. Verdammt! Das erinnerte Tilly an ihr erstes Date. Damals hatte sie auch zu viel geredet und vor sich hingestottert. Am Ende hatte sie Markus Schwaft einfach gepackt, um sich selbst zu bremsen, und ihm einen Kuss aufgedrückt. Das war ganz nett gewesen. Am nächsten Tag hatte er bei ihrem Anblick aber ängstlich das Weite gesucht. Vielleicht war der Kuss doch mit zu viel Wucht gekommen.

»Und zu viel Zunge«, murmelte sie.

»Wie bitte?«, fragte Sarah.

Tilly musste lernen, sich zurückzuhalten. Wucht herauszunehmen. Gerade bei jemandem wie Sarah Kraft, die alle Verhörtechniken kannte. Aber dafür war es jetzt wohl zu spät.

»Mir ist nur gerade eingefallen, dass ich doch ganz dringend meine Wohnung putzen muss.« Tilly vertilgte das letzte Stück Rhabarberkuchen. »Kartons ausräumen und so.«

»Immer noch kein Feierabend«, sagte Sarah.

»Das ist wie bei Polizisten, wir Reinigungskräfte schlafen auch nie.« Sie lachte künstlich auf, zog ihren Geldbeutel hervor und legte einen Schein auf den Tisch.

Muffin sprang schwanzwedelnd hinter ihr her. Seine Schnauze zierte Schlagsahne. Sie hatte keine Ahnung, wo er sich sein Essen besorgt hatte, doch es war ihm gelungen, dabei unbemerkt zu bleiben.

Im Hinausgehen winkte sie Traude zu und versuchte, es nicht zu sehr nach Flucht aussehen zu lassen. Vor der Tür verfiel sie in einen energischen Schritt.

Kriminalhauptkommissar Stubs mochte ja nervtötend sein, aber Sarah Kraft war die gefährlichere von den beiden. Falls sie sich auf Tilly einschoss, würde sie zweifellos alles Mögliche ausgraben. Und gerade ihr ehemaliger Chef würde jede Chance nutzen, sie in ein schlechtes Licht zu rücken.

Ihr Smartphone vibrierte.

Tilly zog es hervor, runzelte die Stirn und nahm das Gespräch an. »Herr Bürgermeister?«

»Frau Blich, gut, dass ich Sie noch erreiche.« Er klang außer Atem. »Diese Idioten haben sich schon wieder Zutritt verschafft. Also, zum Rathaus. Hier ist alles verwüstet.«

Sie schloss die Augen. »Ich hatte abgeschlossen.«

»Ich mache Ihnen gar keinen Vorwurf, aber ich bräuchte Sie morgen früh noch mal. Wir erwarten noch ein paar Investoren, und da kann das hier nicht aussehen, als wäre eine Horde Protestler durchmarschiert.«

Tilly rief sich den Plan mit den Aufträgen für den morgigen Tag ins Gedächtnis. »Morgen früh habe ich einen Termin, aber ich schicke meinen Assistenten vorbei und komme selbst nach.«

»Ausgezeichnet«, sagte der Bürgermeister. »Ich bin ab fünf Uhr im Büro.«

Das Gespräch wurde beendet.

In solchen Augenblicken erinnerte sich Tilly wieder daran, wieso sie Chefin hatte sein wollen. Kein frühes Aufstehen mehr, kein spätes Arbeiten. Ein Leben an der Spitze.

Tja, die Spitze von *Plitz & Blank* hörte auf den Namen Tilly Blich und war leider das Einzige, was es in der Firma gab.

Sie wählte die Nummer von Leon.

»Jo«, kam es aus dem Hörer.

»Selber Jo«, gab Tilly zurück.

»Das ist aber schon ganz schön spät für einen geschäftlichen Anruf«, sagte er neunmalklug.

»Und der stört dich wobei?«

»Lernen.«

Im Hintergrund erklangen die typischen Geräusche einer weiteren Person, die mit einem Spielekonsolen-Controller irgendwelche Effekte bei einem Computerspiel auslöste.

»Schalt beim nächsten Mal auf lautlos.«

Stille. »Gute Idee.«

»Du hast morgen deinen ersten richtigen Job, Glückwunsch«, sagte Tilly.

»Toll«, kam es trocken zurück. »Wo und wann?«

»Rathaus, Bürgermeister«, erklärte sie. »Da haben Vandalen gewütet. Wo warst du heute Abend?«

»Haha. Ich breche doch nicht beim ollen Blechle ein und verwüste das Büro, wäre ja ein Eigentor. So als Reinigungskraft.«

»Wie löblich«, sagte Tilly. »Und noch löblicher wäre es, wenn du pünktlich um sechs Uhr dort auf der Matte stehst.«

»Was?! Das ist ja mitten in der Nacht.«

»Fünf geht auch.«

»Digga, jetzt mach weiter«, erklang es aus dem Hintergrund.

»Sagen wir sieben?«, blieb Leon auf das Gespräch konzentriert.

»Das ist keine Verhandlungsbasis«, erklärte Tilly. »Wir sollen ab fünf Uhr dort sein, sei froh, dass ich dir eine Stunde schenke. Ich komme etwas später nach.«

»Von mir aus.« Leons Stimmung hatte den Nullpunkt eindeutig unterschritten.

»Perfekt, Digga«, sagte Tilly.

»Boah, hör auf, das zu sagen. Voll peinlich«, beschwerte sich Leon.

»Warte ab, bis du morgen den Wischmopp schwingst. Das wird viel peinlicher.« Damit legte Tilly auf.

Zufrieden schloss sie die Wohnungstür auf, ließ Muffin in die Siebziger-Hölle einfallen und folgte langsam. Heute war es ihr sogar egal, dass sie auf einem Wasserbett schlief. Hauptsache, dieser Tag endete.

Morgen konnte nur besser werden!

Dachte sie.

9. KAPITEL

Wie sich herausstellte, war Tilly am kommenden Morgen in der Einrichtungsboutique *Häusletraum* zum Putzen engagiert. Sie runzelte beim Eintreten verwundert die Stirn. Der Laden hatte geöffnet, darum war eine rege Anzahl an Kunden versammelt.

Muffin schien sich von einem Augenblick zum nächsten in einen Innenarchitekten zu verwandeln. Der kleine Basset untersuchte jede Blume und schnupperte an Gipsrepliken von Leuchttürmen, als habe er sich in der gleichen Sekunde verliebt. Außerdem hinterließ er natürlich seine Duftmarke, indem er das Bein hob.

Tilly schlug sich die Hand vor die Stirn und überlegte schon, wie sie weitere Pinkelattacken verhindern konnte, da kam der Inhaber auf sie zu geschwebt. Und dass er schwebte, sah sie an seinem glasigen Blick.

»Frau Blich, so schön, dass Sie da sind.« Er schüttelte ihr die Hand und wollte gar nicht mehr loslassen.

»Ich freue mich auch«, sagte sie. »Samstagmorgens putzen, ich liebe es.«

»Das sieht man ihnen an«, erklärte er, offensichtlich ironieresistent, was auf recht viele Personen hier im Ort zuzutreffen schien. »Ich bin Norman Palinski.«

Normans hochgewachsener Körper glich einem der Bambusstängel, die hier überall als Deko aufgestellt waren. Auf seiner Nase saß eine dicke Hornbrille. Seine Weste verlieh ihm einen biederen Charme, der so gar nicht zur Umgebung passen wollte.

Tilly warf einen Blick in die Runde. »Denken Sie nicht, ich sollte lieber nach Geschäftsschluss starten? Sie haben übrigens sehr früh geöffnet.«

Es war gerade mal sieben. Wehe, Leon schwang nicht längst den Wischmopp. Bisher hatte sie darauf verzichtet, via Smartphone nachzuhaken. Frau wollte ja keine Helikopterchefin sein.

»Oh, nein, nein.« Norman winkte ab. »Es geht doch nicht um den Laden, der wird nicht geputzt.«

»Wird er nicht?«

Anstelle einer Antwort wandte er sich um. Sie folgte ihm durch eine schmale Tür. Schwüle schlug ihr entgegen.

»Das ist jetzt nicht Ihr Ernst«, sagte Tilly.

Vor ihr breitete sich ein gewaltiges Gewächshaus aus. Der Inhalt erklärte auch den glasigen Blick von Norman Palinski. Hanf so weit das Auge reichte.

»Ist natürlich nur für medizinische Zwecke.« Er lachte gackernd.

»Klar. In der Menge gerade genug für die Selbstmedikation«, sagte Tilly trocken.

Woraufhin er noch lauter lachte.

»Ist ja bald auch legal.« Norman zuckte mit den Schultern.

»Und das hier ist bisher niemandem aufgefallen?«, fragte sie. »Stichwort: Energieverbrauch.«

»Aber nein, wir sind Selbstversorger. Solaranlage auf dem Dach, Wasseraufbereitung unter dem Gewächshaus. Mein Vater hat das noch alles aufgebaut, weil er die Idee hatte, einen Blumenladen aufzumachen. Wir hatten einmal einen solchen Dürresommer, dass die Züchtungen kaputtgingen. Da konnte ich ihn dann auch dazu überreden, stattdessen einen Laden für Inneneinrichtung aufzubauen. Mit Lieferservice.«

»Für Blumen?«, fragte Tilly.

Norman zwinkerte.

»Ach herrje, sie verschicken auch noch.«

Es war kaum zu glauben, dass Kriminalhauptkommissar Stubs ihr am Hintern klebte für einen Mord, den sie nicht begangen hatte. Und gleichzeitig wurde unter seiner Nase Hanf angebaut, konsumiert und gedealt. Eine dichte Wolke hüllte Tilly ein, vermutlich würde sie den Rest des Tages stinken wie eine … nun ja, Hanfplantage.

»Ich lasse Sie dann mal allein«, sagte Norman. »Wischen Sie einfach einmal durch und reinigen Sie die Oberflächen des Plastikschutzes und das Glas.«

Schon schwebte er davon. Vermutlich, um mit verklärtem Blick irgendwelche Einrichtungsgegenstände zu verkaufen. Muffin saß neben ihr am Boden, starrte den Hanf an und machte sich bereit.

»Oh, nein.« Tilly stoppte ihn und befestigte die Leine am Stuhlbein eines Tisches. »So weit kommt es noch, dass ich am Ende einen Basset habe, der total bekifft durch die Gegend flitzt.«

Tilly war kein Kind von Traurigkeit, sie kam schließlich aus Köln. Dort hatte sie bereits eine Menge gesehen. Zugegeben, bisher keine Hanfplantage. Machte sie sich eigentlich strafbar, wenn sie hier putzte? Eindeutig eine Frage für Antonia. Sie wollte schon ein Foto schießen, überlegte es sich dann aber anders. So was klärte sie lieber im direkten Telefonat.

Der Putzwagen quietschte, als sie ihn zwischen den Reihen hindurchschob. Wenigstens zahlte Norman Palinski den Samstagszuschlag. Wenn Tilly momentan eines benötigte, dann ein prall gefülltes Konto. Oder zumindest eines, das im Plus war.

Sie arbeitete sich Reihe um Reihe vor und wischte den Boden, reinigte die Oberflächen und überlegte gerade, ob sie vielleicht ein paar der Blüten bestäuben sollte, als das Smartphone klingelte.

Leon.

Sie nahm das Gespräch an. »Wehe, du sagst mir jetzt, dass du verschlafen hast. Dann erklärst du das dem Bürgermeister bitte selbst.«

»Nein«, krächzte Leon. »Ich bin hier.«

»Pünktlich?«

»Total«, log er. Dieser Junge konnte nicht einmal seine Stimme vernünftig verstellen, wenn er jemandem einen Bären aufband. »Aber es ist etwas passiert.«

Im Geiste ging Tilly alle möglichen Variationen von

zerstörten Gegenständen durch. Ein Schreck durchfuhr sie. Bei der Versicherung hatte sie einen Tarif gewählt, der einen recht tiefen Deckel besaß. Falls Leon also irgendeine antike Vase umgeworfen hatte oder einen Stadtschlüssel aus dem vorvorherigen Jahrhundert, wurde es eng. Innerhalb von Sekunden sah Tilly den Gerichtsvollzieher, die geschlossene Tür von *Plitz & Blank* und sich selbst auf dem Rückweg nach Köln.

»Was ist es?«, fragte sie. »Mach es wie bei einem Pflaster, schnell runterreißen und gut ist.«

Außer, die Wunde war zu tief.

»Du musst herkommen«, sagte Leon.

So schlimm also!

Tilly seufzte. »Ich bin hier sowieso gleich fertig. Gib mir fünfzehn Minuten.«

Sie rief Norman Palinski, um ihm zu sagen, dass sie etwas früher aufbrechen musste. Der blickte jedoch verzückt auf die Gänge zwischen den Hanfbeeten. »Wunderbar. So sauber. Und dieser herrliche Geruch.«

»Das ist Hanf«, sagte Tilly.

»Ach, Sie haben ein Reinigungsmittel mit Hanfgeruch?«

»Ist ganz neu«, konnte sie sich nicht verkneifen.

»So wunderbar. Also dann, übernächsten Samstag wieder.«

Sie nickte nur, leinte Muffin ab und schob den Wagen aus dem Gewächshaus. Im Vorbeigehen folgten ihr einige Blicke, Nasen wurden gerümpft. Tilly schnupperte an ihrem Outfit und stellte fest, dass der Geruch tatsächlich am Stoff haftete. Sie verstaute die Utensilien im rosa Wagen, verfrachtete Muffin in den Fußbereich des Beifahrersitzes und düste los. Immerhin hatte sie im Hintergrund keinen wütenden Bürgermeister vernommen, der lautstark ihre Anwesenheit forderte. War es Leon möglicherweise gelungen das Missgeschick zu verbergen? Wenigstens dieses Mal durfte er seine Schlitzohrigkeit beweisen.

Tilly stoppte den Wagen, sprang hinaus und lief mit Muffin in das Rathaus. Auf dem Weg kam M. Oberzart an ihr vorbei. Die Nasenflügel der Beamtin zuckten, eine Braue wanderte in die Höhe. Doch bevor Tilly etwas sagen konnte – sie hätte nicht einmal gewusst, was –, verschwand die Dame mit all ihrer Wucht im Bürgerbüro.

»Ich brauche Urlaub«, sagte Tilly und betrat den Lift. »Und das am dritten Tag. Was sagt das über Untertannberg aus?«

Muffin bellte freudig.

Sie ging in die Knie und streichelte den Winzling. Wenigstens sein Anblick tat ihr gut, mochte er auch ein frecher kleiner Racker sein.

Die Aufzugtüren öffneten sich.

»Endlich!« Leon kam bereits auf sie zu.

»Was hast du kaputt gemacht?«, fragte Tilly.

Er starrte sie an, kalkweiß im Gesicht.

»Ganz ruhig, ist mir auch schon passiert«, erklärte sie. »Ehrlich gesagt mehr als einmal.«

Leon setzte zum Sprechen an, schnupperte und runzelte die Stirn. »Ist das Gras? Hast du geraucht?«

»Ich habe geputzt!«

»Kann ich auch einen haben?«

»Fokus.« Tilly klatschte in die Hände. »Wo müssen wir Rückstände beseitigen? Was war das Tatwerkzeug?«

Vermutlich der Staubwedel. Wobei ihr auch mal der Wischmopp durchgegangen war.

Muffin schoss bereits davon und erkundete die Amtsräume aufs Neue.

»Oh, da bist du ja wieder. Hallo, Muffin«, erklang eine Stimme.

Allerdings nicht die des Bürgermeisters.

»Ist das Patrick?«, fragte Tilly.

»Äh, möglicherweise.« Leon kratzte tatsächlich mit den Spitzen seiner Sneaker auf dem Boden. »Er ist halt irgendwie auch hier.«

»Versehentlich«, sagte Tilly trocken.

»Genau. Nein. Zum Putzen. Wir haben gemeinsam quasi ... geputzt.«

»Gegenseitig eure Münder, nehme ich an. Mit der Zunge.« Tilly stemmte die geballten Fäuste in die Hüfte. »Du bist also hierhergekommen, um mit deinem Freund rumzumachen.«

»Wir sind nicht zusammen«, erklang die Stimme von Patrick aus dem Off. »Da ist er noch unentschlossen.«

Tilly schloss die Augen. »Und beim Rummachen ist dann das Malheur passiert. Nicht beim Putzen.«

»Ehrlich gesagt war das vorher schon so«, presste Leon hervor. »Wir haben es nur nicht sofort bemerkt. Wir haben direkt mit dem Konferenzraum begonnen, und das hat uns länger aufgehalten. Erst nach einer guten Stunde sind wir dann wieder raus und ...«

»Die ziehe ich dir vom Lohn ab«, sagte Tilly. »Und dass sie den Mindestlohn erhöht haben, hast du nicht verdient. Also, was ist denn nun die Katastrophe, die *ich* dem Bürgermeister erklären muss?«

»Die Katastrophe *ist* der Bürgermeister«, sagte Leon und deutete auf dessen Büro.

Tilly stapfte mit gerunzelter Stirn zur Amtsstube. Bürgermeister Blechle lag in seinem Stuhl. Jemand hatte die Vitrine mit der Amtsschärpe zerschlagen, diese um den Hals des Stadtoberhauptes gelegt und zugezogen. Leon hatte völlig recht, das Malheur war der Bürgermeister, und erklären würde sie ihm nie wieder etwas müssen.

»Scheiße«, entfuhr es ihr.

»Er ist tot«, sagte Leon überflüssigerweise.

»Ach«, patzte Tilly. »Was hat dich denn darauf gebracht? Die geschwollene Zunge? Das bleiche Gesicht?« Bei seinem Anblick atmete sie schwer aus. »Tut mir leid.«

Leon mochte sich taff geben, doch er war noch ein halbes Kind. Es gab ausgewachsene Kerle, die bei so einem Anblick einen Nervenzusammenbruch bekamen.

»Mein Vater bringt mich um«, erklang die Stimme von Patrick.

Was Tillys Gedanken unmittelbar auf Kriminalhauptkommissar Stubs brachte. Wie sollte sie dem das hier erklären? Die zweite Leiche befand sich im Büro von einem weiteren ihrer Auftraggeber. Und sie hatte sich noch darüber lustig gemacht.

»Meine Eltern bringen mich nicht um«, sagte Leon leise. »Sie stecken mich ins Internat.« Er schluckte.

Bei seinem Anblick und allem, was bisher vorgefallen war, glaubte sie ihm jedes Wort.

»Wo wart ihr?«, fragte Tilly. »Habt ihr etwas angefasst?«

Beide schüttelten den Kopf. Nickten dann. Schüttelten wieder den Kopf.

»Jetzt macht den Mund auf«, blaffte sie.

»Wir waren im Konferenzraum«, erklärte Patrick und wurde knallrot.

Tilly seufzte müde auf. »DNA verteilen, nehme ich an.«

»Was du wieder denkst«, sagte Leon. »Vielleicht ein bisschen. Wir wohnen halt beide noch daheim. Da ist das schwierig.«

»Und wo du schon mal im Rathaus putzen darfst, war das eine gute Gelegenheit«, sagte Tilly.

»Richtig.«

»Verdammt, Leon! Das ist auch ohne die Leiche Mist.« Sie eilte zum Konferenzraum.

Dort war längst Muffin zugange, sprang herum und wälzte sich auf dem Boden. Das ihn umgebende Chaos musste von den Vandalen stammen, die sich gestern hier Zutritt verschafft hatten. Das war Tilly total entfallen.

»Okay, ihr beiden haut jetzt ab«, erklärte sie. »Es hilft niemandem, wenn ihr morgen auf der Titelseite dieses

Dorfblattes landet.« Ganz zu schweigen davon, dass Kriminalhauptkommissar Stubs Tilly kurzerhand persönlich aus der Stadt in ein weit entferntes Gefängnis eskortieren würde, falls er von seinem Sohn an einem Tatort erfahren sollte.

Die beiden flüchteten.

Damit war sie allein. Sah man von Muffin ab, der glücklicherweise völlig untraumatisiert umherzog. Tilly zog das Smartphone hervor und wählte die Nummer des Polizeireviers.

»Gerdy hier«, erklang die wohlbekannte Stimme.

Innerlich atmete Tilly auf. »Hallo, Gerdy, kannst du mir bitte mal die Frau Kraft geben.«

»Ah, Frau Blich. So früh am Morgen schon fleißig. Beim Bürgermeister, stimmts?«

Blieb in diesem verdammten Kaff denn wirklich gar nichts geheim? »Frau tut ihr Bestes. Und nennen Sie mich Tilly.«

»Sarah«, brüllte Gerdy so abrupt, dass Tilly zusammenzuckte. »Hier ist die Frau Tilly … äh, Blich am Telefon.«

Ein Rumoren, dann erklang die Stimme der Kriminalkommissarin. »Ich trinke gerade meinen ersten Kaffee. Vor dem zweiten geht gar nichts.«

»Das tut mir leid. Aber ich muss etwas melden.«

»Neue Ideen zum Mörder?«

»Eher zum Mord.« Tilly nahm allen Mut zusammen. »Der Bürgermeister ist tot.«

Stille.

Ein Gähnen.

»Ist klar, sonst noch was?«

»Wirklich.«

Sarah schnaubte. »Tilly, ich denke, der Vorname ist mittlerweile in Ordnung.«

»Absolut.«

»Als ich angefangen habe, damals in Stuttgart, haben die Kollegen mir auch mal samstags einen Streich gespielt. Da hieß es dann, dass der Sigfried – das war der Herr vom Kiosk – mit einem Messer im Rücken gefunden wurde. War dann aber eine Gummipuppe.« Sie verfiel in einen sinnierenden Ton. »Man muss es den Kollegen lassen, das war herausragend gemacht. Kunstblut vom Theater, dazu das Messer. Und all die betroffenen Gesichter. Gibts beim Bürgermeister auch Kunstblut?«

»Er wurde erwürgt. Mit der Amtsschärpe.« Tilly räusperte sich. »Hab ihn gerade vor mir.«

Stille.

»Das ist jetzt nicht mehr witzig.«

»Der Bürgermeister ist tot, ich stehe in den Amtsräumen.« Dieses Mal legte sie so viel Überzeugung in ihre Stimme, dass Sarah es endlich realisierte.

»Ich komme sofort.« Kurze Stille. »Und *Frau Blich*, es wird nichts angerührt.«

Die Verbindung wurde getrennt.

»So schnell sind wir wieder beim Nachnamen.«

Tilly betrachtete den Bürgermeister und die Umgebung. Das Durcheinander der Vandalen. Die zerbrochene

Scheibe der Glasvitrine. Die Scherben lagen innen, aber womit war sie eingeschlagen worden?

Sie blickte sich suchend um.

Da!

Neben der Vitrine lag ein Staubsaugeraufsatz aus Metall. Das war schlimmer als gedacht und ganz offensichtlich kein Zufall.

»Da will mir jemand was anhängen«, realisierte Tilly.

Leider machte er dabei einen verdammt guten Job.

10. KAPITEL

Minuten später war es mit der Ruhe vorbei.

Kriminalkommissarin Sarah Kraft kam an der Seite von Kriminalhauptkommissar Stubs hereingestürmt. Beide blieben im Eingang zum Büro stehen – Tilly hatte sich auf den Gang zurückgezogen – und starrten die Szene an.

Sicherheitshalber war Muffin am Putzwagen angeleint. Sie wollte ja nicht, dass der Basset noch wegen Beweismittelvernichtung in eine Zelle gesteckt wurde – zutrauen würde sie es Stubs.

Der Kriminalhauptkommissar wandte sich Tilly zu. »Ich nehme an, das war auch wieder Zufall?«

»Immerhin hat sie nicht geputzt«, warf Sarah hilfreich ein.

Was eigentlich der einzige Grund war, wieso Tilly sich hier befand.

Doch Stubs schien für vernünftige Argumente unzugänglich zu sein. Er kam mit zusammengekniffenen Augen näher. Stoppte. Seine Nasenflügel zitterten. »Rieche ich da Hanf? Haben Sie etwa welchen konsumiert?«

Innerlich stöhnte Tilly auf. Was zum Donnerwetter sollte heute noch schiefgehen? »Nur meine Kleidung«, sagte sie trocken. »In den Blutkreislauf ist nichts davon eingedrungen.«

»Das finden Sie wohl auch noch witzig«, schnauzte Stubs.

Von der Tür her näherten sich Schritte. Männer und Frauen in Weiß traten ein. Die Spurensicherung. Ein paar Gesichter erkannte Tilly wieder und nickte freundlich. Grimmig wurden ihre Blicke erwidert. Damit hätte sie wohl rechnen müssen, immerhin hatte sie deren Arbeit beim letzten Tatort erschwert. Das würde dieses Mal nicht passieren.

»Nennen Sie mir einen Grund, warum ich Sie nicht sofort verhaften sollte«, blaffte Stubs.

Tilly hatte sich auf ihren Wischmopp gestützt und blieb von seiner aggressiven Art völlig unbeeindruckt. »Die Kleidung.«

Stubs blickte irritiert an sich herab. »Was soll das denn heißen?«

»Nicht ihre, die des Bürgermeisters«, erklärte Tilly. »Ich war gestern Abend schon einmal hier, da trug er dasselbe. Er muss das Büro verlassen haben, als er zurückkehrte, waren Vandalen eingebrochen. Er hat mich angerufen, dass ich heute noch mal vorbeikommen soll, um wieder alles in Ordnung zu bringen. Da er aber noch immer dasselbe trägt, liegt der Todeszeitpunkt am gestrigen Abend.«

»Möglicherweise hat er einfach heute Morgen verschlafen und die Sachen erneut angezogen?«

»Wie er mir sagte, erwartete er eine Delegation«, erklärte Tilly. »Da wird er kaum die Sachen vom Vortag tragen.«

Eine schlüssige Argumentation, die Stubs aber nicht dazu brachte, klein beizugeben. »Das führt mich natürlich zu der Frage, wo Sie gestern Abend waren, nachdem Sie hier fertig geputzt hatten.«

»Im *Brezle-Eintöpfle-Küchle*«, erklärte Tilly.

»Gibt es dafür Zeugen?« Stubs fiel wohl auf, was das für eine dämliche Frage war. Natürlich gab es in einem Restaurant Zeugen.

Womit er nicht gerechnet hatte, war, dass seine Kollegin sich räusperte. »Traude hat Frau Blich an meinen Tisch gesetzt.«

Stubs blinzelte. »Ich weiß nicht, wie Sie es gemacht haben, aber das hier ist kein Zufall.«

»Da bin ich ganz Ihrer Meinung«, sagte Tilly. »Ehrlich gesagt glaube ich, dass mir jemand bewusst auch diesen Mord anhängen will. Beim ersten Mal mag es Zufall gewesen sein, aber als ortsfremde Person, ziehe ich spätestens jetzt jeden Verdacht auf mich.«

Stubs Stirn umwölkte sich noch ein wenig mehr. Er hatte sichtlich keine Lust auf weitere Argumente, die Tillys Schuld entkräfteten. Wie er wohl reagieren würde, wenn sie Leon und Patrick erwähnte? Vermutlich mit einer verbalen Explosion.

Die Spurensicherung begann damit, auch den Gang und die angrenzenden Räume abzusuchen. Tilly trat bis an den Türrahmen zum Büro.

»Also schön, dann erzählen Sie mal, wie das hier ablief«, forderte Stubs.

»Ich kam hier heute Morgen an, nachdem ich meinen vorherigen Job erledigt hatte«, begann Tilly.

»Und der war wo?«, fragte Stubs mit ein wenig zu viel offensichtlicher List.

Er wollte eindeutig die Quelle ihres Geruchs zuordnen.

»Geschäftsgeheimnis«, gab sie gelassen zurück. »Auf jeden Fall kam ich hier an und wollte zuerst einmal den Konferenzraum putzen. Dazu hatte ich aber keine Gelegenheit, weil ich den Bürgermeister bemerkte. Dann habe ich Sie gerufen.«

»Ihr Putzwagen steht also noch im Konferenzraum?«, fragte Stubs.

Nun war es an Tilly, irritiert die Stirn zu runzeln. Sie sah hinter sich. Der Putzwagen war weg. Nahezu gleichzeitig erklang ein Schrei.

Zu dritt rannten sie in Richtung Konferenzraum.

Muffin hatte den Putzwagen an der Leine hinter sich hergezogen. Der junge Kerl von der Spurensicherung hatte ihn dann so in Euphorie versetzt, dass er den Putzwagen umgeworfen hatte. Der Inhalt des Müllsacks war über den Boden verteilt. Muffin sprang weiter herum und zog den scheppernden Wagen hinter sich her.

Tilly hatte am vergangenen Abend nicht mehr geschafft, alles zu entsorgen, was ihr jetzt zum Verhängnis wurde.

Stubs starrte auf den Müll zwischen den umgeworfenen Stühlen und dem zertretenen Holz der Wandkommode. »Frau Blich«, sagte er gefährlich leise.

»Wird schon erledigt.« Sie schnappte sich Muffin,

klemmte sich den bereits ziemlich schweren Basset unter den Arm und zerrte den Putzwagen hinter sich her aus dem Raum.

»Ich kümmere mich darum«, erklang Sarahs Stimme.

Tilly stellte den Wagen wieder auf, leinte Muffin ab und atmete durch.

»Sie wollen wohl unbedingt verhaftet werden?«, zischte Sarah.

»Ach, wir sind wieder beim ›Sie‹, was?«

»Tilly«, sagte die Kriminalkommissarin stöhnend. »Ich kann hier nicht einfach mit einer Verdächtigen persönlich werden. Mein Chef würde mir die Mitarbeit an dem Fall entziehen. Dass ausgerechnet ich dein Alibi bin – falls der Bürgermeister tatsächlich zu diesem Zeitpunkt getötet wurde –, macht es nicht besser.«

»Da will mir jemand etwas anhängen«, sagte sie.

»Es wäre vorteilhaft, wenn keine dritte Leiche in deiner Nähe auftaucht.« Sarah deutete auf die Aufzugstür. »Du gehst jetzt lieber. Lass alles hier, außer diesem kleinen Racker. Ich komme zu *Plitz & Blank,* um deine Aussage aufzunehmen.« Sie wandte sich wieder dem Tatort zu, stoppte aber noch einmal. »Sprich auf keinen Fall mit der Presse.«

»Hatte ich jetzt nicht unbedingt vor«, entgegnete Tilly.

Die Aufzugskabine kam, und mit einem Ping öffneten sich die Türen.

»Und wechsle die Kleidung«, sagte Sarah noch.

Die Aufzugtüren schlossen sich.

Erst jetzt setzte sie Muffin wieder ab, der die Wand beschnüffelte. Alles hier war aufregend, ein einziges Abenteuer. In diesem Augenblick hätte Tilly gerne mit dem Winzling getauscht.

Wenigstens war klar, warum Tillys DNA überall im Büro zu finden war, sie hatte gestern bereits dort geputzt. Die anderen Rückstände waren von Mitarbeitern, und nicht jeder konnte überprüft werden. Falls die Polizei es doch tat, hatten sie ein Problem. Denn der Test würde eindeutig ergeben, dass eine der Proben mit dem Kriminalhauptkommissar in einer Verwandtschaftsbeziehung stand. Andererseits wusste Tilly, dass die Polizei nicht einfach von jedem, der das Gebäude möglicherweise einmal besucht hatte, Proben nahm. Das war nicht machbar.

Sie würden sich also auf die Tatwaffe konzentrieren. Kameras gab es hier keine, das prüfte sie erneut, als sie den Aufzug verließ und durch das Erdgeschoss ging. Nichts zu sehen. Wer auch immer gestern Nacht noch hier gewesen war, würde auf keinem Überwachungsband auftauchen.

Dank des Vandalismus' gab es natürlich zahlreiche Spuren, die nichts mit dem Mörder zu tun hatten. Doch möglicherweise gelang es Sarah wenigstens, die verantwortliche Person dafür ausfindig zu machen. Bei Stubs gab sich Tilly da keinerlei Illusionen hin, der Mann war die manifestierte Inkompetenz. Obendrein schien er etwas gegen sie speziell zu haben.

Durch die Eingangstür des Bürgerbüros konnte sie Frau M. Oberzart erkennen, die hinter ihrem Schreibtisch saß und angestrengt auf die Tastatur ihres Computers einhackte, als wäre sie ihr persönlicher Endgegner.

Sie war die Einzige, die bei Tillys Eintreffen bereits hier gewesen war.

Kurzerhand betrat Tilly das Büro. »Guten Morgen.«

»Ah, Frau Blich. Sind sie fertig?«

»Fix und fertig«, sagte sie mit einem Lächeln.

Die Miene von Frau Oberzart glich einer aus Beton gegossenen Statur. »Schön.«

»Sie sind auch bereits fleißig.«

»Seit sechs Uhr«, erklärte die Beamtin. »Ich schmeiße den Laden ja allein. Und da unter der Woche viel liegen bleibt, arbeite ich gerne samstagmorgens noch etwas ab. Dann ist es so schön ruhig.«

»Niemand, der stört«, sagte Tilly.

»So ist es.«

»Außer mir war heute auch keiner da?«, fragte sie.

»Aber Sie habe ich doch nicht als Störung wahrgenommen.« Oberzart winkte ab. »Heute nicht. Sie sind ja nur durchgehuscht.«

»Wie nett von Ihnen. Und sonst auch keiner?«

»Glücklicherweise nicht, nach gestern Abend.« Die Beamtin schüttelte empört den Kopf.

»Was war denn da?«

Wenn man sich auf eines verlassen konnte, dann auf Klatsch und Tratsch. Fragende Blicke motivierten noch jeden, die Gerüchte auszupacken. Oder das Erlebte.

»Da wollte sich doch glatt diese Rosetta Taff an mir vorbeischleichen.« Wieder ein Kopfschütteln. »Als ob das so einfach wäre. Ich sehe nämlich jeden.«

Tat sie ganz eindeutig nicht, aber wer wäre Tilly denn, sie darauf hinzuweisen. Das würde vermutlich in ein paar Minuten Kriminalhauptkommissar Stubs erledigen. Und dass M. Oberzart offensichtlich auch die Spurensicherung beim Eintreffen nicht gesehen hatte, sprach Bände.

»Hab sie mit deutlichen Worten hinauskomplimentiert«, stellte die Beamtin klar.

»Danach haben Sie aber hoffentlich auch Feierabend gemacht«, sagte Tilly mitfühlend. »Nach dem ganzen Stress.«

»Das habe ich tatsächlich«, erklärte Oberzart. »Auf den Herrn Bürgermeister warte ich ja nicht mehr, das habe ich mir abgewöhnt. Der arbeitet einfach zu viel. Das ist irgendwann noch sein Tod.«

»Wie recht Sie haben.« Tilly räusperte sich. »Falls jetzt doch jemand hier hereinmarschiert – wie diese unverschämte Rosetta –, gibt es dann wenigstens Kameras oder so?«

»Dafür haben wir kein Geld, Frau Blich«, sagte Oberzart mit hochgezogener Braue. »Wir sind ja nicht Köln.«

»Die haben auch kein Geld«, erklärte Tilly. »Hat doch niemand. Aber dann bedanke ich mich für Ihre Auskunft.«

Sie eilte aus dem Raum und zur Tür, gerade als der Aufzug sich öffnete und Kriminalhauptkommissar Stubs sich in Richtung Bürgerbüro wandte.

Tilly erreichte die Tür. Hinter ihr erklang ein Aufschrei, gefolgt von einem Rums. Da war die Frau Oberzart doch glatt umgekippt. Mit etwas Glück war sie dabei direkt auf dem Hauptkommissar gelandet.

Vor dem Rathaus ließ Tilly Muffin wieder in den Fußbereich des Beifahrersitzes springen. Sie musste unbedingt den Kofferraum ihres eigenen Wagens umbauen. Sicherheitsnetz und all das Zeug, damit bei einem Unfall nichts passieren konnte. Und für den Firmenbus musste sie sich auch etwas einfallen lassen.

Doch erst mal stand ein Gespräch an.

Sie fuhr zu *Plitz & Blank,* wo Leon gerade auf seiner Unterlippe herumkaute und mit verschränkten Armen durch den Raum tigerte. Patrick brütete in stillem Schweigen am rechten Schreibtisch.

Beide wandten sich ihr ruckartig zu.

»Und?«, fragte Leon.

»Hat mein Vater was bemerkt?«, schickte Patrick hinterher.

»Danke der Nachfrage, mir geht es gut«, sagte Tilly. »Ich wurde nicht verhaftet. Zumindest *noch* nicht. Dein Vater«, sie deutete auf Patrick, »ist ein ziemlicher Idiot.«

So was schmetterte man einem Familienangehörigen eigentlich nicht entgegen, aber manchmal musste die Wut einfach raus.

Patrick nickte nur verständnisvoll.

»Ich habe meine Aussage noch nicht gemacht«, erklärte sie. »Das habt ihr Muffin zu verdanken.«

Wie aufs Stichwort sprang der Winzling auf Patricks Schoß und drehte diesem den Bauch zu. Natürlich wurde damit sofort ein Kraulreflex ausgelöst, was pädagogisch vermutlich eine Katastrophe darstellte. Tilly hatte jedoch keine Lust einzugreifen.

»Ich habe dir einen Kaffee geholt«, sagte Leon und deutete auf den Pappbecher auf ihrem Schreibtisch.

»Endlich lernst du schleimen«, entgegnete Tilly. »Weiter so.«

Sie griff nach dem Becher und stürzte das mittlerweile kalte Getränk hinunter.

»Dein Vater«, sie blickte zu Patrick, »denkt jetzt, dass ich eine kiffende Putzfrau bin, die ständig Leute um die Ecke bringt.«

»Es geht noch schlimmer«, sagte Leon leise. »Stell dir vor, er würde uns beide verdächtigen.« Dabei schlich sich schon wieder ein freches Grinsen auf sein Gesicht.

»Legst du es darauf an, dass ich dir die Laune verderbe?«, fragte Tilly. »Denn ein kalter Kaffee reicht nicht aus, um mich milde zu stimmen. Nicht nach dieser Aktion.«

Leon nickt verständnisvoll. »Wenn du möchtest, übernehme ich freiwillig den Putzdienst im *Häusletraum.*« Er blinzelte unschuldig.

Oh, dieser elende kleine Teufel.

»Woher hast du das erfahren?«, fragte sie.

»Auftragsbuch«, erklärte er.

Sie sah bereits vor sich, wie Leon und Patrick wild zwischen dem angebauten Hanf rummachten. Da fehlte nur noch Patricks Vater, der mit einer Spezialeinheit den Laden stürmte. Das wäre eine Familienzusammenführung mit Knalleffekt. Natürlich würde Kriminalhauptkommissar Stubs Tilly auch daran die Schuld geben.

»Muss ich es buchstabieren?«, fragte sie also.

Leon seufzte. »Dann halt nicht.«

»Ich glaube, jemand will mir ganz bewusst den zweiten Mord anhängen.«

Leon wurde schlagartig ernst. »Weil du zufällig in den ersten reingerutscht bist und damit einen guten Sündenbock abgibst?«

»Exakt.« Er war ein cleveres Köpfchen, vor allem, wenn er selbiges nicht für Schabernack einsetzte. »Vielleicht hat diese Rosetta Taff zuerst den Architekten des Projektes erledigt und jetzt auch den Verfechter des Neubaus im Rathaus. Wieso ist die überhaupt so gegen den Neubau?«

Leon zuckte nur mit den Schultern. »Meine Eltern sagen immer, sie wäre eine vertrocknete alte Achtundsechzigerin.«

»Mein Vater sagt, sie sei eine Unruhestifterin, schon immer gewesen«, ergänzte Patrick. »Sie ist gebürtige Untertannbergerin. War früher auch auf Demos gegen Atomkraft und so.«

»Nein, wie schrecklich«, sagte Tilly. »Wo die Atomkraft doch so wichtig für uns ist. Und gesund.«

»Sag das mal dem Stubsi Senior«, neckte Leon.

»Aber wenn ich das richtig verstehe, dann gibt es diese Bürgerbewegung noch gar nicht so lange, richtig?«, hakte Tilly nach.

Beide Jungs wechselten einen kurzen Blick.

»Seit letztem Jahr?«, fragte Leon.

Patrick nickte. »Ungefähr. Bekam recht schnell Zulauf, weil ständig Artikel im *Untertannberger Morgen* abgedruckt wurden.«

»War das im Sommerloch?«, fragte Tilly.

»Ne, das wurde von der Redaktion richtig gepusht«, sagte Leon. »Brot und Spiele verkaufen sich halt gut. Das hat dem Bürgermeister ganz schön Probleme bereitet. Ich glaube, es weiß eigentlich niemand mehr, warum er für oder gegen das neue Rathaus ist. Das ist so eine unendliche Geschichte.«

Was für Tilly trotzdem die Frage aufwarf, wie Rosetta Taff die Redaktion hatte überzeugen können, sie mit Artikeln zu unterstützen. Vermutlich hatte das zu regem Zulauf geführt und dieser die entsprechenden Mittel generiert.

Aber wenn diese Frau bereits seit einem guten Jahr gegen das neue Rathaus ankämpfte, warum jetzt den Architekten töten? Die Konstruktion war bereits abgeschlossen. Letztlich konnte der Stadtrat auch ohne den Bürgermeister weitermachen, es übernahm einfach sein Vize.

»Vielleicht ist das Rathaus auch nur die Fassade, und es geht um etwas Persönliches«, sprach Leon Tillys Gedanken laut aus. »Wäre doch das perfekte Täuschungsmanöver. Es gibt ein vorgebliches Motiv und eine Schuldige.«

»Wobei beides nicht zueinander passt«, sagte Tilly. »Denn wenn das Rathaus der Grund für den Mord ist, passe ich nicht als Verdächtige. Ich bin neu hier und habe keinerlei Probleme mit dem Bau. Falls es persönlicher Natur ist, gilt dasselbe. Weder kannte ich Hans-Josef Krumm noch Bürgermeister Blechle.«

Was Stubs vollkommen egal war.

»Was ist mit dieser Frau Oberzart?«, sagte Patrick. »Die ist mir suspekt. Die lacht nie.«

Leon ging zu ihm, wuschelte seinem Freund durchs Haar und umarmte ihn über die Stuhllehne. »Du bist so süß. Aber wenn jeder, der nicht ständig lächelt, ein Verdächtiger ist, kannst du halb Untertannberg verhaften.«

»Haha.« Patrick schüttelte Leon mit den Schultern ab und kraulte weiter Muffin. »Sie war schließlich da.«

»Stimmt. Im Grunde genommen war sie die Einzige.« Tilly dachte an die Beamtin im Bürgerbüro. »Aber ihre Reaktion war schon sehr aussagekräftig. Wenn sie die Mörderin wäre, würde sie doch nicht aufschreien und umkippen. So was lässt sich nicht so leicht spielen, schon gar nicht, wenn ein Polizist anwesend ist.«

Sie traute dem Kriminalhauptkommissar ja einiges an Inkompetenz zu, aber einen falschen Schwächeanfall würde er doch hoffentlich durchschauen. Oder nicht?

»Falls es etwas Privates ist, kommen wir nicht weiter«, sagte Tilly missmutig. »Dafür weiß ich zu wenig über den Bürgermeister.«

»Dann ändere das doch.« Leon verschränkte triumphierend die Arme und grinst wissend.

»Raus damit.« Tilly wedelte mit der Hand.

»Hat Vorteile, wenn man das Monopol hier hat«, erklärte Leon. »Du putzt nämlich auch das Haus des Bürgermeisters und seiner Frau.«

»Bitte was?«, fragte Tilly.

Leon griff in die Schreibtischschublade und zog ein blaues Notizbuch hervor. »Deine normalen Aufträge stehen alle da drin.«

Tilly linste in die Schublade. »Aber da liegt ja noch ein Schwarzes.«

»Jap.« Leon zog es heraus. »Darin sind die anderen Kunden. Die, für die du schwarz putzt.«

Tilly schlug sich mit der flachen Hand gegen die Stirn. Wo war sie hier nur gelandet?

11. KAPITEL

»Nicht dein Ernst«, erklang Antonias Stimme aus dem
Hörer. »Wo bist du da nur gelandet?«

»Frage ich mich stündlich.«

»Aber wenn du denen sagst, dass die beiden Jungs
mit dort waren, würde dich das doch entlasten«, sprach
Antonia weiter.

»Falls der Bürgermeister wirklich am gestrigen Abend
gestorben ist, hat sich das sowieso erledigt.« Tilly schüttelte den Kopf, erinnerte sich dann aber, dass Antonia das
ja nicht sehen konnte. »Da warte ich jetzt einfach ab.«

»Drück denen eine Karte von mir in die Hand, ich übernehme deine Vertretung.«

Tilly saß an ihrem Schreibtisch, betrachtete durch die
verdreckten Scheiben ein paar flanierende Touristen, die
sich nach Untertannberg verirrt hatten, und trank ihren
Kaffee. »Du bist also der Meinung, ich sollte Stubs deine
Visitenkarte als Kosmetikerin in die Hand drücken. Und
wenn er dann anruft, geht deine Chefin ran?«

»Natürlich nicht«, protestierte ihre Freundin.

Was Tilly innerlich aufatmen ließ.

»Du streichst mit einem Kuli die Telefonnummer durch
und schreibst meine Mobilfunknummer darauf«, ergänzte

121

Antonia leider. »Es geht hier ja nicht um eine Vertretung vor Gericht. Aber wenn dieser Idiot mich anruft, mache ich ihm schon klar, dass er nicht so unverschämt sein kann.«

»Falls du benötigt wirst, komme ich darauf zurück«, versprach Tilly.

Einstweilen genügte es ihr aber, wenn sie kostenfrei rechtliche Beratung einholen konnte. Eine Extraversicherung hierfür konnte sie sich nämlich nicht leisten, und die Stundensätze für Anwälte waren horrend.

»Also, ich schlage das jetzt mal nach mit diesem *Häusletraum*-Hanfladen«, sagte Antonia und brachte das Gespräch wieder zurück an den Anfang. »Ob du da Probleme bekommen kannst. Normalerweise würde die Polizei das vermutlich unter die letzte Akte legen, und sobald die Legalisierung durch ist, wäre das erledigt. Aber wenn dieser Stubs es drauf anlegt, könnte er dir was daraus stricken.«

»Ist auch meine Befürchtung«, sagte Tilly. »Ich sehe mich schon als mordende Hanf-Putze auf der Titelseite des hiesigen Schmierenblatts.«

»Auch negatives Marketing ist Marketing«, zitierte Antonia.

»Besuchst du etwa auch einen Wirtschaftskurs?«, fragte Tilly.

»Wir hatten gestern eine Gastvorlesung. Außerdem müssen wir die Grundlagen kennen, die meisten Anwälte wollen sich am Ende nämlich selbstständig machen. Genau wie eine gewisse Frau Marschler.« Ein verträumtes Seufzen folgte. »Doktor Marschler & Kollegen.«

»Mein Rat: Übernimm keine bestehende Kanzlei. Am Ende sitzt du in irgendeinem Kaff, und dein einziger Mitarbeiter ist ein resozialisierter Sträfling.«

»Wir müssen dringend an deinem Optimismus arbeiten«, sagte Antonia tadelnd. »Du warst mal so eine lustige Person.«

»Das war vor der zweiten Leiche.«

Ein Geräusch erklang, gefolgt von einem verärgerten Aufschrei.

»Tut mir leid, aber Sie müssen schon stillhalten«, sagte Antonia.

Erst jetzt bemerkte Tilly das Geräusch einer Feile im Hintergrund, die über Fingernägel schabte.

»Bist du etwa bei der Arbeit?«

»Habe heute Samstagsdienst«, bestätigte Antonia. »Aber das macht nichts, ich kann Multitasking. Oh, sorry. Ich gleiche den Rest an.«

In Gedanken sah Tilly eine Kundin vor sich, deren Fingernägel immer kürzer wurden, während Antonia das Smartphone zwischen Schulter und Ohr eingeklemmt hatte.

»Dein Multitaskingtalent kenne ich«, sagte sie. »Beim letzten Mal wolltest du diese neue Creme auf meinem Gesicht ausprobieren, hast gespachtelt und dabei telefoniert.«

»Jetzt fängst du wieder damit an.«

»Als du die Pusteln bemerkt hast, waren die schon riesig.«

»Aber ich hatte eine Allergietablette zur Hand«, stellte

Antonia klar. »Und darauf kommt es doch an. Keine bleibenden Schäden.« Wieder ein Aufschrei. »Hm, das wird jetzt schwierig. Also, ich muss mal auflegen, das wird gerade herausfordernd. Die Nägel sind aber auch kurz.«

Tilly verdrehte die Augen. »Ich melde mich wieder.«

»Halte durch, Lieblings-Blich.«

Tilly beendete die Verbindung und lächelte. Sie wusste nicht, was sie ohne Antonia täte. Allein ihre Stimme am Telefon zu hören, füllte die Batterien wieder auf. Sie bekam direkt das Gefühl, sich allem stellen zu können.

Jemand knallte gegen die Tür.

Das typische Ruckeln, dann trat eine rotwangige Gerdy ein, auf ihrer Hand balancierte sie eine Torte. »Nein, Tilly, das ist alles ganz schrecklich. Ich dachte, du brauchst jetzt mindestens drei Stück Schwarzwälder Kirsch. Außerdem ist der Herr Stubs gerade unerträglich, brüllt ständig in den Hörer.«

Gerdy lehnte sich mit dem Rücken gegen die Tür und ruckelte mit Schulter und Hüfte, bis sie wieder geschlossen war.

Tilly holte Besteck aus der Küche, nahm Platz und ließ sich die Tortenstücke auf den Teller hieven. »Du bist ein Schatz. Wie steht es denn dort draußen?«

»Kriegsgebiet.« Gerdy saß ihr gegenüber, stützte das Kinn auf ihren Handballen und beachtete ihren eigenen Teller gar nicht. »Die ersten Journalisten von größeren Zeitungen sind in Untertannberg eingetroffen. So ein toter Bürgermeister passiert ja nicht jeden Tag.«

»Davon ist auszugehen.«

»Alle berichten über das geplante neue Rathaus, die Bürgerinitiative und all das. Es gibt erste Vorwürfe und Fragen, warum die Polizei die drohende Gefahr nicht erkannt hat.«

Was die Laune des Kriminalhauptkommissars vermutlich in endlose Tiefen gestürzt hatte. Ein oder zwei Schlagzeilen mit Fragezeichen genügten. Pfusch bei der Polizei? Hätte dieser Mord verhindert werden können? Und natürlich eine der liebsten deutschen Fragen: Wer trägt die Schuld? Alles Suggestivfragen, die den Boden für die offeneren Anschuldigungen bereiteten.

»Seine einzige Möglichkeit, das Ganze wieder hinzubiegen, bin ich«, sagte Tilly.

Gerdy nickte zögerlich. »Falls es jemand von der Bürgerinitiative war, hat Stubs ein Problem. Ist es aber die Neue im Ort, konnte er es nicht voraussehen.«

Was auch immer Sarah Kraft sagen mochte, der Kriminalhauptkommissar würde auf seiner Fährte bleiben, da war Tilly sich sicher. Es gab schlicht nur eine Möglichkeit, diese Sache zu einem Happy End für sie zu bringen: Sie musste selbst ermitteln. »Großartig, jetzt muss ich auch noch unter die Detektive gehen.«

Prompt leuchteten Gerdys Augen. »Oh, das ist ja fabelhaft. Ich liebe Krimis.«

»Du kannst gerne mitmachen«, sagte Tilly, die gar nicht vorgehabt hatte, die Sekretärin von Stubs in diese Sache mit einzubinden.

Es ruckelte, als die Tür erneut geöffnet wurde. »Ich bringe Verpflegung.«

Leon trat ein, schloss die Tür mit einem heftigen Tritt und grinste breit.

»Wieso hast du so gute Laune?« Tilly linste auf die mitgebrachte Wärmebox. »Und wieso bist du so aufmerksam?«

Leon grinste nur breiter. »Darf man nicht einfach nett zu seiner Lieblingschefin sein?«

Jetzt wanderte sogar Gerdys Braue in die Höhe.

Doch der Teenager ließ sich nicht beirren. Er stellte die Box auf den Tisch, nahm einen Teller heraus, auf dem Kartoffelbrei und Semmelknödel aufgeschichtet waren. »Mit lieben Grüßen von Traude und dem *Eintöpfle*.« Er stellte die leere, aber offene Box auf den Boden und nahm sich stattdessen den Teller mit Torte von Gerdy.

Die schien das nicht zu stören.

Muffin beschnupperte die leere Essensbox und sprang hinein. Hektisch suchte er nach Rückständen, von denen es allerdings keine gab.

»Meine Eltern wollten mich abziehen«, sagte Leon. »Weg von *Plitz & Blank*.«

Tilly nickte verstehend. »Um den Putzdienst herumgekommen.« Sie nahm ein wenig Kartoffelbrei und war verwundert, wie gut der Geschmack mit dem Nachklang von Schwarzwälder Kirschtorte harmonierte.

»Ich lasse dich doch jetzt nicht allein«, sagte Leon entrüstet. »Meine Eltern können Stubsi nicht leiden. Musste nur sagen, dass du ihn nicht ausstehen kannst und überhaupt unschuldig bist. Dann habe ich mein Referat zitiert.«

»Dein Referat?«, echote Tilly und war so verblüfft, dass ihr der Kartoffelbrei zurück auf den Teller klatschte.

»*In dubio pro reo*«, sagte Leon gewichtig. »Das ist Latein und heißt: im Zweifel für den Angeklagten.«

»Ich weiß, was das heißt, aber dass es dir genauso geht, wundert mich doch etwas …«

»Das war jetzt ein wenig beleidigend.«

»Du bist neunzehn.«

»Altersdiskriminierung?« Er verschränkte die Arme.

»Leon«, sagte Tilly.

»Ist ja gut.« Er winkte ab. »Schwamm drüber. Auf jeden Fall habe ich diesen Aufsatz für die Debattier-AG vorbereitet. Meine Eltern haben mich gezwungen, da beizutreten.«

»Die zwingen dich ziemlich oft«, kommentierte Tilly und nahm den Kartoffelbrei wieder auf.

»Aber ausnahmsweise kam etwas Gutes dabei heraus.« Leon nickte gewichtig. »Weil in dem Fall ja du die Angeklagte bist. Aber solange keine Beweise vorliegen, sollte man dich auch nicht vorverurteilen.«

»Deine Eltern fanden das toll?«, fragte Tilly.

»Toll?«, echote Leon. »Meiner Mutter sind die Tränen gekommen. Mein Vater saß einfach nur da, hat mich mit glänzenden Augen angestarrt und gemurmelt, dass noch nicht alles verloren ist.«

Was Gerdy verständnisvoll nicken ließ.

»Ich darf also bleiben«, sagte er freudig. »Aber vielleicht mit weniger Putzen und mehr moralischer Unterstützung?«

»Vergiss es«, entgegnete Tilly. »Ich habe noch etwas gut bei dir. Falls es dir entgangen ist, es gäbe da eine recht simple Möglichkeit, dem Kriminalhauptkommissar gewisse Dinge zuzutragen.«

»Das ist fast wieder Erpressung«, sagte Leon schmollend. »Aber das verzeihe ich dir. In deinem Alter kommt der Stress eben schneller durch. Die Torte ist total lecker, Gerdy.«

»Nimm dir noch ein Stück.«

»Danke.« Er nahm ein großes. »Du bist echt die beste Bäckerin im Dorf.«

»Ach, du wieder.« Gerdy winkte ab.

»Ich glaube ja nicht, dass der Stubsi dich richtig zu würdigen weiß. Sagt Patrick auch immer.« Leon schloss genießerisch die Augen. »Wie läuft es denn so auf dem Revier?«

Gerdy ermahnte Leon mit dem Zeigefinger. »Du bist ein ganz Schlimmer, willst mich ausfragen, was? Aber so leicht falle ich darauf nicht herein. Der Stubsi ... äh, Herr Kriminalhauptkommissar Stubs mag meinen Kuchen nämlich. Er ist momentan nur schlecht drauf, weil die Frau Kraft Tilly quasi ein Alibi beschafft hat. Der Richter nimmt die Anrufe gerade nicht mehr entgegen. Und es gab eben auch keinen Hinweis, der auf die Frau Blich deutet. Bis jetzt. Aber ich kann dir nicht alles aus dem Revier verraten, nur weil du deinen Charme spielen lässt.«

»Käme mir nie in den Sinn«, sagte Leon unschuldig.

Tilly konnte diese charmante Hinterhältigkeit nur beeindruckt verfolgen. Wie ein Wasserfall hatte Gerdy alles erzählt. Leon war eine Charmebolzen-Geheimwaffe. Falls er nicht direkt wieder mit seinem Wir-haben-uns-noch-nicht-entschieden-Freund neben einer Leiche herummachte.

»Aber jetzt ermitteln wir selbst«, sagte Gerdy.

»Was?« Leon blinzelte und stellte den Teller ab. »Oh, das ist genial. Wechselst du und machst auf Detektei?«

»Nein«, blaffte Tilly. »Das hier ist eine Reinigungsfirma, und wird es auch bleiben. Aber in diesem Fall muss ich meine Unschuld beweisen und dafür alle Ressourcen nutzen, die mir zur Verfügung stehen.«

Leon blinzelte sie freudig an. »Du meinst uns, richtig? Wir sind die Ressourcen?«

»Ja«, erwiderte Tilly seufzend.

»Ich war noch nie eine Ressource«, sagte er versonnen. »Das ist so toll. Wenn ich das meinen Eltern erzähle, wird meine Mutter den ganzen Abend schluchzen, und Paps verfällt in Schockstarre.«

»Du sollst deine Eltern nicht ärgern.«

»Gönn mir auch mal was«, gab Leon zurück. »Das Leben ist schwer genug.«

»Du meinst Schule schwänzen, mit deinem Freund bei jeder Gelegenheit sonst was machen und dabei an nichts anderes denken?«

»Du sprichst mit einem traumatisierten jungen Mann«, gab Leon pikiert zurück. »Sei mal etwas netter.«

Gerdys Blick huschte von Tilly zu Leon und wieder zurück. Ein Schmunzeln lag auf ihren Lippen. Muffin sprang aus der Essensbox, setzte sich an die Seite und betrachtete beide abwechselnd.

»Also, ich kümmere mich um unser Mörder-Board«, sagte Gerdy. »So was wollte ich schon immer mal machen. Ich glaube, ich habe noch etwas Passendes auf dem Speicher. Dann können wir Bilder dran pinnen und unsere Ideen aufschreiben.«

»Mit Fäden und so«, sagte Leon.

»Nein, ohne Fäden und so«, stoppte Tilly die Euphorie. »Es reicht völlig, wenn wir uns Notizen machen.«

»Absolut«, sagte Leon. »Du hast recht.«

Allein der Klang seiner Worte machte deutlich, dass er an seiner Idee festhielt, aber keine weitere Diskussion darüber führen wollte. Wie konnte ein Teenager nur so anstrengend sein? Wenigstens gab es Torte.

»Heute machen wir sowieso nichts mehr«, beschloss Tilly. »Ich werde mich nur noch am Nachmittag von hier zur Hundeschule begeben. Wie ich diese Pelzkugel kenne, wird das harte Arbeit.«

Gerdy sog scharf die Luft ein. »Sei vorsichtig. Wenn du dort bist, kann es ganz schnell passieren, dass du einen zweiten Welpen mitnimmst. Wenn ich zu Hause keine Katze hätte, wäre meine Wohnung voll mit ihnen.«

Tilly schmunzelte. »Einer reicht mir. Aber falls ich den Racker irgendwie erziehen soll, was auch unbedingt nötig ist, brauche ich weitere Tipps.«

Leons Lippen verzogen sich süffisant. »Mir dürfte der Sascha auch ein paar Tipps geben.«

»Du bist unmöglich«, sagte Tilly. »Ich will mich nur mit ihm unterhalten.«

»Patrick und ich unterhalten uns auch oft.« Leon zwinkerte. »Und genau zu dem gehe ich jetzt. Hab gesagt, er soll sich ne Stunde ins Polizeirevier setzen, um zu lauschen. Damit wir aktuelle Informationen bekommen.«

Bevor Gerdy und Tilly protestieren konnten, war Leon schon an der Tür, ruckelte sie auf und schlüpfte durch Spalt hinaus.

»Er meint es ja meist gut«, sagte Gerdy.

»Berühmte letzte Worte«, erwiderte Tilly.

12. KAPITEL

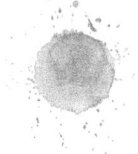

Gegen Nachmittag verließ sie die Räume von *Plitz &
Blank*. Ein ganz besonders hartnäckiges Exemplar der
Riege Journalist hatte wohl die richtigen Leute im Polizei-
revier geschmiert.

»Klaus Traxel vom *Untertannberger Morgen*.« Wie aus
dem Nichts stand er vor ihr. »Müssen wir mit einem dritten ›zufälligen‹ Todesfall in Ihrer unmittelbaren Umgebung rechnen?«

»Wenn Sie weiter so dumme Fragen stellen, kann das
ganz schnell passieren!«

»Ist das eine Drohung?«

Perplex starrte Tilly ihn an. »Das haben Sie gerade
selbst gesagt?«

Er fuhr sich durch die zurückgegelten Haare. »Halten
wir uns doch jetzt nicht mit Kausalketten auf, Frau Blich.
Ich kenne alle Vermeidungstaktiken.«

Er trug eine Jeans und ein Polohemd, was in der Kombi-
nation mit den Haaren und überstark gebleichten Zähnen
wie das Klischee eines Unsympathen wirkte.

»Sie schreiben für den *Untertannberger Morgen*?«
»Korrekt.«

Sie verschränkte die Arme. »Netter Versuch. Und ein

132

schlechtes Wort von mir genügt, damit sie alle noch mehr aufwiegeln, als es Stubsi … ich meine, Kriminalhauptkommissar Stubs bereits getan hat?«

»Werfen sie der Polizei einseitige Ermittlungen vor?«, fragte Traxel weiter.

»Ich muss mich jetzt um wichtigere Dinge kümmern«, stellte sie klar.

»Wichtiger als ein Mord?«

Sie schnappte sich Muffin und eilte davon. Glücklicherweise folgte Traxel ihr nicht. Andernfalls hätte sie ihn abhängen müssen. Das fehlte noch, dass der ihr vor der Wohnung auflauerte oder sich an ihre Fersen heftete.

»So, ab mit dir, du kennst das Spiel.« Sie nickte Muffin auffordernd zu.

Dieser sprang in den Fußbereich des Beifahrersitzes und rollte sich dort zusammen. Tilly parkte aus und brauste aus dem Ort in Richtung Hundezucht. Die überall angebrachten Schilder sorgten dafür, dass sie nicht einmal Maps auf ihrem Smartphone bemühen musste.

Die Hundezucht grüßte mit einem großen Schild über der Zufahrt, auf dem die Silhouetten ganz unterschiedlicher Vierbeiner neben einer Tatze im Comicstil zu sehen waren. Dabei wirkte die Umgebung wie eine Ranch. Eine Hunderanch.

Das Tor öffnete sich vor ihr automatisch. Entweder gab es eine Lichtschranke, oder Sascha beobachtete die Anfahrt über irgendeine Kamera.

Zu beiden Seiten des Zufahrtsweges ragten Zäune in die

Höhe. Die einzelnen Holzstreben waren noch einmal mit Maschendrahtzaun beschlagen. Das war auch notwendig, denn dahinter pressten sich Hundeschnauzen gegen das Hindernis. Schwänze wedelten, es wurde gebellt und freudig hin und her gehopst. Einige der Vierbeiner waren so sehr mit dem Gras beschäftigt, dass sie Tilly nicht bemerkten. Andere schienen vor Euphorie fast zu explodieren.

Beim Aussteigen registrierte sie, dass hier nicht nur Bassets gezüchtet wurden. Auch Dackelwelpen spielten mit den Bassets.

»Ah, Tilly.« Sascha kam ihr bereits über den Kies des Parkplatzes entgegen.

»Besteht da nicht die Gefahr, dass die sich untereinander paaren?«, fragte sie und nickte in Richtung des Bereichs.

Im Hintergrund gab es ein Areal mit Sand und einen Spielplatz, der aus Röhren und anderen Aufbauten bestand. Etwas seitlich lagen flauschige Kissen, zwischen denen Fellschnauzen hervorlugten.

Sascha lachte. »Das sind Welpen. Die entdecken gerade erst die Welt. Je mehr Umgang sie untereinander haben, desto besser für später.«

Was eine bestechende Logik aufwies. Bisher war Muffin außerhalb der Welpenschule von Sascha noch nicht auf andere Hunde getroffen, doch sie konnte sich generell nicht vorstellen, dass er irgendeine Form der Aggressivität an den Tag legen konnte.

»Hier lernt er zu gehorchen?«, fragte sie.

Sascha verschränkte die Arme und warf ihr einen mitleidigen Blick zu. »Erst mal geht es darum, dass du eine Bindung zu ihm aufbaust. Er muss lernen, dir zu vertrauen. Hier hat er zudem immer Kontakt zu anderen Hunden, und ich bringe dir alles bei, was du für eine artgerechte Haltung wissen musst. Bassets haben beispielsweise einen sehr langen Körper, ihr Rücken darf nicht schwer belastet werden. Das ist gefährlich. Außerdem nehmen ihre Ohren viel Schmutz auf, weil sie bis zum Boden hängen. Deshalb müssen die regelmäßig gereinigt werden, das bringe ich dir noch bei.«

»Das ist ja spannend.« Sie öffnete die Tür zum Beifahrersitz und Muffin schoss heraus.

Er umtanzte Sascha, beschnüffelte diesen und freute sich. Das währte allerdings nur Sekunden. Denn die anderen Hunde vom Feld zogen ihn wie magisch an.

Sie folgten dem Winzling, der vor dem Eingang hin und her hopste.

»In diesem Alter dürfen sie noch keine Treppen steigen, also trag ihn immer«, ergänzte Sascha. »Es gibt einen Essenstakt, den du einhalten solltest. Und niemals etwas vom Esstisch geben. Das bringt ihn nur dazu, ständig zu betteln. Das musst du auch deinem Besuch sagen. Glaub mir, es hat seinen Grund, dass so viele Bassets richtige Wonneproppen werden. Aber die Ohren stehen an erster Stelle. Wenn wir hier fertig sind, bist du eine Meisterin darin, die zu putzen.«

»Sieht so aus, als wäre Reinigen mein Schicksal.«

Jetzt lachte Sascha herzlich. Es war ein angenehmer Klang, der die Verkrampfung in Tilly löste, von der sie erst in diesem Augenblick bemerkte, dass sie überhaupt dagewesen war.

Er öffnete das Gatter, jedoch nur einen Spalt weit. Sofort schoss Muffin hinein und wurde begrüßt. Schnauzen stupsten aneinander, es wurde gekuschelt, und Sekunden später rollte der Welpe auf dem Rücken herum, während andere ihn beschnupperten.

»Das ist so süß«, sagte Tilly.

»Geben wir ihm etwas Zeit zum Warmwerden«, schlug Sascha vor. »In zwanzig Minuten holen wir ihn wieder raus und gehen gemeinsam auf die Trainingswiese.«

Sie beugte sich vor, lehnte sich auf das Geländer und betrachtete sinnierend die Unbeschwertheit der Welpen. Die kannten keine Sorgen, genossen einfach das Hier und Jetzt, das Herumtollen.

»So schlimm?«, fragte Sascha.

»Sieht man mir das an?«

»Die Gewitterwolken auf deiner Stirn sind nicht zu übersehen«, entgegnete er. »Da hier ständig Besucher mit ihren Welpen vorbeikommen oder welche aus dem Auffanglager abholen, bekomme ich natürlich einiges mit.«

»Auffanglager?«, fragte Tilly neugierig.

»Ich betreibe nicht nur die Zucht«, sagte er. »Es gibt noch einen weiteren Bereich, in dem ich Hunde aufnehme, die ausgesetzt wurden oder aus Tötungsstationen im Ausland gerettet werden konnten.« Auf ihren verblüfften Blick hin breitete sich ein Schmunzeln auf seinem Gesicht aus. »Ich bin Tierarzt. Die Zucht und die Behandlung von kranken Tieren hat es mir überhaupt erst ermöglicht, all das hier aufzubauen. Ich konnte das Gelände kaufen, die Gebäude und Infrastruktur aufbauen und Angestellte einstellen.«

Mit jedem Wort veränderte sich das Bild, das Tilly von Sascha hatte, ein Stück mehr. Unter der Schale aus, nun ja, maskulinem, kantigem Kerl steckte eindeutig ein weiches Herz. Und ein idealistisches obendrein. Das mochte sie.

»Ich würde mir diese Auffangstation gerne auch ansehen«, sagte sie.

»Du bekommst eine Führung.« Seine Augen strahlten eine Wärme aus, die ein leichtes Kitzeln in Tillys Magen erzeugte. »Aber du bist ausgewichen. Die Ermordung des Bürgermeisters ist Thema Nummer eins in Untertannberg.«

»Wäre es wohl überall.« Tilly wandte sich wieder den spielenden Welpen zu, aber die Unbeschwertheit in ihrem Inneren war verflogen. »Was sagt denn der Dorfklatsch so?«

»Die einen verdächtigten Rosetta, die anderen dich«, erklärte er frei heraus. »In deinem Fall spielt, je nachdem, wen man fragt, ein Wischmopp eine Rolle, in dessen Stiel ein verstecktes Messer verbaut ist. Nicht zu vergessen ein Blausäure-Raumduft, den du hinterhältigerweise überall einsetzt.«

»Ernsthaft?«

»Du wärst eine Inspiration für jeden Krimischreiber.« Er kratzte sich am Dreitagebart. »Stubsi trägt nicht unbedingt dazu bei, dich in Schutz zu nehmen.«

»Nennt ihn jeder so?«

»Nur, wenn er es nicht hören kann.« Sascha warf ihr einen mahnenden Blick zu. »Mach nicht den Fehler, das in seinem Beisein zu sagen. Er würde dich auf der Stelle in die nächste Arrestzelle werfen. Sein Ego ist fragil.«

»Perfekte Besetzung für den Polizeichef im Ort«, sagte sie trocken. »Aber keine Sorge, ich werde in seiner Nähe zukünftig ganz vorsichtig sein.«

»Der Staatsanwalt ist wohl auch nicht gut auf dich zu sprechen«, erklärte Sascha.

Was Tilly ihm nicht mal verübeln konnte. Zwischen einer Gipsreplik und einer Leiche eingeklemmt zu werden, gehörte vermutlich zu den unschöneren Erfahrungen seines Berufslebens.

»Er hat einen Dackel«, ergänzte Sascha. »Ziemlich bissig.«

»Hund oder Herrchen?«

»Beide. Nach dem, was ihm im Architekturbüro Krumm widerfahren ist, ist er voll und ganz auf der Linie von Kriminalhauptkommissar Stubs.«

Womit Tilly mittlerweile einen Haufen Herren mit fragilem Ego gegen sich aufgebracht hatte. Auf der Habenseite stand immerhin ihr Alibi und durch die Aufmerksamkeit, den der Fall in der Öffentlichkeit genoss, würde man ohne hieb- und stichfeste Beweise niemals ein Verfahren gegen sie eröffnen. Trotzdem tickte die Uhr.

Kurzerhand weihte Tilly Sascha in den genauen Ablauf der Ereignisse ein. Nur Leon und Patrick ließ sie außen vor.

»Klingt für mich auch so, als hätte jemand dir bewusst eine Falle gestellt«, sagte er. »Aber wer wusste überhaupt, dass du am nächsten Morgen noch einmal putzen wirst?«

Tilly blinzelte. »Gute Frage. Am Abend davor haben mich eine ganze Reihe von Personen im Rathaus gesehen«, durchdachte sie den Ablauf. »Aber dass ich am kommenden Morgen noch mal vorbeischaue, wusste wohl nur der Bürgermeister. Die anderen Angestellten waren fast alle weg, als die Randale geschah.«

Dazwischen hatte sie mit Sarah gegessen und war nach Hause gegangen. Am folgenden Morgen hatte der Auftrag im *Häusletraum* auf dem Programm gestanden. Richtig, Leon und Patrick hatten davon gewusst, schließlich waren sie es gewesen, die den Auftrag ausgeführt hatten. Wenn sie allerdings nicht beide zu Mördern mutiert waren, schieden sie aus.

»Falls das stimmt, war die Randale explizit dazu gedacht, mich dorthin zu führen«, sagte Tilly.

Das schloss Rosetta Taff jedoch nicht aus, im Gegenteil. Sie hatte Tilly am vergangenen Abend gesehen. Rosetta hätte beschließen können, alles zu verwüsten, um damit Tilly zurückzulocken, und davor hätte sie den Bürgermeister ausschalten können.

Jeder andere wäre ein ebenso guter potenzieller Täter. Was wusste sie schon über die Einwohner Untertannbergs?

Tilly schnaubte frustriert. »Wäre das in meinem Kiez in Köln passiert, hätte ich bessere Chancen, das Ganze logisch zu lösen. Und da leben zehnmal so viele Leute wie hier.«

»Falls du Informationen benötigst, stehe ich gerne zur Verfügung«, sagte er. »Allerdings fangen wir vielleicht erst mal mit den Fakten über Hunde an.«

Tilly trat einen Schritt zurück, als Sascha das Gatter öffnete. Schnell schlupfte er hinein, bedeutete ihr aber, draußen zu warten. Im nächsten Augenblick war er umgeben von einem Meer aus umherwuselndem Fell. Muffin blickte irritiert auf, als er realisierte, dass er nicht länger im Mittelpunkt der Aufmerksamkeit stand. Sascha schnappte sich den Winzling und nahm ihn auf den Arm. Sofort wurde er beschnuppert, dann sein Gesicht abgeleckt.

»Machst du mir das Gatter noch mal auf?«, fragte er.

»Alles klar.« Tilly blickte verträumt auf das süße Paar, zog den Hebel in die Höhe und machte einen kleinen Schritt zurück.

Und stolperte.

Mit rudernden Armen fiel sie zu Boden. Die Welpen erkannten ihre Chance und ergriffen sie gnadenlos. Um sie herum wuselten weiße, schwarze, gemaserte und ge-scheckte Körper in alle Richtungen davon.

»Oh, nein, nein.« Entsetzt sprang sie auf. »Stopp. Sitz. Kommt sofort zurück.«

Hinter ihr lachte Sascha schallend. »Wenn du es freundlicher sagst, hören sie auf dich.«

»Wirklich?«

»Nein.« Er lachte noch lauter. »Das sind Welpen, gerade ein paar Monate alt. Wir werden sie alle einzeln wieder reinholen müssen. Keine Sorge, die Türen sind geschlossen, hier kommt keiner weg. Außerdem haben die kein großes Durchhaltevermögen, die Energie ist nach ein paar Metern raus. Zumindest bei den Bassets. Die Dackel sind da ein anderes Thema.«

Tilly hielt wenigstens noch zwei der Hunde fest, alle übrigen entkamen. Seit sie Untertannberg betreten hatte, schien sie eine Pechsträhne zu verfolgen. Das konnte nicht wahr sein!

Sascha setzte Muffin wieder ab und schloss das Gatter. Die beiden anderen Winzlinge hob er über den Zaun und zurück auf den Boden, sie spielten sofort weiter.

»Ich prognostiziere, dass wir heute keine Übungsstunde haben werden«, sagte Tilly.

»Du prognostizierst richtig«, bestätigte Sascha, den nichts aus der Ruhe zu bringen schien. »Das ist, als wäre ein Sack Murmeln umgefallen, die in alle Richtungen davonrollen. Unsere Murmeln bewegen sich allerdings, sind hyperaktiv und finden alles ganz spannend.«

Immerhin auf den ersten Basset traf das zu. Der hatte sich in einen Grashalm verliebt und war deshalb gerade mal zwei Meter weit gekommen. Er war also schnell wieder auf der Hundewiese, um sich dort eine neue Liebe zu suchen.

Saschas Einschätzung erwies sich als korrekt. Die Bassets tapsten herum und mussten lediglich eingesammelt werden. Nur zwei hatten es bis zum Eingangstor geschafft, das sie aber gestoppt hatte.

Die Dackel waren ein größeres Problem. Sie blieben ständig in Bewegung und hielten das Einfangen für ein überaus lustiges Spiel, bei dem es darum ging, den zupackenden Händen im letzten Augenblick auszuweichen.

»Vielleicht sollten wir sie mit einer Wurst locken oder so«, schlug Tilly vor.

»Damit sie zukünftig ständig zu fliehen versuchen, weil es dann ein Leckerli gibt?« Er schüttelte den Kopf und schnappte sich erfolgreich einen braunen Dackel.

Tilly hatte sich an die Fersen eines anderen geheftet, der jedoch deutlich agiler war als sie selbst. Da spürte sie die Anfang vierzig doch sehr. »Wirst du wohl hierbleiben!«

Der Frechling dachte gar nicht daran.

»Wenigstens haben wir Glück«, sagte Tilly keuchend, »und es regnet n…«

In der Ferne erklang ein Donnern.

»So langsam bekomme ich Angst vor dir«, rief Sascha. »Beschwör bitte keine Erdbeben oder Vulkanausbrüche herauf.«

Gewundert hätte Tilly es nicht, falls so etwas passieren würde.

Sie schafften es, bis auf zwei der Welpen alle zu erwischen. Dann kam der Regen. Von einer Sekunde zur nächsten öffneten sich die Wolken und schleuderten ihr Inneres dem Erdboden entgegen.

Sascha rannte zur Tür des nahen Gebäudes und winkte sie heran.

»Aber … die Hunde!« Sie sprang in den dahinterliegenden Raum und realisierte sofort, dass es sich um sein privates Wohnzimmer handelte.

Es war mit hellen Fließen ausgelegt, ein Kamin war in die Wand eingelassen. Durch hohe Fenster wurde alles in Dämmerlicht getaucht. Ein Blitz erhellte Möbel in hellbraunem Holz und Bezüge in Pastellfarben.

Bevor Sascha ihre Frage beantworten konnte, schossen zwei Winzlinge an ihr vorbei.

»Es regnet, die bleiben nicht freiwillig draußen«, erklärte er.

»Ha! Ich habe also etwas Gutes getan.« Sie stemmte triumphierend ihre Hände in die Hüften.

»Netter Versuch.«

»Was ist denn mit den anderen auf dem Feld?«

Sascha schwenkte sein Smartphone. »Habe die Kameras schon geprüft. Es gibt ein Haus, in das sie sich alle zurückziehen können. Damit ich sie nicht jedes Mal einzeln reinholen muss, wenn es zu regnen beginnt. Sie sind wohlbehalten im Trockenen. Einer meiner Leute überwacht das und betreut sie nachher weiter.«

»Du bist wirklich gut organisiert.« Ein Tropfen Wasser löste sich aus Tillys Haaren. Zu ihren Füßen hatte sich bereits eine Pfütze gebildet.

»Hoffe ich doch.« Er zwinkerte. »Komm, ich zeige dir das Bad. Da gibt es auch Handtücher. Wenn du fertig bist, erwartet dich ein heißer Tee.«

Mit einem Mal fand Tilly das Gewitter gar nicht mehr so schlecht.

Sie folgte Sascha ins Bad und fragte sich, was dieser Tag noch für Überraschungen bereithielt.

13. KAPITEL

»Hast du auch einen Föhn?«, rief Tilly.

»Unter dem Waschbecken«, drang es dumpf durch die Badezimmertür.

Tilly öffnete die zweiflügelige Tür und nahm einen ausklappbaren Föhn heraus. Der war offensichtlich schon ewig nicht mehr eingeschaltet worden, und es hätte sie nicht gewundert, wäre er explodiert. Tat er glücklicherweise nicht. Vermutlich schüttelte Sascha einfach seine Haare nach dem Duschen aus, rubbelte sie mit dem Handtuch ab und ließ sie trocknen. Sofort setzte das Kopfkino ein.

Sie zuckte zusammen, als der Föhn losging. Ihr Daumen hatte auf Autopilot gehandelt und ihre Tagträume unterbrochen. Besser so. Sie trocknete sich die Haare. Sascha hatte Ersatzjeans bereitgelegt, deren Knopf sie keinesfalls zubekam, und einen glücklicherweise viel zu großen Pullover.

Als Tilly Minuten später in das Wohnzimmer zurückkehrte, prasselten Holzpellets im Kamin und eine dampfende Tasse Tee stand bereit.

»Das ist aber nett.« Sie rutschte in den Sessel. »Hattest du mal breitere Hüften? Die Jeans sitzen fast perfekt.« Den Hosenknopf erwähnte sie nicht.

»Meine Ex«, erklärte er. »Sorry, aber meine hätten dir nicht gepasst. Dafür ist der Pulli von mir.«

»Das erfährt sie dann besser nicht«, kommentierte Tilly.

»Sind schon seit Jahren getrennt. Sie ist nach München gezogen. Liebte das Flair der Großstadt und stand eigentlich eher auf den Typ Polohemd und Sonnenbrille.« Er zuckte mit den Schultern. »Davon habe ich mich zu weit weg entwickelt.«

»Verstehe. Du bist eher der Typ Hundewelpe und Aufzuchtstation.« Sie nippte an dem Tee und sog genießerisch das Aroma ein. »Kamille mit Zimt?«

Die beiden Hundewelpen hatten sich einen Platz in der Nähe des Feuers gesucht, sich dort ineinander gekuschelt und schliefen jetzt selig.

»Ich probiere immer gerne Mischungen aus«, erklärte Sascha und trank selbst einen Schluck. »Anbau im eigenen Garten.«

»Das eigene Gemüse bestimmt auch, da gehe ich jede Wette ein.«

Wieder zuckte er mit den Schultern. »Das Areal ist groß genug.«

Das Lebensmodell von Sascha war das genaue Gegenstück zu Tillys Kölner Stadtleben. Bei ihr stand Fast Food, kombiniert mit Rotwein aus dem Kühlschrank (weshalb Antonia sie ständig eine Banausin genannt hatte, weil man Rotwein niemals in den Kühlschrank stellte. Auch nicht den billigen von Aldi.) auf der Tagesordnung. Dazu Kölsch, spätes Arbeiten und unregelmäßiges Schlafen.

Auch ein Grund, weshalb sie endlich eine Firma hatte haben wollen. Vernünftige Arbeitszeiten. Von wegen.

Sascha wiederum besaß eine geerdete, ruhige Art. Die Umgebung entschleunigte einen, jede Art von Hektik hatte hier keinen Platz. Außer es tauchte eine Putzfrau auf, die das Tor nicht richtig schloss und Welpen damit in Entzücken versetzte.

»Es ist wirklich schön hier.« Ihr Blick wanderte durch das Fenster hinaus auf den herabfallenden Regen. »Man vergisst alles andere.«

»Du wirst hoffentlich nicht gleich wieder flüchten«, sagte er leise.

»Bitte?«

»Aus Untertannberg, meine ich. Diese Sache wird sich bestimmt bald aufklären. Und mit der Presse im Nacken wird Stubs keine Wahl bleiben, als allen Spuren nachzugehen. Sarah Kraft sorgt für den Rest, die Frau hat was drauf.«

»Was weißt du denn so über die Gattin des Bürgermeisters?«

»Hast du Angst, sie stürzt sich auch auf dich?« Sascha stellte die Tasse ab. »Brauchst du nicht. Die beiden haben sich ständig gestritten. Natürlich so ›heimlich‹, dass das ganze Dorf es wusste. Vermutlich ist sie stinksauer, sie hat mit dem Vize über Kreuz gelegen. Wahrscheinlich macht der Gemeinderat den jetzt zum Nachfolger.«

»Es sieht wohl so aus, als würde ich für sie putzen«, sagte Tilly.

»Wirklich? So geizig wie die ist, hätte ich das gar nicht gedacht.«

»Es gibt neben dem offiziellen Auftragsbuch noch ein schwarzes. Mein Vorgänger war da wohl ziemlich umtriebig.«

»Überrascht mich nicht«, sagte Sascha. »Der Plitz wollte das vermutlich an seiner Frau vorbeischleusen. Würde mich keinen Augenblick wundern, wenn ein geheimes Konto auftaucht, auf das er das Bargeld vom Schwarzputzen eingezahlt hat.«

Tilly lauschte gebannt und war froh über jede neue Information. War der Vizebürgermeister möglicherweise eine Spur? Oder die Gattin des Bürgermeisters selbst?

Bisher konnten sie nur mutmaßen.

Tapsige Schritte waren zu hören, und kurz darauf sprangen die wiedererwachten Dackel auf die Couch.

»Runter, ihr beiden!«, sagte Sascha.

Sie gehorchten, wenn auch überaus langsam. Schließlich musste man seinen Unmut deutlich machen. Sascha holte eine Decke, breitete sie neben sich auf der Sitzfläche aus, und erst dann durften sie wieder hinauf. »Das müssen sie lernen. Nur auf die Decke. Sonst überleben hier weder Couch noch Sessel.«

Die beiden tollten herum, bissen sich spielerisch sanft gegenseitig und wedelten mit dem Schwanz.

Unweigerlich überzog ein Lächeln Tillys Gesicht. Vermutlich ließ Muffin es sich im Kreis seiner Spielgefährten ebenfalls gut gehen und tollte herum. Mochte er ihr auch immer wieder die ersten grauen Haare verpassen, sie liebte den Winzling mit jedem verstreichenden Tag mehr.

»Sei froh, dass dein Vorgänger keinen Dackel adoptiert hat«, sagte Sascha. »Bassets haben einen Dickkopf, aber sie sind gemütlich. Die mögen lange Spaziergänge, hetzen jedoch ungern. Der Jagdinstinkt kämpft immer wieder mit der Bequemlichkeit. Bei Dackeln ist das was anderes. Die jagen permanent hin und her. Diese Energie kriegt jeden klein.«

Sie wollte sich einen Muffin mit dreifacher Geschwindigkeit gar nicht vorstellen. Dass sie einmal Hundemama werden würde, hätte sie niemals gedacht. Was Antonia wohl sagen würde, wenn sie sie besuchte und Tillys Familienzuwachs kennenlernte?

»Was hat dich dazu gebracht, in Köln alles aufzugeben?«, fragte Sascha.

Tilly gab ihm einen Crashkurs. Inklusive dessen, was sie vermutet hatte, hier in Untertannberg vorzufinden.

»Da hat die gute Frau Pelz dich gehörig aufs Kreuz gelegt«, sagte er mit einem Schmunzeln. »Wenn es um Geld geht, kennt sie wirklich nichts. Die Samthandschuhe werden in so einem Fall blitzschnell abgestreift.«

Sie saßen noch eine Weile zusammen, plauderten und betrachteten den Regen. Die Hunde wurden irgendwann müde, kuschelten sich aneinander und schliefen ein. Ihr leiser Atem hatte etwas Beruhigendes.

Vor dem Fenster versank die Sonne am Horizont, und die Dämmerung zog herauf.

»So langsam sollte ich wohl wieder zurückfahren«, sagte Tilly, obwohl sie eigentlich gerne noch geblieben wäre. Andererseits kannte sie Sascha gerade mal seit einem Tag, und das hier war nicht Köln.

»Du kannst mir die Sachen morgen zurückbringen«, sagte er. »Warte, ich hole noch Muffin.«

Er weckte die beiden Dackel, nahm sie mit hinaus und kehrte kurz darauf mit dem Basset zurück. Tilly wurde begrüßt, als hätten sie sich seit Monaten nicht mehr gesehen. Sie bedachte ihn mit ausreichend Streicheleinheiten, dann ging es zum Auto.

»Danke für den schönen Tag«, sagte sie. »Und sorry noch mal wegen des Gatters und der Welpenarmee.«

»Jaja, sie sind schon gefährlich, diese pelzigen Welteroberer«, gab Sascha zurück. »Da passt man eine Sekunde nicht auf und bekommt direkt das Bäuchlein entgegengestreckt und muss kraulen. Mach dir keine Gedanken. Ist jedem von uns schon mal passiert.«

»Ich darf also wiederkommen?«

»Wir haben schließlich noch ein paar Übungen für Muffin nachzuholen«, sagte Sascha. »Andernfalls wird er dir ewig auf der Nase herumtanzen.«

»Das wollen wir auf keinen Fall.«

Für einige Sekunden herrschte Stille.

Tilly versank in Saschas Augen, den sympathischen Grübchen, dem Lächeln.

Muffin bellte.

»Ja, also dann.« Sie verfrachtete den Vierbeiner wie

150

immer in den Fußbereich der Beifahrertür, bevor sie selbst einstieg.

»Beim nächsten Mal rüsten wir deinen Kofferraum hundegerecht auf«, sagte Sascha und schlug die Tür für sie zu.

Tilly betrachtete ihn noch einmal versonnen und legte prompt versehentlich den Rückwärtsgang ein. Glücklicherweise konnte sie den Fehler korrigieren, bevor sie Gas gab und beinah noch das Gatter des Welpenauslaufs umgenietet hätte. Was war nur mit ihr los? Betont langsam fuhr sie vom Hof. Wieder öffnete sich das Eingangstor automatisch vor ihr und ließ sie hinaus.

Tilly lenkte den Wagen zurück nach Untertannberg und parkte in der Nähe ihrer Wohnung. Spätestens morgen musste sie sich, unterstützt von ihrer App, auf die Suche nach einer Stromquelle machen, andernfalls wurde es schwierig.

Der Wagen der Firma fuhr natürlich noch mit Benzin, aber den konnte sie keinesfalls nehmen. Das uralte Ding reichte gerade aus, um mit den Putzutensilien zu ihren Terminen zu fahren. Davon abgesehen war er auffällig und peinlich.

»Frau hat es nicht leicht, Muffin«, sagte sie an den Basset gerichtet. Er wedelte zustimmend mit dem Schwanz.

Zurück in der Wohnung blieb sie einen Augenblick stehen, atmete tief durch und kam innerlich an. Auf ihrem Smartphone war eine Nachricht von Antonia eingegangen, die wissen wollte, ob alles in Ordnung war. Tilly schrieb, dass sie den Mittag in der Hundeschule verbracht hatte.

Sekunden später summte eine weitere Nachricht herein. Tony hatte die Website von Sascha gefunden, inklusive eines Bildes von ihm. Sie hatte es abgespeichert, ihr geschickt und mit einem »Wow!!!« unterlegt. »Ich will auch streicheln gehen«, schickte sie hinterher.

»Das ist mehr Arbeit, als du denkst«, tippte Tilly.

»Nicht die Welpen«, ergänzte Tony. »Auch ein Hundetrainer und Tierarzt braucht Streicheleinheiten.«

»Hab ihn zuerst gesehen«, tippte Tilly.

»Dann warte nicht wieder zu lange«, kam es noch von Tony. »Schlaf gut, meine Lieblings-Blich.«

»Schlaf gut, Tony-Teufel«, erwiderte sie den Gruß.

Tilly schlüpfte in etwas Bequemes, stieg die Treppe hinauf zur gemütlichen Ecke und blickte durch das Schaufenster hinaus auf die nächtliche Straße. Heute war es ihr gelungen, sich bei Sascha zu verstecken. Was auch immer an Tratsch herumging, abgesehen vom Journalisten Traxel war sie nirgendwo damit konfrontiert worden. Das würde morgen anders werden, in der Hinsicht gab sie sich keinerlei Illusionen hin.

Der Bürgermeister war tot.

So etwas hinterließ Fragen und schürte Ängste. Ganz Deutschland wollte Antworten haben. Sie musste sich also auf einiges gefasst machen.

Muffin sprang zu ihr auf die Couch und rollte sich neben ihr zusammen. Zufrieden ließ er sich ein paar

Minuten kraulen, bevor er seinen pelzigen Körper drehte, Bauch nach oben, alle viere von sich gestreckt. Sie begann, ihm das Bäuchlein zu kraulen. »Wenigstens dir geht es gut, Kleiner.«

Sie schaltete den Fernseher ein und ließ die Nachrichten laufen. Tatsächlich wurde sogar darin der Mord am Untertannberger Bürgermeister erwähnt. Die Sache breitete sich aus.

»Wir müssen den Mörder finden«, flüsterte Tilly. »Hilfst du mir dabei?«

Wieder ein zustimmendes Wackeln mit dem Schwanz.

»Wir sind uns einig.«

Tilly nickte zufrieden.

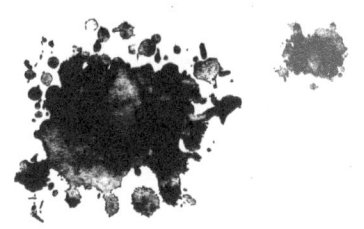

14. KAPITEL

Montagmorgen hatte Tilly noch nie leiden können.

Wer konnte das schon? Die ganze Arbeit stand noch bevor. Das einzig Schöne war der erste Kaffee der Woche. Den genoss sie stets aufs Neue.

Als sie *Plitz & Blank* betrat, wurde sie freudig überrascht. Auf ihrem Platz stand ein dampfender Becher, gefüllt mit Kaffee. Leon war bereits anwesend und präsentierte ihr eine neue Kaffeemaschine, die seine Eltern gestellt hatten – sie wollten Tilly gegen den Kriminalhauptkommissar unterstützen, und er hatte ihnen irgendwie eingeredet, dass ein Vollautomat hilfreich dafür war. Das neue Mörder-Board war bereits aufgebaut. Gerdy stand davor, hatte die Hände in die Hüfte gestemmt und nickte zufrieden.

»Ihr seid toll«, sagte Tilly. »Aber wir müssen es immer umdrehen oder abdecken, wenn wir nicht daran arbeiten. Sonst kommt hier noch jemand rein, sieht es, und wir haben ein Problem. Gestern wurde ich auf der Straße von einem Herrn Traxel angesprochen.«

»Traxel … Wer ist das?«, fragte Gerdy.

»Der arbeitet beim *Untertannberger Morgen*.«

»Der Name sagt mir aber nichts.« Sie verzog abschätzig das Gesicht.

»Einer von der hartnäckigen Sorte«, sagte Tilly. »Falls der hier mal überraschend hereinschneit, könnte er wunderbar Bilder vom Board machen, und dann finden wir unsere Theorien auf der Titelseite wieder.«

»Muss ein neuer Mitarbeiter sein, noch nie von ihm gehört«, murmelte Gerdy, und es klang, als sei sie persönlich beleidigt, weil er sich nicht bei ihr vorgestellt hatte.

»Habe gelesen, dass dort umstrukturiert wird«, kam es von Leon. »Die wurden doch von ner größeren Zeitung aufgekauft. Das neue Personal ist wohl aggressiver.«

»Kann ich bestätigen«, sagte Tilly. »Schnell sind sie auch. Ein Wunder, dass er sich euch bisher nicht geschnappt hat.«

»Kommt bestimmt noch.« Leon rieb sich in diebischer Freude die Hände. »Dem jage ich einen gehörigen Schrecken ein. Sieht er gut aus?«

»Denkst du auch mal an etwas anderes?«

»Ich frag doch nur«, sagte er, ein schelmisches Grinsen auf dem Gesicht.

»Der Name ist Programm«, antwortete Tilly.

»Oha.« Leon wandte sich dem Mörder-Board zu. »Also, wir haben hier unsere beiden Opfer angepinnt. Das Bild von Hans-Josef Krumm stammt aus der Zeitung von vor einem Jahr. Das von Bürgermeister Blechle ist einen Monat alt. In ersterem Fall war es Erstechen mit einem Messer, hinzu kam der krumme Turm.« Er schwieg kurz, um das Wortspiel wirken zu lassen.

Gerdy nutzte ihre Chance und übernahm. »Bei unserem Blechle war es *tatsächlich* Erwürgen, was zu seinem Tod geführt hat, wie heute Morgen bestätigt wurde. Mit der Schärpe. Da wurde nicht versucht, etwas zu stellen.«

»Weiß der Kriminalhauptkommissar es bereits?«, fragte Tilly.

»Seit alle Augen auf das Revier gerichtet sind, ist er um sieben im Büro«, erwiderte Gerdy. »Ich konnte mir den Bericht kaum ansehen, schon hat er ihn mir aus der Hand gerissen. Richtig unverschämt.«

»Irgendwelche verwertbaren Spuren?«, fragte sie.

»Keine Chance«, sagte Gerdy. »Beim Hans-Josef haben sich DNA-Rückstände vom Staatsanwalt gefunden, was für einen Tobsuchtsanfall gesorgt hat. Von dem solltest du dich lieber fernhalten. Der Bürgermeister hatte am Tag davor seine Bürgersprechstunde, da ist also auch von jedem was zu finden. Darüber hinaus gibt es momentan keine Spuren. Die Ermittlungen konzentrieren sich auf die Protestler und …«

»Auf mich«, fiel Tilly ein.

»Auf dich«, bestätigte Gerdy. »Aber falls es dich beruhigt, Beweise gibt es in keine der beiden Richtungen.«

»Das wird Stubsis Laune ins Bodenlose sinken lassen«, sagte Leon. »Kann ja nur lustig werden. Patrick hat schon erzählt, dass sein Vater zu Hause die ganze Zeit vor sich hin brütet. Er stürzt sich auf jeden Zeitungsartikel, und der Nachrichtenkanal läuft ohne Unterbrechung.«

»Rechnen wir also mit weiteren Seitenhieben«, sagte Tilly. »Aber darüber hinaus soll unser Kriminalhauptkommissar einfach sein Ding durchziehen, wir machen unseres. In einer Stunde putzen wir bei Frau Blechle, dann sehen wir weiter.«

Leon blinzelte. »Wir?«

»Ich gehe da sicher nicht allein hin«, stellte Tilly klar. »Am Ende ist sie auch noch tot, und ich bin mit einem Fingerschnippen die Dreifachmörderin. Du kommst mit.«

Ein schicksalsergebenes Seufzen drang über Leons Lippen. »Warum?« Er warf die Hände theatralisch in die Luft. »Waruuuum? Womit habe ich das verdient?«

»Auto«, kam es prompt von Gerdy.

»Ich könnte mit Patrick dort putzen«, schlug Leon vor, Gerdy vollkommen ignorierend.

»Ja, genau.« Tilly packte ihre Antwort in einen Blick. »Das gäbe sicher auch eine Schlagzeile. Eine ziemlich reißerische.«

»Ist ja gut.«

Sie verdonnerte Leon dazu, die Putzutensilien in den Firmenwagen zu packen. Es schadete sicher nicht, wenn sie früher bei Frau Blechle aufschlugen. Gerdy bot sich an, auf Muffin aufzupassen, was Tilly gerne annahm. Auf diese Weise konnte sie weitere Katastrophen vermeiden und gleichzeitig lernte der Basset, dass sein Frauchen nicht immer verfügbar war. Pragmatismus kombiniert mit Erziehungsmethoden, der Tag begann hervorragend.

Sie schlug die Adresse im schwarzen Büchlein nach und fuhr los.

»Wieso hat mein Vorgänger schwarz für den Bürgermeister geputzt?«, fragte Tilly.

»Keine Ahnung.« Leon zuckte mit den Schultern. »Aber seine Frau gehört auf jeden Fall zur geizigen Sorte. Das könnte es erklären. Ist politisch zwar ein wenig heikel, wenn es allerdings ums Sparen geht, wir Schwaben sind halt eher pragmatisch. Das versteht jeder hier.«

»Ist mir schon aufgefallen.«

Tilly ließ die Kupplung zu schnell kommen, und der rosa Blumenwagen ruckelte. Sie war es nicht mehr gewohnt, einen Wagen mit Gangschaltung zu fahren. Doch letztlich erreichten sie nach einer zwanzigminütigen Fahrt lebendig ihr Ziel.

Die Villa des Bürgermeisters lag am Rand von Untertannberg, und das erste Wort, das Tilly dazu in den Sinn kam, war »Idylle«. Das Anwesen war umgeben von dichtem Grün, das Tor eingerahmt von Farn. Hier war eindeutig regelmäßig ein Gärtner am Werk. Zwei Reihen sauber geschnittener Rosenbüsche zierten den Weg. Tilly klingelte, und ohne dass eine Nachfrage durch die Sprechanlage erfolgt war, öffnete sich das Tor. Die Erklärung dafür war wohl eine Kameralinse.

Sie erreichten die Eingangstür und wurden bereits erwartet. Eine gertenschlanke Frau stand dort, ganz in Schwarz gekleidet. Über einem Bleistiftrock trug sie einen Rollkragenpullover. Das Make-up saß perfekt, die Augen wirkten dezent verheult. Trotzdem strahlte jede Pore das exakt richtige Maß an Eleganz aus.

»Willkommen«, sagte sie, und im nächsten Augenblick fand Tilly sich in einer Umarmung wieder.

Sie drückte ihre Auftraggeberin vorsichtig, irgendwie hatte sie Angst, die Frau zu zerbrechen. »Freut mich, Frau B...«

»Ilse. Einfach nur Ilse.« Sie trat einen Schritt zurück und betrachtete Tilly. »Wir sind ja quasi eine Seele.«

»Sind wir?«

»Ich habe auch mal geputzt«, sagte sie mit leuchtenden Augen. »Wir sind Schwestern im Geiste.«

Das kam nun doch überraschend. »Sie sind ebenfalls Reinigungskraft gewesen?« Tillys Blick auf Ilse veränderte sich abrupt.

»Aber nein«, sie winkte ab. »Ich habe lediglich auch mal geputzt. Unsere Küche. War aber gar nicht meins. Hab dafür überhaupt kein Talent.« Sie lachte künstlich. »Deshalb hatten wir dann ja die Ludmilla. Aber das hat gar nicht funktioniert, weil die das ... na ja, nicht richtig konnte.«

Wieder änderte sich Tillys Meinung abrupt. »Sie haben Ihre Küche geputzt.«

»Ilse.«

»Sie haben Ihre Küche geputzt, Ilse.« Tilly gelang es gerade noch, ihren Tonfall absolut neutral klingen zu lassen.

»Raue Wirklichkeit, ich weiß.« Sie wandte sich dem Haus zu und bedeutete ihnen, ihr zu folgen. »Ich zeige Ihnen kurz alles, Tilly, dann kann Ihr Assistent die Reinigungsutensilien holen.«

Innerlich erschienen weitere Minuszeichen auf dem Konto von Ilse, doch Tilly hatte gelernt, den Mund zu halten. Es gab die freundlichsten und liebevollsten Kunden,

159

die zu Weihnachten Plätzchen schenkten, manchmal sogar Weihnachtsgeld gaben. Bei diesen durfte man auch etwas trinken, und es machte fast schon Spaß, dort zu putzen.

Auf der anderen Seite gab es jene, die jedes Glas Wasser als gewährten Bonus ansahen. Da durfte keine Tasse runterfallen, alles musste schnell und perfekt erfolgen. Teuer genug war es ja sowieso und überhaupt.

Sie betraten das Haus, und Tillys Gedanken verschwanden. Beim Anblick der hellen Fließen, geschmackvoll platzierten Teppiche und mit weißem Kunstleder bezogenen Möbel wollte sie auch Bürgermeisterin werden. Wenn man sich damit so etwas leisten konnte …

»Ich bin natürlich in Trauer«, erklärte Ilse mit einem Verständnis heischenden Blick. »Es ist unglaublich viel zu tun. Allein die Beerdigung …«

»Mein Beileid«, sagten Tilly und Leon gleichzeitig.

»Danke, danke.«

»Falls Sie Hilfe benötigen«, sprach Leon weiter, »der Großvater meines Cousins aus Stuttgart ist letztes Jahr verstorben. Ich kenne einen guten Bestatter.«

Ilse ging zu Leon, nahm seine Hand und tätschelte sie. »Sie armer, armer Mann. Bestimmt musste Ihre Familie sich um alles selbst kümmern. Ich habe dafür Personal. Sie haben mein Mitgefühl.«

Tilly fragte sich, ob eine dritte Leiche nicht doch etwas Erstrebenswertes war. Dieses Mal klar zuzuordnen. Vermutlich würde es genügen, die wunderschönen Fließen mit Öl zu wischen. Ilse würde darauf ausrutschen, und die ständigen Sticheleien hatten ein Ende. Wobei sie die gar nicht wahrzunehmen schien.

»Sie wissen, dass ich Ihren Mann gefunden habe, Ilse?«, fragte Tilly.

»Aber natürlich«, erwiderte die. »Keine Sorge, ich glaube nicht einen Augenblick, dass Sie dafür verantwortlich waren. Mein Mann hatte viele *hochrangige* Feinde. Gefährliche Menschen. Richtig schwere Kaliber. Bestimmt war es einer aus dieser Riege.«

Wie sie die Worte aussprach, machte deutlich, wie unvorstellbar es für Ilse war, dass eine einfache Putzfrau ihren Mann umgebracht hatte. Das war einfach kein standesgemäßer Mord. Nein, es musste eine große Verschwörung dahinterstecken. Politisch motiviert. Damit ließ sich viel besser arbeiten. Ausnahmsweise hatte Tilly nichts gegen diese Beleidigung.

»Wer denn zum Beispiel?«, fragte Leon so subtil wie ein Vorschlaghammer.

»Sein Stellvertreter, da gehe ich jede Wette ein«, sagte Ilse. »Stellen Sie sich nur vor, gestern hat er mir sein Beileid ausgesprochen.«

»Nein!«, Tilly legte so viel Entsetzen in ihre Stimme, wie sie realistisch zu spielen vermochte. »Wie konnte er nur?«

»Nicht wahr? Ein absolutes Schmierentheater. Ich sage Ihnen, Alfons Meierle wollte von Anfang an den Posten meines Mannes. Er hat ständig in kleine Sticheleien verpackt, dass er sich für etwas Besseres hält. Wer macht so etwas?«

Erwartungsvoll starrte Ilse zuerst Leon, dann Tilly an.

»Fällt mir niemand ein«, sagte Leon, weil Tilly schwieg.

»Mir auch nicht«, sagte sie.

»So ist es.« Ilse nickte. »Das macht kein vernünftiger Mensch von Stand. Aber beim Meierle wundert mich nichts. Sein Abi hat der auf dem zweiten Bildungsweg gemacht, ich wusste gleich, das geht schief.«

Die Frau wurde zunehmend unerträglicher, doch schließlich hatte Tilly ein klar definiertes Ziel.

»Hätte der Herr Meierle denn überhaupt die Gelegenheit gehabt?«, fragte sie.

»Angeblich befand er sich auf einem Vortrag«, sagte Ilse. »Aber das hat er bestimmt gefackt.«

»Gefaked?«, half Leon.

»Das auch.«

»Wäre natürlich möglich«, überlegte Tilly laut. »Welchen Vortrag hat er denn besucht?«

Ilse wirkte verwirrt. »Oh, nein, nein, er war selbst der Vortragende.«

»Er stand auf der Bühne?«

»Angeblich.« Ilse hob den Zeigefinger. »Vielleicht hat er auch einfach alle bestochen. Oder es waren seine Wähler. Diesen Leuten ist alles zuzutrauen.«

»Klingt …«, begann Tilly.

»… wie eine groß angelegte politische Verschwörung«, sagte Leon hastig.

»Das sage ich schon die ganze Zeit.« Ilse lächelte ihm selig zu. »Deshalb habe ich bereits ein sehr langes und ausführliches Gespräch mit Kriminalhauptkommissar Stubsi geführt.« Ilse nickte gewichtig. »Er hat mir zugehört, alles notiert, musste dann aber leider zu einem dringenden Gespräch. Seitdem kann ich ihn nicht mehr erreichen. Doch ich bin sicher, dass die Mühlen der Gerechtigkeit bereits mahlen. Die Verhaftung von Meierle ist sicher nur noch eine Frage von Stunden.« Ihre Augen bekamen einen fiebrigen Glanz. »Dann wird es Neuwahlen geben, und ich kandidiere.«

Das hatte zwar den Touch einer Hollywoodgeschichte, allerdings war Ilse eine Hauptfigur mit der Qualität einer Irrenanstaltsinsassin. »Tjaha«, sagte Leon. »Das wäre toll. Untertannberg braucht Sie.«

Was ein wenig dick aufgetragen war, aber bei Ilse auf fruchtbaren Boden fiel. »Das ist so nett. Ich verspreche, meine erste Handlung wird sein, das Leben der einfachen Leute in unserer schönen Gemeinde besser zu machen. Also auch Ihres.« Sie legte Leon die Hand auf die Schulter.

Vermutlich ging sie davon aus, dass seine Markenschuhe, die Markenuhr und das Hemd vom Laster gefallen waren. Oder selbst *seine* Familie war unter ihrem Niveau.

»Dann sollten wir aber auch langsam unserer Arbeit nachgehen«, sagte Tilly.

»Genau.« Ilse nickte mitfühlend. »Nicht, dass Ihr Chef Sie noch feuert, Tilly. Wo Untertannberg doch noch so viel für Sie zu bieten hat. Ein ganz neues Leben.«

»Meine alte Heimat war auch wirklich schrecklich«,

163

konnte sie sich nicht verkneifen. »Ständig Bier und Curry-wurst.«

»Aus welcher Region von Polen kommen Sie denn?«

Tillys Fingerknöchel traten hervor, so fest umklammerte sie den Griff des Wischmopps. »Chorweiler.«

»Ah, ich habe schon gehört, dass bei Ihnen einige Städte den gleichen Namen haben, wie bei uns in Deutschland«, sagte Ilse versonnen. »Und Currywurst haben Sie auch.«

»Seit Kurzem gibt es sogar fließendes Wasser«, setzte Tilly noch einen drauf, damit Ilse den Warnschuss endlich vernahm.

»Das freut mich sehr.«

Sie holte tief Luft.

»Jetzt müssen wir aber wirklich anfangen«, sagte Leon laut. »Der Chef.«

»Natürlich, natürlich.« Ilse warf die Hände in die Höhe. »Ich zeige Ihnen die wichtigsten Räume. Dann können Sie ihrer Beschäftigung nachgehen. Ich habe auch noch etwas zu erledigen. So eine Beerdigung plant sich nicht von allein.«

»Aber haben Sie dafür nicht Personal?«, fragte Tilly zuckersüß.

»Die kriegen das doch nicht ohne Anweisungen hin.« Ilse lachte auf. »Seien Sie froh, dass Sie sich nicht mit etwas Derartigem herumschlagen müssen. Manchmal wünsche ich mir auch wieder so ein einfaches Leben.«

»Aber dann müssten Sie selbst die Küche putzen«, sagte Leon.

»Das stimmt.« Ein schweres Nicken. »Es sind ja auch nur die kurzen Augenblicke, wenn der Stress überhandnimmt. Aber jetzt husch, wir trödeln schon genug herum.«

Sie klatschte in die Hände und eilte voraus.

»Ich werde sie mit dem Wischmopp niederschlagen«, zischte Tilly leise. »Du übernimmst den Rest.«

»Wolltest du mich nicht gerade dabeihaben, damit hier *kein* Mord in deiner Anwesenheit geschieht?«

»Meinung geändert. Diese Frau ist ein Snob auf zwei Beinen. Das ist noch freundlich ausgedrückt.«

Sie schlossen zu Ilse auf, und Tilly gelang es rechtzeitig, wieder ein nichtssagendes Lächeln aufzusetzen, das keine Zähne zeigte. Die Witwe des Bürgermeisters führte sie durch das Anwesen, erklärte ihnen, welche Reinigungsmittel auf keinen Fall verwendet werden durften und welche unverzichtbar waren. Da spielten wohl die Marken eine Rolle.

Bei der Hälfte der Mittel hätte Tilly ihr sofort sagen können, dass diese für das jeweilige Material absolut ungeeignet waren. Sie verzichtete.

Irgendwann kam Ilse zum Ende.

Sie verschwand irgendwo im Haus, und Tilly sah ihre Stunde endlich gekommen.

»Ich nehme mir das Büro des Bürgermeisters vor«, sagte sie. »Du putzt Schmiere.«

Zeit, Antworten zu finden.

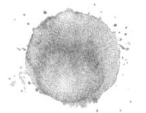

15. KAPITEL

Wie sich herausstellte, liebte es Ilse, ihre Angestellten zu überwachen. Ständig tauchte sie dort auf, wo Tilly gerade Staub wedelte oder den Boden wischte, die Mülleimer leerte oder die Fenster putzte. Natürlich folgten gute Ratschläge. Von der Art des richtigen Küchentuches, um das Glas nachzuputzen (auf keinen Fall), bis hin zu Zitrusreiniger aus eigener Herstellung für Kalk (klar, wenn sie morgen noch hier stehen und polieren wollte).

Bedauerlicherweise verhinderte Ilse auf diese Art gekonnt, dass Tilly sich im Arbeitszimmer des verstorbenen Bürgermeisters aufhielt. Zweimal kam es zu Anrufen mit Beileidsbekundungen, bei denen es der Witwe wie nebenbei gelang, schlecht über den Nachfolger ihres Mannes zu sprechen.

Aber auch dabei blieb sie stets in Tillys Orbit. Die erklärte Leon immer zuerst das Vorgehen, machte es ihm einmal vor und ließ ihn dann selbst zur Tat schreiten. Er stellte sich gar nicht so ungeschickt an wie vermutet. Umso mehr tat es Tilly leid, was sie jetzt von ihm verlangen musste.

»Du musst sie ablenken«, flüsterte sie, sprühte Glasreiniger auf einen linken Fensterflügel und zog ihn ab. »Anders kommen wir hier nicht weiter.«

»Wie denn?« Leon besprühte den rechten Flügel. »Sie ist für meinen Charme nicht empfänglich.«

»Du könntest auf dein Elternhaus hinweisen«, schlug Tilly vor.

»Nur im äußersten Notfall«, stellte er klar. »Sonst will sie wissen, weshalb ich putze. Ein Stichwort reicht, dann weiß sie Bescheid. Das erzählt sie dann ihren Freundinnen, und schon bin ich Stadtgespräch.«

»Gegenvorschlag?«

Leons Stirn legte sich in Falten. Schließlich schnippte er mit den Fingern. »Kriege ich hin.« Er schloss wuchtig das Fenster.

»Und w…«, wollte Tilly fragen.

Doch Ilse stürmte bereits herein. »Was war das? Ist etwas kaputtgegangen? Alles hier ist wertvoll.«

Eindeutig eine Helikopterchefin, dachte Tilly und verdrehte lediglich innerlich die Augen.

»Aber nein.« Leon zeigte sein strahlendstes Lächeln. »Wir haben nur entschieden, dass wir uns besser aufteilen.« Er schulterte den Wischmopp. »Ich bin zwar noch Anfänger, aber das bekomme ich hin.«

Er drehte sich so schnell herum, dass der Wischmopp nur um Haaresbreite an einer antiken Vase vorbeiwischte.

Ilses Gesicht nahm die Farbe von Kreidestaub mit einem Hauch von frischem Gras an. »Oh, um Himmels Willen. Aber …, also Til…, Frau Blich …, wenn er doch noch Anfänger ist.«

»Aber nein«, sie winkte ab. »Ich vertraue Leon voll und

ganz. Beim letzten Mal hat die Versicherung anstandslos alles bezahlt.«

Sie nickte ihm auffordernd zu.

Mit beschwingten Schritten verließ er den Raum.

»Alles bezahlt?« Ilse riss die Augen auf. »Was ist denn das Limit Ihrer Versicherung? Nahezu jedes Stück hier ist unbezahlbar.«

»Oh, das war knapp«, erklang Leons Stimme aus dem Flur, gefolgt von einem künstlichen Lachen.

Tilly winkte ab. »Die Jugend von heute, immer so ungestüm.«

Ilse warf sich förmlich herum und hetzte aus dem Raum. »Vorsicht, das ist echtes Meissener«, erklang ihre hektische Stimme.

Beinahe tat sie Tilly leid.

Andererseits hatte sie jetzt endlich freie Bahn. Auf dem Weg durch das Haus waren sie am ehemaligen Büro des noch ehemaligeren Bürgermeisters vorbeigekommen. Darin brauchten sie – so Ilse – nicht putzen.

Da Tilly aber eine so herausragende Reinigungskraft war, würde sie genau das tun. Sie nahm sich ein Wischtuch und rannte zurück in den ersten Stock. Die Tür war nur angelehnt. Sie betrat den Raum. Einen Augenblick ließ sie die Umgebung auf sich wirken. Die meisten Menschen dachten nicht darüber nach, wie zurückgelassene Räume wohl auf Ankömmlinge wirkten.

Der Mülleimer war halb voll, der Bürgermeister hatte also tatsächlich auch zu Hause gearbeitet, und das zwischen dem letzten Besuch der Reinigungskraft und heute. Der Tisch wies ein ähnlich chaotisches Muster auf wie im Rathaus. Es gab mehrere Papiere, die in der Mitte lagen. In einem Ablagefach stapelten sich weitere. Dazu gab es diverse Mappen.

Auf dem dunklen Holz gab es einen kreisförmigen Fleck, wo eine Tasse gestanden haben musste. Vermutlich eingetrocknete Kaffeereste.

An der Seite stand ein Metallregal mit geschlossenen Türen. Es besaß ein Schloss und war verriegelt. Tilly zog eine Büroklammer aus der Hosentasche.

Es hatte doch seine Vorteile, wenn die eigene Mutter die Süßigkeiten in einem abschließbaren Schrank bunkerte. Tilly hatte ihr erstes Schloss mit neun Jahren geknackt. Später hatte sie diesen Dienst auch Freundinnen und Freunden angeboten, deren Eltern ähnlich verfuhren. Bezahlen ließ sie sich in Schokolade. Das hatte ihr reichlich Vorrat eingebracht, bis eine der Mütter ihr auf die Schliche gekommen war.

Anstatt sie zu verraten, hatte die Frau sie jedoch gebeten, die Schublade im Arbeitszimmer ihres Mannes zu öffnen. Darin befänden sich wichtige Unterlagen. Sie habe den Schlüssel verloren. Tilly war dem natürlich nachgekommen. Unnötig zu erwähnen, dass die spätere Scheidung für die Dame des Hauses überraschend gut verlaufen war. Finanziell gesprochen.

Tilly benötigte lediglich zwei Minuten, um das Schloss zu öffnen. Es quietschte, als sie den Metallhebel herunterdrückte und die Tür aufzog. Kurz stoppte sie in ihrem Tun und lauschte. Erklangen eilige Schritte? Der hektische Atem von Ilse? Nein, Leon hatte die Sache im Griff.

Tilly überflog die sauber aufgereihten Ordner. Da gab es Steuer- und Bankunterlagen. Private Dokumente. Sie zog letzteren Ordner hervor. Im Inneren fanden sich Versicherungsunterlagen, ein Lebenslauf, diverse Zeugnisse. Von Respektspersonen sollte man sich die niemals ansehen, denn der Respekt ging dabei eindeutig flöten. Was für miserable Noten.

Sie stellte den Ordner zurück. Was konnte ihr hier weiterhelfen?

Ihr Blick fiel auf einen Ordner mit der Aufschrift Kontounterlagen. Sie zog ihn heraus und blätterte ihn zügig durch. Beinahe hätte sie die Zahlung übersehen. Tilly runzelte die Stirn. Dank ihres hervorragenden Gedächtnisses erkannte sie sofort, dass der Bürgermeister einen Geldeingang in identischer Höhe wie Hans-Josef Krumm erhalten hatte. Vom selben Absender.

Interessant. Vor allem, weil das Geld auf sein Privatkonto geflossen war, nicht auf das öffentliche Konto der Stadt. Der Bezug zum Rathaus war jedoch sehr wahrscheinlich. Tilly zog ihr Smartphone aus der Tasche und machte eine Fotografie vom Kontoauszug.

Sie öffnete noch kurz die Steuerunterlagen, was ihr aber lediglich die Laune verdarb. Es gab keinerlei Grund für Ilse, sie hier schwarz zu beschäftigen. Die Einnahmen des Bürgermeisters waren ziemlich ordentlich. Kurz über-

flog sie den angehängten Ausdruck, den der Steuerbera-
ter wohl zugänglich gemacht hatte. Wer kam auf die Idee,
diese Detailübersicht noch auszudrucken und wofür? Die
handschriftlichen Notizen lieferten die Erklärung. Ilse war
jeden Posten durchgegangen und hatte an einigen Stellen notiert, dass Sie Rücksprache halten wollte. Inklusive
einem Verweis auf Präzedenzfälle. Sie war ein Sparfuchs
und hatte eindeutig Ahnung von Steuern.

Tilly kam ein Gedanke. Es gab auch einen Ordner für
das aktuelle Jahr. Die zugehörigen Unterlagen waren natürlich noch nicht eingereicht, doch Ilse hatte schon alles
vorbereitet, was an das Finanzamt übertragen werden
sollte. Darin war die Überweisung nicht zu finden, die
Blechle erhalten hatte. Tilly öffnete die Fotografie und
erkannte, dass das Geld auf ein anderes Konto gegangen
war. Eines, das sich hier in den Steuerunterlagen nicht
fand.

»Gewagt, Herr Bürgermeister. Sehr gewagt.« Sie schloss
den Ordner, stellte ihn zurück und verriegelte den Schrank.

Kurz ließ sie ihren Blick noch über die Fotos schweifen.
Blechle und seine Frau beim Wandern, am Hochzeitstag,
er allein mit Freunden. Ein Stromschlag hätte sie nicht
stärker treffen können. Auf einem Bild waren Hans-Josef
Krumm, Bürgermeister Blechle und ein weiterer Mann zu
sehen, den Tilly nicht kannte.

Sie zog das Smartphone hervor und fotografierte es
ebenfalls. Gerdy oder Leon konnten da sicher weiterhelfen.

Gerade als sie sich zur Tür schob, erklang die schrille

Stimme von Ilse. »... keinen Backofenreiniger für den Holztisch verwenden.«

Tilly sog scharf die Luft zwischen den Zähnen hindurch. Da musste sie Ilse recht geben, das ruinierte das Holz umgehend. Falls man dann noch drüberscheuerte, war es das. Der Hinweis mit der Versicherung war eigentlich ein Scherz gewesen.

»Wenn ich nicht aufgepasst hätte, wären Sie Ihr Gehalt für das nächste Jahr los«, sagte sie.

Tilly atmete auf.

Sie lehnte die Tür wieder an, stellte sich an die Kommode auf dem Gang und wischte deren Oberfläche.

»Ah, Frau Blich.« Ilse kam herbeigeeilt. »Ich bestehe darauf, dass Sie Ihren Auszubildenden besser beaufsichtigen. Darum kann ich mich nicht auch noch kümmern.« Sie legte ihre rechte Hand an die Stelle ihres Herzens. »Der Verlust meines Mannes hat mich viel Kraft gekostet, meine Seele ist erschüttert.«

»Das tut mir so leid, Frau ... Ilse.«

»Vielleicht lassen wir das für heute«, sagte sie. »Ich spüre eine Migräne. Und Magen.«

»Und Rücken?«

»Der auch«, nahm Ilse dankbar auf. »Kommen Sie einfach nächste Woche wieder. Wir rechnen natürlich nur einmalig ab, das heute war ja ein Abbruch bei unter fünfzig Prozent der avisierten Zeit.«

»Versteht sich von selbst«, stimmte Tilly zu. »Beim nächsten Mal putzen wir dann die restlichen fünfzig.«

Was eindeutig nicht das war, was Ilse im Sinn gehabt hatte. Doch hereinlegen ließ Tilly sich nicht.

Sie wandte sich Leon zu. »Du unmöglicher ...« Was sagte man denn da so?

»Auszubildender?«, half er aus.

»Richtig. Ich dachte, du hättest alle Reinigungsmittel auswendig gelernt. Den Backofenreiniger mit der Holzpolitur zu verwechseln ist ...« Sie wollte es ja nicht übertreiben.

»Armselig«, half Ilse aus und nickte verständnisvoll. »Seien Sie froh, dass Sie eine so nette Kollegin haben. Ich hätte Ihnen eine Abmahnung gegeben.«

»Mindestens«, sagte Tilly so deutlich überspitzt, dass sie schon befürchtete, es übertrieben zu haben.

»Oh, nein«, kam es ebenso künstlich von Leon.

Doch Ilse war vollkommen unempfänglich für Ironie. Sie nickte zufrieden, verschränkte triumphierend die Arme. Sie stellte keinerlei Fragen, warum Tilly plötzlich die Kommode im Gang putzte.

Sieg auf der ganzen Linie.

»Wir reden in der Zentrale weiter«, sagte Tilly. »Ich werde natürlich den Personalrat einschalten.«

»Den Personalrat«, echote Ilse beeindruckt.

»Wir sind ja hier in Untertannberg lediglich eine Außenstelle«, sagte sie. »In so einem gravierenden Fall muss die Mutterzentrale eingeschaltet werden.«

»Mutterzentrale«, krächzte Ilse und realisierte ein damit einhergehendes Problem. »Aber wissen die denn, wo Sie so putzen?«

»Natürlich«, sagte Tilly. »Wir melden alles lückenlos.«

Da war er wieder, der Kreidestaub-Gras-Farbton auf Ilses Gesicht. Ihr musste klar sein, dass im schlimmsten Fall die Steuer des »Konzerns« alles sauber meldete. Für den Fall, dass Ilse das nicht ebenfalls tat, konnte das Finanzamt rückwirkend die eingereichten Steuerunterlagen noch einmal prüfen. Das gab Nachzahlungen. Und ihr Ruf würde erheblichen Schaden nehmen.

»Wunderbar«, krächzte sie weiter und stützte sich mit der Hand an der Wand ab. »So wunderbar. Akkurat und genau. Das hätte ich gar nicht erwartet. Einfach schön.« Bei den letzten Worten glänzten ihre Augen. Dass sie nicht in Tränen ausbrach, war ein Wunder.

»Wir gehen dann wohl besser«, sagte Tilly.

Ilse zitterte leicht, und Tilly meinte, das Wort »Nachzahlungen« auf ihren Lippen zu erkennen.

Tilly eilte mit Leon die Treppe hinunter.

»Das war gemein«, sagte er.

»Den Backofenreiniger anstelle der Möbelpolitur zu verwenden ebenfalls.«

Sie sammelten ihre Utensilien ein.

»Ich habe nur die Dose geöffnet und in Richtung Holz gehalten. Ehrlich, es hat fünf Minuten gedauert, bis sie zu mir rüber geschaut hat. Ich hätte tausendmal loslegen können. Dachte schon, es fällt auf. Ihre heftige Reaktion kam aber überraschend. Ein Wunder, dass sie nicht umgekippt ist.«

»Wäre dann im schlimmsten Fall Leiche Nummer drei gewesen«, sagte Tilly.

»Das hast du vielleicht mit deinem dezenten Hinweis auf das Finanzamt übernommen.« Leon kicherte. »Aber nicht, dass sie jetzt alles nachmeldet und *Plitz & Blank* Probleme bekommt.«

Daran hatte Tilly noch gar nicht gedacht.

Sie musste unbedingt das schwarze Büchlein prüfen. Falls es sich irgendwie machen ließ, war eine Nachmeldung notwendig. Damit ging ihre Laune erneut in den Sinkflug über.

Warum hatte sie noch mal Chefin werden wollen?

Sie hatte es vergessen.

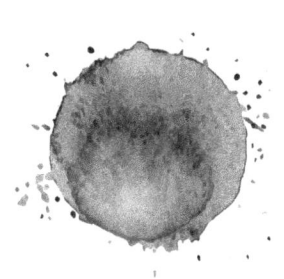
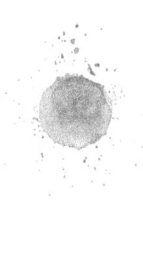

16. KAPITEL

Sie brachten noch einen weiteren Auftrag hinter sich, dann ging es zurück zur Firma.

Dort saß Gerdy bereits, notierte etwas im Auftragsbuch und hatte Kuchen bereitgestellt. Tilly beglückwünschte sich im Stillen dazu, ihr den Zweitschlüssel für die Geschäftsräume gegeben zu haben.

»Wenn du so weitermachst, werde ich in wenigen Wochen das Dreifache wiegen«, sagte Tilly.

»Das ist Obstkuchen«, erklärte Gerdy.

Sie hatte eine Brille aufgesetzt und linste jetzt, den Kopf leicht nach unten gebeugt, über die Gläser in ihre Richtung.

»Und?«, fragte Tilly.

»Früchte sind gesund, das neutralisiert den Zucker.« Gerdy wandte sich wieder ihrer Tastatur zu.

Tilly wollte noch etwas sagen, doch Leon hatte gerade die Utensilien verfrachtet und fuhr sich mit dem Finger quer über die Kehle. Kuchen waren also ein Thema, bei dem Gerdy keinen Spaß verstand.

»Wie hat er sich angestellt?«, kam es von Gerdy.

Tilly grinste. »Hervorragend. Unser Leon hat beinahe einen Tisch mit Ofenreiniger behandelt.«

»Hat mir meine Chefin befohlen«, sagte er. »Es hat doch funktioniert.«

Gerdy zog ihre Brille von der Nase und ließ sie an der Kette um ihren Hals baumeln. »Was haben wir denn herausbekommen?«

»Außer dass es bei dieser Frau ziemlich viele Verdächtige gibt, falls wir sie tot auffinden sollten?« Tilly schüttelte den Kopf.

Leon nickte. »Sie ist die Definition einer Rich B…«

»Dieses Wort benutzen wir hier nicht«, sagte Gerdy und warf ihm einen scharfen Blick zu.

»Denken reicht.« Tilly winkte ab. Sie trat auf Gerdy zu. »Sieh dir bitte mal dieses Bild an.«

»Ah ja, das ist der Dieter Lenz. Bauunternehmer aus der Gegend. Der baut sogar in Stuttgart«, sagte sie gewichtig. »Nur über Stuttgart 21 dürfen wir nicht sprechen, das ist ein ganz heikles Thema. Da hat er den Auftrag nicht bekommen. Ist ein Trauma sozusagen.«

»Was hat er mit den Verstorbenen zu tun?«, fragte Tilly.

Sie sank auf ihren Stuhl, stützte das Kinn auf die Handfläche und lauschte. Leon hatte zwei Kaffeetassen organisiert. Eine stellte er jetzt vor Tilly ab, die zweite behielt er in der Hand. Mit der Hüfte lehnte er sich an den Tresen.

»Der Hans-Josef Krumm, unser Bürgermeister Blechle und der Dieter Lenz waren in der Schule total dicke«, erklärte Gerdy. »Ständig was ausgefressen haben die. Sind dann im Berufsleben in ganz unterschiedliche Richtungen gegangen, aber weil der Hans-Josef eben ein Architekt war und der Dieter ein Bauunternehmen besitzt, haben die öfter mal was gemeinsam gemacht. Also Projekte. Und getrunken.«

Tilly rief das Bild mit der Überweisung auf ihrem Smartphone auf. »Wieso überweist dieser Lenz den beiden jeweils eine so große Summe? Bei Krumm lässt sich noch eine einfache Erklärung finden, aber beim Bürgermeister? Obendrein auf ein Schwarzkonto?«

Gerdy blickte lange und intensiv auf das Smartphone. »Da brauche ich jetzt erst mal Obst.«

Tilly verstand den Verweis durchaus. Sie wartete, bis Gerdy sich ein besonders großes Stück genommen hatte, und futterte, loyal wie sie war, direkt eins mit. Glücklicherweise schaltete auch Leon schnell genug. Wobei der sowieso mindestens drei Stück verdrückt hätte (und dabei garantiert kein Gramm zunahm. Teenager konnte man in der Sache nur beneiden).

Auf jeden Fall wirkte Gerdy beschwichtigt. Ihre Laune besserte sich zusehends beim Anblick von vollen Gabeln, die mit Teig, Obst und Gelee beladen zum Mund geführt wurden.

»Weißt du, Tilly, du hast ein schwarzes Büchlein«, erklärte Gerdy. »Da bist du nicht die Einzige.«

»Schon klar.« Sie winkte ab. »Ich komme aus Köln.« Und damit war eigentlich alles gesagt. »Aber das ist doch kein Zufall? Dass der Krumm das neue Rathaus plant, steht seit Jahrzehnten fest. Und dass der Auftrag dafür an einen hiesigen Bauunternehmer geht, ist doch sowieso ausgemachte Sache. Der Bürgermeister könnte sich mit dem Gedanken an die nächste Wahl gar nichts anderes erlauben. Obendrein kannten sich alle drei. Diese Sache mit dem Geld ist nur das Tüpfelchen auf dem i.«

Mit einem Knall krachte jemand gegen die Tür. Tilly zuckte zusammen und schwor sich, das verdammte Ding zu ersetzen. Sobald sie die ersten Eingänge auf dem Konto hatte.

»Wusste ich doch, dass ich dich hier finde, Gerdy.« Ludwig kam hereinspaziert, gekleidet in seine Postbotenuniform.

»Du hast eine Nase für Kuchen.« Gerdy schaufelte bereits ein Stück auf einen Teller und stellte es auf den Tresen.

Ludwig legte im Gegenzug einen Stapel Briefe ab. »Sieht aus wie Rechnungen. Bisschen Werbung ist dabei.«

Tilly stöhnte auf. »Kuchen gegen Rechnungen, das ist ein unfaires Geschäft.«

Ludwig grinste und begann damit, Kuchenstücke aufzuspießen. »Ist das ein Mörder-Board?«

Was Tilly darauf brachte, dass sie selbiges eigentlich hatten abdecken wollen.

»Wir versuchen, Tillys Unschuld zu beweisen«, erklärte Leon.

»Der Dieter ist verdächtig«, ergänzte Gerdy.

»Was Geheimhaltung angeht, seid ihr wirklich nicht zu gebrauchen«, stellte Tilly klar. »Marschiert doch gleich zu Stubsi und berichtet ihm alles.«

»Das ist keine gute Idee«, sagte Ludwig. »Im Polizeirevier herrscht eine ganz schlechte Stimmung. Ich habe denen gerade die Post gebracht und es gewagt, eine Frage zu stellen. Wegen unseres Bürgermeisters Blechle. Da hat mich der Stubsi angebrüllt. Aber so richtig. Das nächste Mal stopfe ich die Briefe ins Postfach, dann soll er sie selbst abholen. Die Sarah hat mich gerettet.«

»Ist halt eine Gute«, sagte Gerdy.

»Wir haben ein Problem«, brachte Tilly das Gespräch wieder von Stubsi auf den Bauunternehmer. »Denn soweit ich das Auftragsbuch überblicke, putze ich nicht bei Dieter Lenz. Richtig?«

Gerdy schüttelte den Kopf. »Weder offiziell noch inoffiziell.« Sie streckte die Hand aus und streichelte Muffin, der unter dem Tisch auf der Lauer nach Kuchenstücken lag.

»Aber der Dieter ist doch ein ganz netter«, sagte Ludwig.

Worauf Leon eine kurze Zusammenfassung ihrer bisherigen Ermittlungen gab.

»Das ist seltsam«, stimmte Ludwig zu. »Aber wisst ihr was, die drei haben sich schon länger nicht mehr getroffen. Ich fahre ja immer für das *Eintöpfle* aus. Normalerweise haben die sich jeden Mittwochabend auf ein Strategiegespräch verabredet.« Er machte bei dem Wort »Strategiegespräch« das typische Zeichen für ein Glas, dessen Inhalt in die Kehle gekippt wurde. »Da ging es um Bier und Schnaps und manchmal auch Wein. Guter Umsatz für die Lohmann Traude und ihre Pia.«

»In meinen Krimis …«, begann Gerdy.

»Gerdy«, unterbrach Tilly sie.

»Ist doch wahr. Die haben sich gezankt und dann haben ihn die beiden erpresst, der Hans-Josef und der Bürgermeister. Also hat der Lenz bezahlt. Aber danach hat er sie um die Ecke gebracht.« Sie verschränkte die Arme und blickte Zustimmung heischend in die Runde.

»Das wäre aber eine dumme Idee«, sagte Ludwig gelassen.

Erst als alle ihn anstarrten, realisierte er seine Worte und zog den Kopf zwischen die Schultern.

»Aha«, sagte Gerdy. »Warum?«

»Na, wenn der Mörder vom Hans-Josef nur das Messer benutzt hätte, wäre das noch logisch«, erwiderte er zögerlich. »Aber dann hat er den Turm genommen … das weist ja total offensichtlich auf das Rathaus hin.«

Damit hatte er recht. Was auch Gerdy mit einem Nicken gestand.

»Dass der Lenz das so macht, wäre wirklich nicht passend«, nahm Tilly den Faden auf. »Der hätte doch eher die Bremsleitungen durchgeschnitten. Oder Gift benutzt. Keine Ahnung, was klassisch Unauffälliges. Damit niemand nachprüft. Gerade beim Bürgermeister muss ihm klar sein, dass jetzt alle Konten und Kontakte geprüft werden. Die Polizei wird die gesamte Geschäftskorrespondenz auseinandernehmen.«

»In dem Fall könnte der Lenz aber ein weiteres potenzielles Opfer sein«, merkte Leon an.

Und schwups stand er im Fokus der Aufmerksamkeit. Was ihm jedoch keinerlei Reaktion abrang. Er wirkte gelassen wie immer, schwieg aber.

»Mehr Kontext, Leon«, bat Tilly.

»Na, wenn jemand alle erledigen will, die für das neue Rathaus zuständig sind, gehört der Lenz auch dazu«, kam Leon der Aufforderung nach. »Das würde wieder auf Rosetta hindeuten.«

»Ich kann mir einfach nicht vorstellen, dass diese Frau mal eben bei Hans-Josef Krumm vorbeigeht und ihn erdolcht«, sagte Tilly. »Bei ihr gilt doch das Gleiche wie bei Lenz. Die Benutzung des Turms deutet auch in ihre Richtung, das ist zu offensichtlich.«

Ludwig nickte schweigend, mit einer besonders hartnäckigen Zwetschge beschäftigt.

»Eine Tat im Affekt?«, schlug Gerdy vor.

»Bei Hans-Josef Krumm vielleicht, aber die Sache mit dem Bürgermeister war geplant«, erwiderte Tilly. »Und zwar herausragend gut. Wir wissen immer noch nicht, wie der Mörder wissen konnte, dass ich am nächsten Morgen putzen würde.«

»Aber er hat nicht geahnt, dass ich stattdessen die Leiche finde«, sagte Leon und schlug sich die Hand vor den Mund.

Ludwig und Gerdy starrten ihn an.

»Du bist *wirklich* schlecht, wenn es um Geheimhaltung geht«, wiederholte Tilly.

Mit wenigen Worten weihte sie Gerdy und Ludwig ein.

Gezwungenermaßen. Es blieb zu hoffen, dass beide den Mund hielten.

»Das ist aber sehr edel von dir, den Leon und den Patrick zu beschützen«, sagte Gerdy. »Wo der Stubsi dich doch so auf dem Kieker hat.«

»Sehr edel«, echote Ludwig und schob den Teller wieder zu Gerdy.

Ihren fragenden Blick erwiderte er mit einem Nicken. Ein weiteres Stück fand den Weg auf seinen Teller. Wie kam es, dass hier jeder ständig etwas zu essen schien, aber alle waren sie dünn? Unauffällig betastete Tilly ihre Hüften. Nein, für sie war hier Schluss.

»Ich glaube, es gibt einfach niemanden in Untertannberg, der so gut backt wie du, Gerdy«, sagte Ludwig. »Kein Wunder, dass du die Lohmanns belieferst.«

»Ach, echt?«, fragte Tilly.

»Ach, dreimal die Woche bekommen sie Nachschub.« Sie winkte ab, doch ihre Wangen färbten sich abendrot ein.

»Mittlerweile hast du dir da einen Ruf erarbeitet«, setzte Ludwig noch eins drauf. »Einen Maple-Kuchen erkennt jeder.«

»Jetzt hör aber auf«, verlangte Gerdy.

Was sie eindeutig nicht so meinte.

Tilly schnippte mit dem Finger. »Mir kommt da eine Idee.«

»Ach?« Gerdy zog die Brauen in die Höhe.

»Wie wäre es, wenn ich bei dem guten Dieter Lenz einen kleinen Antrittsbesuch mache?«, schlug sie vor. »Ein paar Stücke Kuchen lockern vielleicht seine Zunge. Muss ja nicht immer der Wischmopp sein.«

Gerdy wirkte bei dem Gedanken, dass Tilly ihren Kuchen für eine Ermittlung benutzte, überaus zufrieden. »Ja, da packe ich dir doch gleich ein paar Stücke ein. Wehe, der Dieter lehnt die ab. Dann komme ich persönlich vorbei.«

Tilly verschränkte die Arme und lächelte. Endlich ging es voran. Wohin die Spur auch führen mochte, sie würde ihr folgen.

17. KAPITEL

Das Bauunternehmen von Dieter Lenz florierte. Zumindest schloss Tilly das aus dem Anblick, der sich ihr bot. Der Weg zum roten Backsteinhaus der Verwaltung wurde eingerahmt von akkurat gestutzten Hecken. Zwischen den Bodenplatten war kein Unkraut auszumachen.

Neben dem Gebäude befand sich ein Kundenparkplatz. Tillys Herz frohlockte. Dort gab es eine Ladesäule für ihren Stromer. »Siehst du, Muffin, es war eine gute Idee, nicht diese zerbeulte Firmenkarosse zu bemühen.«

Der Basset schaute nicht einmal zu ihr auf. Stattdessen zuckte seine Schnauze in Richtung Rückbank. Dort stand nämlich die Platte mit den in Folie eingeschlagenen Kuchenstücken.

»Denk nicht mal dran«, warnte ihn Tilly. »Du würdest damit eine Mordermittlung behindern. Es wurden auch schon freche Bassets verhaftet.«

Unbeeindruckt starrte er weiter.

Der Hof von Bauunternehmer Lenz lag zwanzig Minuten außerhalb von Untertannberg. Zu Fuß kaum zu erreichen, war man kein professioneller Bergsteiger. Die Landschaft an dieser Stelle des Schwabenlandes war hügelig, um nicht zu sagen bergig.

Tilly parkte ein und stellte erfreut fest, dass der Anschluss an die Ladesäule und das Aufladen der Batterie für Gäste des Unternehmens kostenlos waren. Womöglich würde sie den Parkplatz in nächster Zeit öfter beanspruchen.

Muffin verewigte sich nach dem Aussteigen erst einmal an der Ladesäule. Tilly legte die Leine an und hielt sie mit rechts, während sie mit der linken Hand die Kuchenplatte balancierte.

Dieser Art ausgerüstet stapfte sie zum Eingang. In der Ferne fuhren kiesbeladene Laster über den Hof. Männer in Blaumännern rannten herum, schoben sich die gelben Helme aus der Stirn, um sich zu kratzen. Eine Gruppe saß am Rand, öffneten ihre Bierflaschen und trank.

Tilly drückte die Tür mit der Schulter auf. Es gelang ihr gerade so, die Balance zu halten. Muffin ließ sich widerstandslos mitzerren, den Blick auf die Kuchenplatte gerichtet. Sie konnte ihm ansehen, dass er ihr am liebsten ein Bein gestellt hätte, damit der Kuchen auf dem Boden landete.

Durch einen kurzen Vorraum ging es zu einer weißen Empfangstheke. Veilchenduft lag in der Luft, die sichtbaren Unterlagen waren geordnet, der Computermonitor nicht gesperrt, es war jedoch nichts darauf zu sehen, als Dokumente mit Verladeplänen.

»Hallo?«, fragte Tilly ins Leere.

Ein junger Mann mit Lockenkopf blickte aus einer Tür, hinter der sie einen lang gezogenen Tisch mit aufgereihten Stühlen ausmachen konnte. Vermutlich ein Konferenzraum.

»Guten Tag.« Er kam heraus. »Kann ich Ihnen helfen?«

Muffin wedelte so sehr mit dem Schwanz, dass der ganze Hund mitwackelte.

»Der ist ja süß.« Lockenkopf ging in die Knie und streichelte den Basset.

»Mein Name ist Tilly Blich«, erklärte sie. »Man kann wohl sagen, dass das hier ein Antrittsbesuch ist.«

»Vater!«, brüllte der Kniende abrupt.

Leider so abrupt, dass Tilly taumelte. Die Hundeleine spannte sich am linken Bein von Lenz Junior. Er verlor das Gleichgewicht und kippte nach vorne, gegen Tilly. Sie ruderte mit den Armen, was der Kuchenplatte einen Stoß versetzte. Während diese noch durch die Luft trudelte, rutschte ihr die Leine aus der Hand. Muffin, der seine Chance sofort erkannte, hetzte der Platte nach. Der Kuchen knallte auf den Boden, Bassetzähne schlossen sich um Teig und Obststücke.

Tilly landete auf dem Po. Fluchend kam sie wieder in die Höhe. »Muffin!«

Der Basset inhalierte den Kuchen und hätte sich auch noch um den verschmierten Teig gekümmert. Tillys Blick war jedoch einschüchternd genug. Er setzte an, zu ihr zurückzulaufen. In diesem Augenblick betrat Lenz Senior den Raum. Bedauerlicherweise stellte er seinen rechten Fuß auf der Leine ab.

Muffin rannte los.

»Was ist denn hier …?«

Lenz Senior blieb noch ausreichend Zeit, das Chaos inklusive seines am Boden liegenden Sohnes aufzunehmen, dann riss Muffin die Leine mit sich. Ein kurzes Stöhnen, ein Schrei. Der Firmenchef flog wie eine Kanonenkugel durch die geöffnete Tür zurück in den Konferenzraum, es schepperte.

Tilly schloss die Augen. »Warum konnte es keine Katze sein?«

Muffin war aufgrund des Chaos euphorisiert. Er sprang zu Lenz Junior, der wieder auf die Beine kam, hüpfte an Tilly empor und schmierte dabei Kuchenteig auf ihre Hose.

»Vater?!«, rief Lenz Junior.

Der Senior kam zurück in den Raum gehumpelt. »Sie sind dann wohl die Frau Blich.«

Verdattert starrte sie ihn an. »Sie kennen mich?«

»Ich bin mit dem Staatsanwalt befreundet«, sagte er nur. »Er und ich sind damit Leidensgenossen.«

Mist, fluchte Tilly lautlos. »Gut, dass wir alle einen soliden Sinn für Humor besitzen.«

»Er nicht«, stellte Lenz Senior klar. »Bei mir ist die Jury noch unentschieden.«

Er hielt sich den Oberschenkel. Glücklicherweise wirkte er robust. Der Bauunternehmer war ein drahtiger Mann in den Fünfzigern. Das graue Haar war dicht und sauber frisiert, der Friseurbesuch konnte nicht lange zurückliegen. Neben Sakko und Hemd trug er eine Jeans. Die New-Balance-Turnschuhe verliehen ihm einen sportlichdynamischen Touch. Seine gebräunte Haut deutete auf regelmäßigen Aufenthalt im Freien hin. Kombiniert mit der Figur ging Tilly von Tennis oder Radfahren aus.

»Ich wollte mich Ihnen mit einem Kuchen von Gerdy vorstellen«, erklärte sie.

Lenz Senior linste zu Boden. »Das macht die Sache noch tragischer.«

»Ich komme gerne erneut vorbei und bringe Ersatz«, versprach Tilly. »Muffin hat noch ein paar Übungsstunden vor sich, bevor er aufs Wort gehorcht.«

Lenz Senior lachte auf. »Wir hatten auch mal einen Basset. Wenn es um Essen geht, werden sie ihn kaum unter Kontrolle bekommen.«

Wogegen sie eine Wette abgeschlossen hätte. In der TV-Sendung eines Hundetrainers war ein solcher nämlich erzogen worden. Das hatte gut geklappt. Andererseits deutete aktuell nichts darauf hin, dass es bei Muffin leicht werden würde.

»Sie sind wahrscheinlich auf der Suche nach neuen Kunden«, sagte Lenz Senior.

»Ich halte die Augen offen«, gab Tilly diplomatisch zurück. »Wollen Sie eine Kostprobe?« Sie nickte in Richtung der Kuchenreste.

Nun lachte der Bauunternehmer kurz und leise auf. »So weit kommt es noch. Sie sind Gast. Bist du so nett, Thomas?«

»Aber klar.« Der Lockenkopf hielt auf den Gang zu, vermutlich, um sich wischmoppmäßig auszurüsten.

189

Dabei konnte sie feststellen, dass die Chino im Farbton equestrion brown perfekt saß. Das blaue Hemd ergänzte den Look, die modernen Sneaker rundeten das Gesamtbild ab. Vom Alter schätzte sie Thomas Lenz auf Mitte zwanzig. Er kehrte tatsächlich kurz darauf mit Eimer und Wischmopp zurück.

Tilly musste Muffin zuerst klarmachen, dass der Wischmopp weder essbar noch ein Spielzeug war. Vielleicht wollte er auch einfach das Aufputzen der Essensreste verhindern. Als würde sie das arme Tier nicht jeden Abend füttern.

»Aktuell suchen wir keine Reinigungskraft«, erklärte Dieter Lenz. »Wir sind bereits bei Ihrer Konkurrenz aus Stuttgart unter Vertrag.«

Tilly runzelte die Stirn. »*Klar & Rein?*«

Lenz Senior schüttelte den Kopf. »*Wisch & Weg.* Die reinigen unsere Räumlichkeiten seit Jahren.«

»Aber wäre jemand direkt aus Untertannberg nicht besser für ihren Ruf?«, fragte Tilly bewusst provozierend. »Lokal und so?«

»Glauben Sie mir, ich habe dieses Dorf schon mit so vielen Spenden und vergünstigten Angeboten für hochwertige Arbeiten unterstützt, mehr muss nicht sein«, sagte Lenz Senior. »Mögen werden die uns sowieso nie.«

»Bitte?« Das überraschte Tilly nun doch.

»Wissen Sie, mein Vater hat das Unternehmen in den Siebzigern und Achtzigern groß gemacht. Ende der Neunziger habe ich es dann vollständig übernommen«, erklärte er. »Zu dem Zeitpunkt konnten wir von Süddeutschland expandieren. Auf dem französischen Markt hatten wir keine Chance, aber auf dem polnischen. Dazu ging es bis in die Mitte von Deutschland. Alle waren zufrieden.« Er seufzte. »Dann kam die Wirtschaftskrise.«

Tilly schloss die Augen. Eine harte Zeit, die viele Menschen weit mehr gekostet hatte als ihr Erspartes. »Sie sind wieder geschrumpft.«

»Unfreiwillig«, bestätigte Lenz. »Wir mussten alle polnischen Projekte einstampfen und konnten gerade so unsere Marktanteile für Süddeutschland halten. Ich will mich nicht beschweren, viele Kollegen haben diese Zeit wirtschaftlich nicht überlebt. Aber ich konnte die Aufträge besonders hier in Untertannberg und Umgebung festigen.«

Mit der Hilfe des Bürgermeisters, da ging Tilly jede Wette ein. »Aber warum können die Leute – damit meinen Sie jene hier im Ort? – Sie nicht leiden?«

»Vordergründig sagen Sie das natürlich nicht«, sagte Lenz Senior. »Doch was glauben Sie, wie oft mein Thomas in der Schule als ›Bonzensohn‹ bezeichnet wurde. Das sagen die Eltern nebenbei am Esstisch, und die Kinder plappern es nach. Dass er eben nicht in den Sommerurlaub gefahren ist, sondern auf dem Bau mitgeholfen hat, und sein Studium schon vorab feststand, weil er alles hier mal übernimmt, das hat niemanden interessiert. Erfolg ist in diesem Land hart erarbeitet, geschenkt wird einem gar nichts.«

Dem musste Tilly zustimmen. Eingeschnürt von Büro-kratie und Steuern konnte man sich nur zäh etwas auf-bauen. Gelang es dann doch, blickten aber alle nur noch auf den Erfolg. Glaubten, er sei über Nacht gekommen. Wenn es schiefging, wurde gehässig gelacht. Warum hast du es überhaupt versucht, wurde gefragt.

Sie hatte ein paar solcher Kandidatinnen im Freundes-kreis. Die Angst davor, es selbst zu versuchen, sorgte für Neid gegenüber denen, die das Wagnis eingingen. So hatte sie es zumindest erlebt. Doch hier ging es nicht um irgend-welche Gesellschaftskritiken, sie wollte einen Mord auf-klären.

»Aber Ihre Freunde haben zu Ihnen gehalten?« Sie hatte die Frage abgeschossen, ohne lange darüber nachzuden-ken. *Nicht gerade subtil, Tilly!*

Lenz Senior kniff die Augen zu schmalen Schlitzen zu-sammen. »Sie sprechen von Hans-Josef und Manfred?«

Es war ungewohnt, dass jemand den Bürgermeister beim Vornamen nannte.

»Genau die. Entschuldigen Sie diese Frage, aber da ich ja leider beide gefunden habe ...«

Lenz Senior seufzte, sein Blick wurde weich. Gleich-zeitig schimmerte eine sehr tiefgehende Müdigkeit durch. »Keine Sorge, ich gehe nicht davon aus, dass Sie die Täte-rin sind und mich als nächstes ausspähen.«

Tilly wusste nicht, ob sie beleidigt sein sollte. Traute er ihr das etwa nicht zu? Andererseits ... Sie blickte auf den verschmierten Kuchenrest, der soeben von Thomas Lenz weggewischt wurde. Es schien, dass es nur eine Person in Untertannberg gab, die sie für die Täterin hielt. Bedauerlicherweise war das der Kriminalhauptkommissar mit einem guten Draht zum beleidigten Staatsanwalt.

»Das freut mich.«

»Ja, wir waren ein eingeschworenes Trio, wenn Sie so wollen«, bestätigte Lenz. »Haben uns jederzeit geholfen. Ich hoffe sehr, dass der Mörder gefunden wird.«

»Denken Sie, das neue Rathaus wird tatsächlich gebaut?«, fragte sie.

»Warum sollte das nicht der Fall sein?«, kam es sofort zurück. »Der Planungsteil ist abgeschlossen, die Genehmigungen sind, soweit ich weiß, alle durch. Auch der neue Bürgermeister will das Projekt umsetzen. Letztlich zögert dieser Bürgerprotest es lediglich noch ein wenig hinaus. Alles, was wir dadurch verlieren, ist Zeit. Aber meine Auftragsbücher sind voll, darum stört mich das nicht. Ich leite einfach ein paar Mannstunden um.«

Tilly konnte tatsächlich nur wenig finden, was auf Lenz Senior als Täter hindeutete. Wo war sein Motiv? Außer dem überwiesenen Geld gab es keines.

»Sie entschuldigen mich, die Arbeit ruft. Außerdem«, Dieter Lenz lächelte schmallippig, »muss mein Oberschenkel sich ausruhen.«

»Tut mir leid.« Tilly hielt die Leine unweigerlich fester. »Falls Sie mit *Wisch & Weg* zu irgendeinem Zeitpunkt unzufrieden sind, kann ich Ihnen versprechen, dass *Plitz & Blank* Sie gerne als Kunden gewinnen möchte.«

»Ist notiert.« Damit nickte er Tilly noch einmal zu und zog sich in den Konferenzraum zurück.

»Ich hoffe, dass der Mörder bald gefunden wird«, erklang die Stimme von Thomas Lenz. Er drückte soeben den Wischmopp im Eimer aus. »Aber verdient haben sie es allemal.«

Verblüfft ob dieser unerwarteten Aussage, sah Tilly ihn fragend an.

»Die Söhne der beiden haben mir damals in der Schule das Leben zur Hölle gemacht«, sagte Thomas. »Mein Vater hat mir nie geglaubt, aber ich weiß, dass ihre Eltern sie dazu angestachelt haben.«

»Warum?«

»Mein Vater war zu der Zeit erfolgreicher als sie.« Thomas zuckte mit den Schultern. »Was sonst noch im Hintergrund passiert ist, kann ich nicht sagen. Aber sie haben nie etwas unternommen.« Ein Schatten legte sich auf sein Gesicht.

»Das tut mir leid«, sagte Tilly leise. »Wir haben alle unsere Narben auf der Seele. Lassen Sie sich von Ihren nur nicht zerstören.«

Sie schenkte ihm ein Lächeln.

Mit Muffin an der Leine ging sie hinaus. Die Kuchenform vergaß sie natürlich. Schließlich brauchte es einen Grund, zum richtigen Zeitpunkt noch einmal zurückzukehren.

Was als Nächstes geschah, hätte sie jedoch niemals kommen sehen.

18. KAPITEL

Der Abend brach an, und über Untertannberg hatten sich dichte Wolken vor das Firmament geschoben. Als Tilly in die Ortseinfahrt einbog, prasselte der Regen bereits auf die Windschutzscheibe. Muffin gähnte im Fußbereich des Beifahrersitzes, und sie verspürte unweigerlich das Bedürfnis, sich noch einmal vor dem Kaminfeuer in eine Decke zu kuscheln. Vorzugsweise gemeinsam mit Sascha. Schnell schüttelte sie den Gedanken wieder ab. Die Firma musste jetzt an erster Stelle stehen.

Erneut fragte sie sich, warum zum Teufel sie sich selbstständig gemacht hatte. Von der erhofften Freiheit hatte man ja doch nichts.

Sie stoppte in einer Seitenstraße und war dankbar, in der Nähe ihrer Wohnung einen Parkplatz gefunden zu haben. Mit Muffin eilte sie durch den Regen. Verblüfft hielt sie nach ein paar Schritten wieder an. Zwei Dinge wurden Tilly gleichzeitig bewusst.

In einer Straße gegenüber stand der Zwilling ihres eigenen Wagens. Gleiche Farbe, gleiches Modell. Das Nummernschild konnte sie nicht erkennen. Ihr Blick blieb an der Person haften, die mit hochgezogenen Schultern im Eingang der Laden-Wohnung stand.

»Antonia?!« Tilly rannte zum Eingang. »Antonia!«

»Meine Lieblings-Blich!«

Sie fielen sich in die Arme. Muffin sprang um sie herum, bellte und heischte um Aufmerksamkeit. Sein Fell hing durchnässt an ihm herab, weshalb Antonia sich auf eine kurze Berührung beschränkte.

Tilly friemelte ihren Schlüssel aus der Tasche und öffnete die Tür. Der prasselnde Regen blieb hinter ihnen zurück. »Was machst du denn hier?«

»Bei all dem Chaos wollte ich dich nicht allein lassen.« Antonia schob sich eine durchnässte Strähne aus der Stirn. Das dunkle Haar klebte ihr am Kopf, die Kleidung war klitschnass.

»Ich hole ein Handtuch«, sagte Tilly.

Hinter sich vernahm sie ein Aufkreischen von Antonia, als Muffin sich schüttelte und die Wassertropfen durch die Wohnung flogen.

Sie brachte Handtuch und Decke. Dann ging es ans Trockenrubbeln und Föhnen. Die nasse Kleidung landete im Trockner, sie zogen sich Jogginghosen und alte, ausgeleierte Shirts über. Auch Muffin wurde ordentlich getrocknet, was ihm ein zufriedenes Grollen entlockte.

Antonia zog eine Flasche Sekt aus ihrer Tasche. Gemeinsam stiegen sie die Stufen nach oben. Tilly schaltete den Fernseher auf einen Kanal, der prasselndes Kaminfeuer zeigte. Die Regentropfen donnerten gegen die Scheibe, die Straße war menschenleer. Einzig die Laternen warfen einen orangeroten Schein auf den Gehsteig.

»Das ist so eine schöne Überraschung«, sagte Tilly.

»Ich muss meine beste Freundin in all dem Chaos doch unterstützen«, kam es von Antonia. Sie hatte ihr schulterlanges Haar zu einem Pferdeschwanz gebunden, ihre Haut leuchtete wie immer frisch. »Hier wird es ja mit jedem Tag schlimmer. Es gibt aber nicht noch eine Leiche, oder?«

»Bisher nicht«, sagte Tilly. »Doch beschrei es lieber nicht. Hier ist alles möglich.«

»Das ist wie in diesen Krimis, in denen die alte Dame, die ihre Rente erreicht hat, ermittelt.« Sie hielt ihre Tasse auffordernd in die Höhe.

»Also hör mal, da habe ich doch noch gut dreißig Jahre vor mir«, sagte Tilly entrüstet. »Außerdem gilt das für Selbstständige sowieso nicht. Ich muss vermutlich bis neunzig arbeiten.«

Sie köpfte die Sektflasche und befüllte beide Tassen.

»Das ist dann sogar noch besser«, sagte Antonia. »Vielleicht wirst du berühmt.«

»Bin ich schon. Potenzielle Zweifachmörderin.«

»Jetzt hör auf mit diesen negativen Gedanken«, verlangte ihre Freundin.

»Du hast ja recht. Ich bin einfach zu hart auf den Boden der Tatsachen geprallt.« Tilly trank und fragte sich, wie es kam, dass sie ihre Abende mit Wein oder Sekt bestritt. Vielleicht sollte sie es wie Sascha halten und sich ein Teesortiment zulegen. »Wie lange kannst du bleiben?«

»Nur bis morgen Mittag«, erklärte Antonia. »Ich hatte

gerade genug Überstunden für einen Tag. Habe dann gesagt, dass man die natürlich auch auszahlen könnte.«

Was bei einer Chefin, die jeden Cent umdrehte, zu einem Zwangsurlaub führte. »Hervorragend. Jemand wie dich könnte ich hier dauerhaft gebrauchen. Nur leider nicht bezahlen.«

»Ohhh, das ist so lieb.« Tony drückte ihren Arm. »Wer weiß, wenn ich mein Studium abgeschlossen habe, komme ich vielleicht auch hierher.«

»Du wärst überrascht. Vermutlich gibt es hier eine Menge Mandanten.« Und Mörder.

»Oder du baust die Firma auf, verkaufst sie und kommst zurück nach Köln«, sagte Antonia unschuldig. »Du liebst doch die Stadt.«

»Stimmt schon«, gestand Tilly. »Aber hier gibt es auch viele schöne Dinge. Muffin zum Beispiel.« Sie sah sich suchend um.

»Hinter dir, er hat sich unter die Decke geschoben.« Tony deutete auf den flauschigen Berg.

Tilly seufzte. »Eigentlich darf er das nicht.«

»Er sieht so süß aus.«

»Eben. Der Mistkerl wickelt dich um den Finger, ein Blick genügt. Aber bei meinen Kunden, denkst du, da haut er mal einen Bonus raus? Von wegen. Er sorgt dafür, dass der Staatsanwalt auf einer Leiche landet, und heute gab es ein Kuchendebakel, bei dem der Firmenchef rückwärts durch die Tür getrudelt ist.«

Antonia bestand darauf, alle Details zu hören. Mit

jedem Satz lachte sie lauter. »Deinem Geschäft ist es vermutlich nicht zuträglich, aber ansonsten einfach herrlich.«

»Wir reden darüber, wenn ich ihn dir mal mit in den Vorlesungssaal gebe«, sagte Tilly listig. »Deine Professoren werden begeistert sein.«

»Der Punkt geht an dich.«

Tilly berichtete von den weiteren Ereignissen rund um den Tod des Bürgermeisters und den Hans-Josef Krumms.

»Ich mag diesen Leon«, sagte Antonia. »Der lässt sich wenigstens nichts sagen.«

»Leider auch nicht von mir. Hat nur Flausen im Kopf.«

»Ach, so waren wir doch auch.«

»Niemals«, beharrte Tilly.

»Wie war das noch, als du in der siebten Klasse in der Freistunde den Putzraum des Hausmeisters mit deiner Haarnadel geöffnet hast und darin mit Nils Leuendorf verschwunden bist?«, fragte Antonia, zufrieden über die alte Geschichte grinsend. »Wie ging es da noch mal weiter?«

»Ist ja gut.«

»Ihr habt rumgeknutscht, und der Osselmann kam rein«, erzählte Tony unbeirrt weiter. »Die Ausrede, dass ihr für ein Projekt putzen wolltet und die Tür offen stand, war rotzfrech.«

»Er tat so, als hätte er es geglaubt«, sagte Tilly seufzend. »Das war das erste Mal, dass ich einen Putzauftrag erhielt. Wir mussten das gesamte Schulhaus schrubben.«

»Aber ihr habt es durchgezogen und danach wurde nie

wieder über diese Sache gesprochen«, schloss Tony ihr Plädoyer. »Frechheit siegt. Dieser Leon denkt genauso. Kann nicht leicht sein, in so einem kleinen Ort.«

»Ach, der fährt garantiert an den Wochenenden nach Stuttgart.« Tilly winkte ab. »In zwei Jahren zieht der aus, studiert in einer großen Stadt und heiratet einen netten Kerl. Leicht hat er es nicht, aber so schlimm wie früher ist es heutzutage in Deutschland glücklicherweise nicht mehr.«

Sie hatte queere Menschen kennengelernt, die aus ihrem Land geflüchtet waren, weil ihnen dort der Tod drohte. Und welche, die als Teenager von ihren Eltern aus dem Haus geworfen worden waren.

»Meinst du, ich bekomme morgen mal ein Stück von diesem Gerdy-Kuchen?«, fragte Antonia. »Ich würde gerne mal erleben, was alle daran so toll finden.«

»Du bekommst einen Rundgang durch die Firma und lernst jeden kennen, versprochen. Aber genug von Mord und Muffin, erzähl mal, was in Köln so los ist.«

»Du hast gar nicht viel verpasst.« Antonia winkte ab. »Janette ist nach ihrer Heirat nach Lindental gezogen und bildet sich darauf mächtig was ein. Die Wohngegend verdirbt eben doch den Charakter. Dein alter Chef sucht händeringend nach neuem Personal, weil Vivy und Randy ebenfalls gekündigt haben. Die wollten sich bei dir melden, wegen einem Job und so, aber ich habe sie erst mal gebremst. Du musst erst ankommen.«

»Himmel, ich kann vermutlich die nächsten zwei Jahre

noch niemanden einstellen«, sagte Tilly. »Die beiden gehen hier doch sofort ein. Die haben ja auch Familie.«

»Hat sich bestimmt bald erledigt. Mach dir keine Gedanken.«

Tilly gönnte es ihrem alten Chef. Dass ihre Freunde jetzt aber erst einmal wieder auf Jobsuche waren, tat ihr leid. Trotzdem war alles besser, als für diesen Idioten zu arbeiten.

Antonia erzählte weiter, bis ihre Lider flatterten. »Die Fahrt hat mich doch ziemlich angestrengt.«

»Dann schlafen wir erst mal, morgen zeige ich dir die Wohnung und die Firma.«

Sie erhob sich, was Muffin dazu veranlasste, von der Couch zu springen. Ein ausgezogenes Sofa später schlummerte Antonia friedlich. Tilly begab sich nach unten. Immerhin, langsam gewöhnte sie sich an das Wasserbett. Nur gegen den Discokugel-Wecker musste sie etwas unternehmen. Ob sie den Tony schenken sollte? Aber wie bekam sie das elende Ding von der Decke?

Muffin rollte sich in seinem Körbchen auf den Rücken, streckte den Bauch in die Höhe und war eingeschlafen. Vermutlich setzte er darauf, dass wie durch ein Wunder sein Bauch im Schlaf gekrault wurde, und so eine Gelegenheit durfte Hund ja nicht verpassen.

Tillys Gedanken richteten sich unweigerlich auf ihre Begegnung mit Dieter Lenz. Der Bauunternehmer hatte auf sie unter den gegebenen Umständen sogar freundlich gewirkt. Der Firma schien es gut zu gehen, der Hof war gepflegt, das Personal hatte Arbeit. Der Tod seiner beiden Freunde hatte Lenz Senior nicht sichtbar mitgenommen, aber das hatte nichts zu sagen. Wer zeigte seine Trauer schon gegenüber einer Fremden?

Sie hatte allerdings nicht vergessen, dass die drei Freunde ihre gemeinsamen Trinkabende beendet hatten. Ein Hinweis auf einen Streit oder nur Alltagsstress? Natürlich gab es noch die Überweisungen, die Tilly seltsam vorkamen. Nur konnte sie Dieter Lenz auf so etwas nicht einfach ansprechen. Sie hatte auf eine eifrige Sekretärin gehofft, die man ausfragen konnte. Doch wenn sie es richtig einschätzte, hatte Thomas Lenz an jenem Tag am Computer des Empfangs gesessen. Oder sie hatte einfach schlechtes Timing gehabt. Das musste sie überprüfen. Gerdy wusste bestimmt mehr.

Langsam trieben Tillys Gedanken ab. Sie sank in einen tiefen Schlaf, der erst endete, als die Discokugel aufleuchtete und der Song »I Will Survive« losplärrte. Das Ding wechselte täglich die Musik.

Sie blinzelte, drehte den Kopf zur Seite und starrte in die nur wenige Zentimeter entfernten Augen von Muffin.

»Waah!« Tilly schoss in die Höhe.

Muffin tat es ihr nach und sprang schwanzwedelnd auf den Boden.

»Verdammt noch mal, du sollst nicht ins Bett«, rief sie.

Das Schwanzwedeln wurde eifriger, der ganze Hund wackelte.

»Ich muss dringend wieder mit Sascha sprechen, das geht so nicht weiter.« Tilly rieb sich die müden Augen.

Sie stapfte nach vorne in den Laden und ließ Muffin erst einmal vor die Tür. Kalte Luft umhüllte sie, vertrieb den letzten Schlaf. Antonia lag auf der Couch, ihr leises Schnarchen war zu hören.

Tilly machte sich ein schnelles Müsli zum Frühstück, gab Muffin ausnahmsweise schon jetzt Futter – vielleicht war er dann gemäßigter – und verschwand im Bad. Dreißig Minuten und eine Morgentoilette später verließ sie das Haus. Antonia konnte ausschlafen und später zur Firma kommen, die Adresse kannte sie ja.

Das morgendliche Untertannberg war so müde wie Tilly. Niemand war auf der Straße unterwegs. Sie genoss die Ruhe, hätte aber lieber zu jenen gehört, die sich noch in ihre Bettdecke kuschelten.

Plitz & Blank war zu dieser frühen Stunde ebenfalls leer. Gerdy befand sich vermutlich an ihrem Schreibtisch im Polizeirevier, Leon würde erst nach der vierten Schulstunde hier antanzen. Dass er das Schuljahr wiederholte, kam Tilly zugute. Den meisten Stoff beherrschte er, musste lediglich auffrischen.

Trotzdem fühlte sie sich in diesem Augenblick auf seltsame Art allein. Muffin rollte sich in seinem Körbchen zusammen, hatte den Kopf auf dem Rand abgelegt und beobachtete sie.

»Du hast es gut«, sagte Tilly.

Mit einem Ruck – und dieses Mal gänzlich ohne Knall –

öffnete sich die Tür. Eine aufgelöste Gerdy trat ein. »Jetzt ist er vollkommen durchgedreht.«

Es war unschwer zu erraten, von wem sie sprach. »Dein Chef?«

»Ex-Chef«, erwiderte Gerdy. »Irgendwer hat mich gesehen, als ich gestern mit dem Kuchen zu dir gekommen bin. Er hat mir unterstellt, dass ich Informationen an dich fließen lasse. So eine Frechheit. Das habe ich ihm auch gesagt.«

»Er hat dich entlassen?!«

»Nun ja, ich bin ja nicht so richtig angestellt«, sagte Gerdy. »Das war mehr so ein freiwilliges Ding, weil mir zu Hause langweilig war. Deshalb backe ich die Kuchen, habe jeden Tag ein paar Stunden geholfen ...« Sie ließ sich auf ihren Schreibtischstuhl fallen. »Aber damit ist es jetzt wohl vorbei.«

»Das kann er doch nicht einfach so machen.« Tilly aktivierte die Kaffeemaschine und stellte kurz darauf eine dampfende Tasse vor Gerdy ab.

»Er kann.« Sie starrte auf die Kaffeetasse. »Wenn ich einen Fehler gemacht habe, hat er immer davon gesprochen, dass er doch eine volle Stelle von einer jungen Kraft besetzt haben möchte. Ich habe damals unter seinem Vorgänger noch Vollzeit gearbeitet. Als der dann ging, habe ich runtergestuft und später wurde das Budget zusammengestrichen, da habe ich es dann mehr so als Hobby gemacht. Ums Geld geht es mir ja nicht, meinem verstorbenen Mann und mir ging es immer gut. Meine Leidenschaft war schon jeher das Backen.«

Tilly ordnete die wilden Sprünge von Gerdy im Geiste in die richtige Reihenfolge. »Also, ich habe gestern Besuch bekommen. Ganz überraschend. Von meiner Freundin Antonia. Die freut sich schon darauf, deinen Kuchen kennenzulernen, nachdem ich so davon geschwärmt habe.«

Tilly nickte in Richtung der abgestellten Form.

»Das ist so lieb.« Gerdy zog ein Taschentuch hervor und trompetete.

In der nächsten Stunde war Tilly einfach für Gerdy da und dachte ernsthaft darüber nach, zum Polizeirevier zu stapfen, um Stubsi mit dem Wischmopp zu verprügeln. Der hätte sich danach vermutlich bedankt und sie – nun mit einem wirklichen Grund – direkt in eine Zelle gesteckt.

Sie aßen gemeinsam ein Stück Kuchen, tranken Kaffee und Tilly erzählte von ihrer Zeit in Köln. Da heute erst am Nachmittag neue Aufträge anstanden, hatten sie Ruhe.

Um elf Uhr schneite Antonia herein, was sich durch einen Knall gegen die Tür bemerkbar machte.

»Das hätte ich ihr wohl sagen sollen«, murmelte Tilly schuldig.

Ihre Freundin betrat den Raum und rieb sich die Stirn. »Das ist ja fies. Man nimmt Anlauf, aber das Ding stoppt mitten im Schwung.«

Tilly stellte Tony und Gerdy einander vor, und zwischen den beiden klickte es sofort. Es wurde noch mehr Kuchen vertilgt, noch mehr Kaffee getrunken und über Stubsi geschimpft. Tony ließ sich ausschweifend über unmögliche

Chefs aus. Und insofern sei es eigentlich gut, dass Gerdy jetzt nicht mehr dort arbeite.

»Weißt du was, arbeite doch hier bei Tilly«, schlug Tony vor.

»Das ist eine hervorragende Idee«, sagte Gerdy. »Das mache ich. Ab sofort.«

»Aber …« Hatte sie da nicht auch noch ein Wort mitzureden?

»Ach komm schon, Lieblings-Blich, du brauchst jemanden«, sagte Antonia. »Wenn du weg bist, muss eine an das Telefon gehen. Außerdem ist Gerdy eine herausragende Spürnase, kennt das ganze Dorf und glaubt an deine Unschuld.«

»Gute Argumente«, stimmte Tilly zu. »Aber aktuell kann ich dir nur den Mindestlohn zahlen. Gerade so.«

»Ach was.« Gerdy winkte ab. »Jetzt vergiss mal das Geld. Sobald die Aufträge eingehen – und dafür werde ich sorgen –, reden wir noch mal darüber.«

Jetzt umarmte Tilly Gerdy dann doch.

Kurz darauf kam auch Leon. Dass er und Antonia nicht sofort Ideen für Streiche austauschten, war ein Wunder. Beide waren von gleicher Seele.

»Dann habe ich den Schlüssel genommen und über den Lack gezogen«, berichtete sie.

»Was Leon aber auf keinen Fall nachmacht«, stellte Tilly klar.

»Ich bin doch kein Kind, das einfach alles kopiert, was es erzählt bekommt«, gab er sich entrüstet. »Hast du einen

Wegwerfschlüssel genommen, damit niemand dich durch Schlüsselprüfung identifizieren kann?«

»Guter Gedanke.« Sie nickte ihm beeindruckt zu. »Du denkst mit.«

»Was habe ich nur getan.« Tilly schaute hilfesuchend gen Himmel.

Die Stunden verstrichen viel zu schnell, und schließlich verabschiedete sich Tony. Sie musste zurück nach Köln. Gerdy packte die übrig gebliebenen Kuchenstücke für sie ein, Leon wollte sie gar nicht mehr gehen lassen, und ihr selbst ging es nicht anders.

»Machs gut, Lieblings-Blich«, sagte sie.

»Machs gut, Tony-Teufel«, gab Tilly zurück.

Dann ging ihre Freundin zur Wohnung, wo das Auto stand.

Und die Tragödie nahm ihren Lauf.

19. KAPITEL

Tilly hatte den heutigen Reinigungsauftrag gemeinsam mit Leon bestritten und beide wollten den Abend ruhig ausklingen lassen. Sie werkelte in der Küche der Firma, als ihr Smartphone klingelte.

»Kannst du rangehen?!«, rief Tilly.

»Nur wenn wir bald mal nach Köln fahren und Tony-Teufel besuchen«, rief er zurück.

»Den Spitznamen darfst du nicht verwenden, nur ich nenne sie so. Such dir einen eigenen aus.«

»Voll gemein«, erwiderte er, ging aber ans Smartphone.

Tilly hörte seine Stimme nur gedämpft über das Rattern des Kaffeevollautomaten. Die Beunruhigung darin kam jedoch so abrupt und so stark, dass sie aus der Küche eilte. Mit bleichem Gesicht ließ er das Gerät sinken.

»Was ist los?«, fragte sie.

»Tony hatte einen Unfall«, gab er zurück. »Sie ist von der Straße abgedrängt worden und einen Abhang runtergefallen. Krankenhaus, Stuttgart.«

Für eine Sekunde starrte sie ihn fassungslos an.

»Ich habe gesagt, ich bin ihr Bruder«, sprach Leon weiter. »Sie ist aber noch im OP. Weil du als Notfallkontakt gespeichert bist, haben sie dich direkt informiert.«

Tillys Gedanken rasten. »Ruf Gerdy an, sie soll hierherkommen und auf Muffin aufpassen.«

Leon zog sein Smartphone hervor und reichte Tilly ihres. Sie kontaktierte erneut das Klinikum in Stuttgart. Doch dort konnte man ihr nichts weiter sagen. Aktuell befand sich Antonia Marschler noch im OP.

»Gerdy ist in zwei Minuten hier«, verkündete Leon, nachdem Tilly aufgelegt hatte.

»Sehr gut. Du und ich fahren nach Stuttgart.« Tillys Hände zitterten so sehr, dass sie sich nicht zutraute, das Steuer selbst zu übernehmen. Unabhängig davon war es keine gute Idee, Muffin mit in ein Krankenhaus zu nehmen.

Sie unterdrückte den Impuls, sofort loszurennen, gerade lange genug, bis Gerdy durch die Tür kam. Ihr gab sie den Haustürschlüssel. Falls es spät wurde, sollte sie Muffin nach Hause bringen.

An den Weg von der Firma zum Auto konnte Tilly sich kaum noch erinnern. Irgendwann saß sie auf dem Beifahrersitz neben Leon und starrte durch das Fenster in die Nacht hinaus. Der Wolkenbruch von gestern war nicht wiedergekehrt, doch es nieselte leicht, als sie Untertannberg verließen.

Leon fuhr zügig, aber immer im Bereich der erlaubten Geschwindigkeit. Ab und an warf er Tilly einen besorgten Blick zu und war dabei selbst kreidebleich.

»Ich verstehe nicht, wieso jemand so etwas macht, ein anderes Auto von der Straße abdrängen«, flüsterte Leon heiser.

Tilly durchaus. »Es hat geregnet und war bewölkt, als Antonia die Firma verlassen hat. Sie hatte einen Schirm, ihr Gesicht war bedeckt. Vor meinem Haus ist sie in ihr Auto gestiegen, es ist das gleiche Modell, das auch ich habe. Wir haben uns damals beide einen Stromer gekauft, identisches Modell und Farbe. Das gab mehr Zuschuss und noch mal Rabatt beim Autohaus.«

Sie sah in Leons Blick, dass er begriff. »Du glaubst, der Anschlag galt in Wahrheit dir.«

Tilly zuckte mit den Schultern, war sich aber sicher. Ihre Nachforschungen wirbelten Staub auf. Wer auch immer hinter all dem steckte, wollte sie eindeutig daran hindern weiterzumachen. Konnte es Zufall sein, dass direkt nach ihrem Besuch bei Dieter Lenz der Anschlag stattfand?

»Du trägst keine Schuld«, sagte Leon nachdrücklich. Er lenkte das Auto in eine scharfe Linkskurve. »Das ist dir doch klar, oder?«

Auf logischer Ebene war es das, weshalb sie nickte. Aber spielte das eine Rolle? Falls Antonia starb, passierte das, weil sie Tilly in Untertannberg besucht hatte. Weil Tilly ermittelte. Weil sie das eigentliche Ziel war. Was nutzte es noch, die Schuld von sich zu weisen?

Sie konnte sich ein Leben ohne ihre beste Freundin nicht vorstellen.

Seit Kindergartentagen waren sie unzertrennlich. Hansi Berger war damals zu Tilly gekommen und hatte ihr einen Keks weggenommen. Das hatte Antonia gesehen, war wie eine Rachegöttin herbeigerannt, nur um Hansi eine zu knallen. Roter Handabdruck auf rechter Wange. Der Junge hatte völlig verdutzt dagestanden und hatte sie nur angestarrt.

Daraufhin hatte Tilly Antonia die Meinung gesagt, schließlich konnte sie sich selbst verteidigen. Um das zu beweisen, hatte sie Hansi auch eine geknallt, aber auf die linke Wange. Dann hatte sie ihren Keks wieder an sich genommen.

Hansi war geradezu apathisch davongestapft.

Tilly hatte den Keks geteilt und Antonia die andere Hälfte gegeben, schließlich hatte diese – wenn auch unaufgefordert – zur Rückeroberung beigetragen. Von diesem Augenblick an waren sie beste Freundinnen gewesen.

Am kommenden Tag war Hansi mit einem Strauß geklauter Blumen im Kindergarten aufgetaucht und hatte Antonia den Hof gemacht. Sie hatte diese dankend angenommen und versprochen, ihn eines Tages zu heiraten. Falls er ihr jeden Tag einen Keks brachte. Bis zum Ende des Jahres machte er das, wandte sich dann aber Patricia Klein zu, was Antonia von Anfang an vorausgesehen hatte.

Leon nahm eine Hand vom Lenkrad und reichte Tilly ein Taschentuch. Erst jetzt realisierte sie, dass Tränen über ihre Wangen strömten.

»Verdammt noch mal«, fluchte sie. »Ich bin eigentlich nicht so nah am Wasser gebaut.«

»Wenn meinem besten Freund das passieren würde, würde es mir auch so gehen«, sagte Leon. »Aber das wird bestimmt. Gleich sind wir da.«

Stuttgart lag je nach Verkehr und Fahrweise zwischen

dreißig und fünfundvierzig Minuten von Untertannberg entfernt. Leon hatte es geschafft, sie innerhalb von dreiunddreißig Minuten ans Ziel zu bringen. Das Auto brauste auf den Parkplatz, fand eine Parklücke und kam zum Stehen. Sie sprangen gleichzeitig heraus und eilten zum Eingang. Die Schiebetüren öffneten sich. Tilly trat im Neonlicht vor den winzigen Schalter des Empfangs. Auf der anderen Seite der Scheibe saß ein müde dreinblickender Mann.

»Blich, meine Freundin wurde hier eingeliefert. Antonia Marschler. Ich muss ...« Wieder musste sie schluchzen. Was war nur los mit ihr?

Leon übernahm und schaffte es irgendwie, dem Mann hinter dem Schalter das Notwendigste deutlich zu machen. Dieser verwies sie in den Wartebereich der Notaufnahme, in dem dicht an dicht Menschen saßen. Wohin Tilly auch blickte, überall sah sie ernste Mienen. Blicke, die ins Leere gerichtet waren, und vereinzelt wurden Augen mit Taschentüchern betupft.

»Soll ich uns einen Kaffee holen?«, fragte Leon.

»Du bist ein Schatz. Aber wenn ich Koffein trinke, gehe ich wie eine Rakete durch die Decke oder laufe die nächsten Stunden auf und ab.«

Er nickte zerknirscht.

So begann das Warten. Was überhaupt das Schlimmste an diesem Ort war. Immer wieder kam ein Arzt mit gewichtigem Blick in den Raum, rief einen Namen und die jeweilige Person – oft auch eine Gruppe – erhob sich. Sie folgten ihm. Was er sagte, blieb jedoch ein Geheimnis. Die Besucher kamen nicht zurück. Tilly wünschte allen hier, dass sie gute Nachrichten erhielten. Dass sie mit einem Aufatmen und freudigem Blick ihre Lieben aufsuchen durften.

Wieder gingen ihre Gedanken zu ihrem Besuch bei Dieter Lenz. War all das ihre Schuld?

»Tilly.« Leon verpasste ihr einen Rippenstoß.

Ein gewichtig dreinschauender Mann betrat den Raum. »Tilly Blich?«

Ihr müdes Hirn benötigte einen Augenblick, um sich daran zu erinnern, dass sie gemeint war. Sie schoss in die Höhe und raste auf den Mann zu. Vermutlich etwas zu schnell, denn der wich einen Schritt zurück.

»Wie geht es ihr? Ist sie am Leben? Jetzt spucken Sie es schon aus.«

»Du musst ihn zu Wort kommen lassen.« Leon legte sanft die Hand auf ihren Arm.

»Richtig. Entschuldigung.«

Der Arzt war Ende vierzig, besaß graues Haar und wirkte wie ein Chirurg, der soeben aus dem OP kam. »Beruhigen Sie sich. Ihrer Schwester geht es den Umständen entsprechend gut. Sie hat eine gebrochene Rippe, mehrere Hämatome und einen Milzriss. Es gab außerdem eine innere Blutung, die wir rechtzeitig stoppen konnten. Sie wird noch ein paar Tage hier auf der Station verbringen.«

»Kann ich sie besuchen?«

»Tut mir leid, aber momentan erholt sie sich von der

OP«, erklärte der Arzt, der laut seinem Namensschild Doktor Zeng war. »In zwei oder drei Tagen ist das vermutlich möglich. Aktuell rate ich jedoch davon ab.«

»Natürlich.«

Damit nickte er ihr noch einmal zu und verließ den Raum.

»Ich muss zu ihr«, sagte sie leise.

»Sie wird jetzt schlafen.« Leon führte Tilly nachdrücklich zum Ausgang. »Fahren wir zurück.«

Das alles kam ihr furchtbar falsch vor. Ihre beste Freundin lag irgendwo in einem Krankenhauszimmer, und sie fuhr einfach davon. Andererseits konnte sie schlecht in das Zimmer stürmen, selbst wenn sie es gerne getan hätte. Nach einer Operation ging es vom Aufwachraum in den Post-OP-Bereich, in dem Antonia auch unter dauerhafter Beobachtung stand.

»Gehen wir.« Ihre Stimme klang kraftlos.

Leon fuhr langsam durch die Nacht und Tilly war froh, dass sie nicht alleine hierhergekommen war. Die Anspannung ließ langsam nach, und so machte sich Müdigkeit breit, gepaart mit Kopfschmerzen. Sie wollte sich daheim in ihrer Wohnung verkriechen.

Als sie Untertannberg erreichten, regnete es wieder in Strömen. Gerdy wartete bei Tilly in der Wohnung. Muffin begrüßte sie stürmisch, schien aber zu bemerken, dass es ihr nicht gut ging. Er legte sich flach auf den Boden, folgte ihr mit seinem Blick und stieß immer mal wieder ein tiefes Jaulen aus.

Gerdy wurde eingeweiht, und kurz darauf saßen sie alle bei einem Tee am Tisch.

»Morgen werde ich noch einmal versuchen, Antonia zu besuchen«, sagte Tilly. »Ich muss unbedingt herausfinden, was genau passiert ist.«

»Heute hat Rosetta Taff angerufen«, kam es von Gerdy. »Es sieht wohl so aus, als würde sie die Bürgerinitiative nach all dem Chaos auflösen. Sie will uns zweimalig buchen. Einmal direkt morgen, um die Räume zu reinigen.«

»Übernehme ich«, sagte Leon sofort. »Du hast andere Sorgen.« Dabei warf er Tilly einen sanften Blick zu.

Diese Seite von ihm hatte sie bisher nicht kennengelernt. Er war eben eine gute Seele in einem pubertierenden Körper.

»Ich werde mal meine Fühler ausstrecken«, überlegte Gerdy. »Zu der Sarah Kraft habe ich einen ausgezeichneten Draht, ich lade sie auf ein Stück Kuchen ein und frage sie aus.«

»Wer ermittelt denn in der Sache mit dem Unfall?« Tilly blickte in den aufsteigenden Dampf des Kamillentees und spürte ihre Lider immer schwerer werden.

»Vermutlich die Wache in Stuttgart«, sagte Gerdy. »Aber die genaue Zuständigkeit müsste mir Sarah sagen, das hängt von einigen Faktoren ab. Da es aber dich nicht direkt betrifft, wird der Stubsi hoffentlich Ruhe geben. Ich lasse bei ihr durchklingen, dass es eine Freundin von dir war.«

Sarah Kraft blieb für Tilly bisher noch am wenigsten

greifbar. Sie schien ihr gegenüber freundlich zu sein, wagte sich aber nicht aus der Deckung. Bei diesem Chef war das allerdings durchaus verständlich.

»Du solltest jetzt schlafen«, sagte Gerdy. »Sonst kippst du noch in den Tee.«

»Und das wäre tragisch.« Tilly gähnte. »Danke dir für deine Hilfe. Euch beiden.«

»Ist doch selbstverständlich.« Leon lächelte zaghaft und umarmte sie. »Ich gehe dann mal besser. Meine Eltern haben schon einige Nachrichten geschickt, langsam wird der Ton rauer.« Er ging in die Knie und kraulte Muffin. »Schlaf gut.«

Gerdy schloss sich Leon an.

Innerhalb weniger Minuten war Tilly wieder allein. Sie verschwand im Bad und lag kurz darauf im Bett. Das Prasseln der Regentropfen und Muffins regelmäßige Atemzüge begleiteten sie in einen unruhigen Schlaf.

20. KAPITEL

Der kommende Morgen begann mit dem Schnarchen von Muffin an Tillys linkem Ohr. Der Basset hatte sich wieder ins Bett geschlichen, lag auf dem Rücken, hatte alle viere von sich und den Bauch in die Höhe gestreckt.

Die Musik der Diskokugel-Lampe brachte ihn lediglich dazu, ein Lid zu heben. Er entwickelte, im Gegensatz zu ihr, eindeutig eine Resistenz.

»Du faules Stück«, kommentierte Tilly.

Das Rascheln des Futtersacks ließ ihn dagegen in die Höhe schießen. Natürlich.

Sie hatte bereits eine Idee, wie sie weiter vorgehen wollte. Doktor Zeng hatte klargestellt, dass Antonia erst in einigen Tagen Besuch empfangen konnte. Aber Tilly dachte gar nicht daran, so lange zu warten. Wer konnte schon ahnen, ob der Unbekannte nicht noch einen weiteren Anschlag durchführen würde.

Leider musste sie dafür erneut Muffin für ein paar Stunden allein lassen. Gerdy übernahm das Hundesitting. Tilly belud den Kastenwagen von *Plitz & Blank* und düste zum Krankenhaus. Sie ging zum Empfang und versuchte ihr Glück, doch wie vermutet, durfte Antonia noch nicht besucht werden. Allerdings gab man ihr zu verstehen, dass sie bereits auf die normale Station verlegt worden·war.

Tilly war schon öfter in Krankenhäusern eingeteilt gewesen, wenn auch nicht in diesem. Sie zog den Putzkittel über, nahm den Wagen mit allen Utensilien und spazierte unter den Augen der anderen Servicekräfte ins Krankenhaus. Es war überraschend simpel, was sie jedoch nicht verwunderte. Das Personal war so unterbezahlt wie die Reinigungskräfte.

Dank guter Ausschilderung benötigte Tilly lediglich zwanzig Minuten, das richtige Stockwerk und Zimmer zu finden. Sie öffnete die Tür, huschte hinein und schloss sie hinter sich. Antonia lag in ihrem Bett und wirkte bleich wie ein Geist.

Tilly schluckte, musste die Tränen zurückhalten. So zerbrechlich hatte sie ihre beste Freundin noch nie gesehen. Die schien ihre Anwesenheit zu bemerken, ihre Lider flatterten.

»Lieblings-Blich?«, hauchte Tony.

»Tony-Teufelchen, was machst du nur?«

»Wieso ich?« Ihre Lippen waren spröde wie verdörrtes Brachland. »Denkst du, ich fahre absichtlich von der Straße?«

Tilly nahm das Glas vom Nachttisch und führte es Tony an die Lippen, die in kleinen Zügen trank. »Danke.«

Das Glas wanderte zurück auf den Tisch. »Wie geht es dir?«

»Ach, du kennst das ja. Alles gut, wenn ich nicht lache.

Oder zu tief atme. Oder heule. Oder wach bin. Wieso trägst du die Uniform?«

»Ich durfte dich nicht besuchen«, gab Tilly zu.

»Oh, Blichy, du hast dich reingeschlichen. Das ist so süß.« Sie lächelte verzagt. »Das erinnert mich an damals in der Jugendherberge, weißt du noch? Die Klassenfahrt.«

»Amrum?«

»Das war Borkum«, korrigierte Tony. »Wir wollten doch unbedingt zu den Jungs.«

»Du wolltest.«

»Auf jeden Fall sind wir gemeinsam in das Zimmer geschlüpft. Lief alles gut, bis der Nimmendorf in seinem Pyjama und den Weihnachtssocken aufgetaucht ist. Ich verstehe bis heute nicht, wieso er die Dinger anhatte.« Sie schüttelte den Kopf. »Hat mich erwischt und eine Standpauke gehalten.«

Tilly kicherte. Sie hatte sich geistesgegenwärtig neben Florian Blechmeier unter die Bettdecke gepresst. Nimmendorf hatte sie nicht gesehen, was zur Folge gehabt hatte, dass sie die gesamte Nacht dort verbrachte. Das erwies sich nachträglich als blöde Idee, denn so ein Bett in der Jugendherberge war doch recht schmal. Sie hatte fast kein Auge zugetan, während Florian neben ihr lauthals geschnarcht hatte.

»Was ist denn genau passiert?«, brachte Tilly den Fokus wieder auf den Grund, weshalb sie beide hier waren.

»Tja, da war plötzlich ein ziemlich schnittiger roter Porsche hinter mir.«

»Das ist nicht witzig.«

»Ernsthaft«, sagte Tony. »Ich dachte erst, da will jemand flirten. Das fand ich ganz nett. Habe rüber gezwinkert. Er kam näher, wollte nicht überholen und hat ständig geblinkt. Hab schon überlegt, ob ich auf dem Seitenstreifen anhalten soll. Aber du weißt ja, was das letzte Mal passiert ist.«

»Dein Kofferraum war offen und der verheiratete Herr in den Fünfzigern wollte dich lediglich darauf aufmerksam machen, während du dachtest, er flirtet mit dir?«

Tony wurde rot. »Das meinte ich. Danke für die Erinnerung. Jedenfalls hatte ich gehofft, dieses Mal ist es anders, wollte aber zur Sicherheit prüfen, ob er in meiner Nähe bleibt, wenn ich ihn vorbeilasse. Bin also langsamer geworden, damit er vorbeikann. Hat er auch getan, und dann zog er rüber. Ich habe mich fürchterlich erschreckt. Hab erst gar nicht kapiert, dass es Absicht war und er mich abdrängen will. Dann gab es einen Ruck, und … danach weiß ich nichts mehr.«

»Ein roter Porsche«, echote Tilly. »Konntest du sehen, wer darin saß?«

»Die Scheiben waren getönt.«

»Natürlich waren sie das.« Wer auch immer den Anschlag durchgeführt hatte, hatte im Dunkeln nicht bemerkt, dass Antonia im Wagen saß und nicht Tilly, da war sie absolut sicher.

»Ich verstehe das nicht, wieso drängt mich jemand von der Straße?«, fragte Tony. »Das war versuchter Mord.«

»Vermutlich an der Falschen.«

Antonia schien die Wahrheit erst jetzt zu dämmern. »Es ging gar nicht um mich …« Ihre Augen weiteten sich. »Wir haben das gleiche Auto.«

»Es tut mir so leid.« Tilly blinzelte eine Träne weg.

»Du kannst doch nichts dafür.« Antonia runzelte verärgert die Stirn. »Hörst du wohl damit auf! Schuldgefühle können wir jetzt nicht gebrauchen. Derjenige wird zügig merken, dass sein Anschlag danebenging. Dann bist du in Gefahr. Auf diesen Kriminalhauptkommissar Stubs kannst du nicht zählen. Du musst herausbekommen, wer es war und wie alles zusammenhängt.«

»Ich gebe mein Bestes. Aber du solltest dich jetzt erst mal ausruhen«, sagte Tilly.

»Von wegen, ich bin kein Stück müde.« Tony gähnte und war in der nächsten Sekunde eingeschlafen.

Tilly lächelte. Der Form halber ließ sie einmal den Wischmopp über den Boden wandern, dann schlüpfte sie wieder aus dem Zimmer. Im rosa Blumenwagen atmete sie auf.

Tony hatte recht. Mit Selbstmitleid oder Schuldgefühlen war niemandem gedient. Der Verantwortliche trug die Schuld! Ein weiteres Opfer durfte es nicht geben. Sie startete den Wagen und brauste zurück nach Untertannberg. Fünfundvierzig Minuten später knallte sie gegen die Eingangstür von *Plitz & Blank,* fluchte und schob sie ruckelnd auf.

»Schön, dass das anderen auch passiert«, wurde sie von Sarah Kraft begrüßt.

Diese trank gemeinsam mit Gerdy Kaffee. Nur Kuchen war nicht zu sehen.

»Wenn ich in Gedanken bin, vergesse ich es immer«, sagte Tilly. »Aber gut, dass du da bist.« Sie dachte gar nicht daran, die Kriminalkommissarin wieder zu siezen. »Meine beste Freundin hat gestern nur knapp einen Anschlag überlebt.«

Sarah nickte. »Gerdy hat mich bereits eingeweiht. Habe gerade mit den Kollegen in Stuttgart telefoniert, in deren Zuständigkeitsbereich das fällt. Sie konnten Antonia Marschler aber noch nicht befragen, die Ärzte sagen, erst in zwei Tagen.«

»Möglich, dass ich gerade Tonys Zimmer geputzt habe. – Ach, jetzt hör auf zu protestieren. Ich warte doch nicht, bis wieder etwas passiert.«

»Du glaubst also tatsächlich, der Anschlag galt dir?«, fragte Sarah. »Zugegeben, der Gedanke liegt nicht allzu fern.«

»Es war ein roter Porsche, der Antonia von der Fahrbahn gedrängt hat.«

Sarah ließ langsam die Tasse sinken. »Davon gibt es hier in Untertannberg nicht viele. Das kriege ich über die Fahrzeugregistratur raus. Merkt Kriminalhauptkommissar Stubs gar nicht. Trotzdem kann ich es als Polizistin nicht gutheißen, dass du hier in eigener Sache ermittelst.«

»Mache ich gar nicht«, log Tilly. »Aber mit meiner Freundin unterhalten darf ich mich doch wohl. Hätte ich die Info lieber für mich behalten sollen?«

Erst jetzt realisierte sie, dass das Mörder-Board mit einem Tischtuch verhängt worden war. Gerdy hatte glücklicherweise schnell geschaltet.

»Der Punkt geht an dich«, gestand Sarah. »Darüber hinaus solltest du dich aber zurückhalten. Vielleicht verliert der unbekannte Täter dann das Interesse an dir. Ich würde ja vorschlagen, einen Heimatbesuch anzutreten. Ein paar Tage in Köln tun dir bestimmt gut.«

»So weit kommt es noch«, erwiderte Tilly ungehalten. »Danach kann ich die Firma schließen und auch gleich Privatinsolvenz anmelden, mein Konto ist nämlich leer.«

»Wenn du stirbst, kannst du ebenfalls Privatinsolvenz anmelden«, sagte Gerdy.

»Das ist nicht unbedingt dasselbe.« Tilly machte sich auf den Weg in die Küche, um erst einmal ihren Koffeinbedarf zu decken.

»Ich werde rauskriegen, wer einen Porsche fährt«, versprach Sarah. »Danach unterhalten wir uns noch mal.« Sie warf Tilly einen Du-entkommst-mir-nicht-Blick zu.

»In Ordnung, Mama.«

»Nicht in diesem Ton, junge Dame.« Sarah zwinkerte ihr zu.

Tilly trat an ihren Schreibtisch, zog die Schublade auf und entnahm ihr ein Schriftstück. Netterweise hatte Leon es ihr ausgedruckt. »Meine Aussage. Die brauchst du noch. Ich habe unterschrieben.«

»Perfekt, danke dir.« Sarah nahm das Blatt entgegen. »Ich wollte es nicht ansprechen, wegen Antonias Unfall.

Aber dann kann ich an die Sache auch einen Haken machen.«

Damit verließ sie die Firma.

Sobald Tilly mit ihrem Kaffee zurückkam, atmete Gerdy gewichtig aus. »Sie steht ziemlich unter Druck. Da braut sich etwas zusammen auf dem Revier.«

»Ist sie ins Detail gegangen?«

Gerdy stand auf und zog das Tischtuch vom Mörder-Board wie ein Zauberer, der einen verborgenen Gegenstand enthüllt. »Das wollte sie nicht. Aber Stubsi trifft sich überraschend oft mit dem Staatsanwalt.«

Was nichts Gutes bedeutete. Wenn Tilly sich auf eines verlassen konnte, dann dass sie sich an jedem Ort, an dem sie neu eintraf, sofort Freunde machte. Sie war in Untertannberg eingeschlagen wie eine Bombe.

»Wir haben also noch weniger Zeit«, sagte Tilly. »Gibt es etwas Neues von Leon?«

Tillys Antwort wurde von einem Ruckeln unterbrochen. Ludwig steckte den Kopf durch den Türspalt.

»Glückwunsch, du bist die zweite Person, die nicht dagegen gerumst ist«, sagte Tilly. »Ein Fortschritt.«

Er legte, wie jeden Vormittag, einen Stapel Briefe ab und bekam von Gerdy, wenn schon keinen Kuchen, dann doch zumindest einen Kaffee gereicht.

»Ich habe von der Sache mit deiner Freundin gehört«, sagte Ludwig, »Alle sprechen darüber.«

Tilly berichtete von Antonias aktuellem Zustand. Was zweifellos ebenfalls in die Annalen des Dorfes eingehen würde. Ludwig mochte die Mordermittlung für sich behalten haben, aber nie und nimmer würde er das Tratschen aufgeben.

»Sarah Kraft wird sich darum kümmern«, sagte Tilly. »Alles, was wir brauchen, ist der Besitzer des Porsches.«

Ludwig blinzelte. »Nicht zufällig ein roter Porsche?«

»Quasi blutrot«, erklärte Tilly.

Ein zufriedenes Lächeln legte sich auf sein Gesicht. »Ich kann euch verraten, wer so einen fährt.« Er lachte ungläubig auf. »Das werdet ihr mir niemals glauben.«

Er nannte ihnen den Namen.

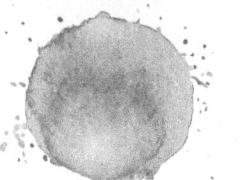
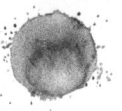

21. KAPITEL

»Ach«, sagte Gerdy bedeutungsschwer.

Tilly ließ ihren Blick von Ludwig zu ihr und wieder zurück wandern. »Sollte mir der Name etwas sagen?«

»Der Franz also, das wird ja immer besser.« Gerdy war aufgestanden und schritt triumphierend vor dem Mörder-Board auf und ab. »Ich erinnere mich, das war diese Scheidung, jetzt heißt er wieder Franz Buchholz, aber damals war er noch der Franz Busch.«

Tilly zuckte ernsthaft zusammen. »Busch? Den Namen hat der Bürgermeister erwähnt.«

Ludwig nickte eifrig. »Die Rita Busch ist … *war* die alte Dame, die den Bau des neuen Rathauses quasi über Jahre aufgehalten hat. Ihr gehört das Grundstück, das die Stadt haben, sie aber nicht hergeben wollte.«

Jetzt erinnerte sich Tilly. »Nach ihrem Tod konnte es losgehen. Der Ex-Mann dieser toten Frau Busch fährt Porsche?«

»Fuhr«, korrigierte Gerdy.

»Ach nein, der ist auch tot?«, hakte Tilly nach.

»Nur metaphorisch«, erklärte sie. »Es gab da eine ziemlich schlimme Scheidung. Der Franz hat die Rita nämlich betrogen. Sie hat ihn dann quasi aus Untertannberg gejagt.«

»Mit Schimpf und Schande oder gleich mit Teer und Federn?«

»Du lachst, aber das ist gar nicht so witzig, wie du denkst. Die hat ihn bei der Scheidung ruiniert, weil er wohl hinter einem fremden Rock her war. Am Ende ist er dann davongezischt, ohne Porsche. Den hat sie sich unter den Nagel gerissen.«

Ludwig nickte gewichtig und kratzte sich gleichzeitig am Kinn, was die Ausstrahlung des großen Denkers umgehend wieder zerstörte. »Ich habe ihr ab und an Päckchen vorbeigebracht. Dabei ist mir mal der Porsche aufgefallen, und ich hab sie gefragt. Sie hat gelacht und gesagt, dass dieses Auto niemals das Grundstück verlassen wird, bis sie unter der Erde liegt. Im Testament sollte stehen, dass es die Schrottpresse kriegt.«

Tilly runzelte die Stirn. »Kann man einen Wagen einer Schrottpresse vermachen?«

»Das ist nur ein Spitzname, wir haben hier einen Schrottplatz, und der Inhaber … du verstehst.« Gerdy zuckte mit den Schultern.

»Die Frau Busch ist gestorben, das Grundstück damit nicht mehr blockiert«, fasste Tilly zusammen. »Bürgermeister, Architekt und Bauunternehmer machen sich daran, ihre Vision des neuen Rathauses umzusetzen. Zuerst stirbt unser Architekt, der Hans-Josef Krumm, dann der Bürgermeister Blechle. Auf mich wird ein Anschlag verübt, weil ich nach dem Mörder suche. Dafür wird der Porsche benutzt, den die verstorbene Frau Busch ihrem

227

Ex-Mann bei der Scheidung weggenommen hat. Er hat wahrscheinlich weder das Grundstück noch das Auto geerbt.«

Gerdy lachte auf. »Wohl kaum. Es gleicht einem Wunder, dass sie posthum keinen Killer auf ihn angesetzt hat.«

»Sie hat ihn wirklich gehasst.« Ludwig nickte mehrfach, um Tilly den Ernst der Situation zu verdeutlichen.

»Wer hat dann geerbt?«, fragte sie.

»Das ist die Frage.« Gerdy schnaubte. »So ein Testament wird ja nicht öffentlich verlesen. Da gab es alle möglichen Gerüchte. Zuerst hieß es, ein Cousin aus Amerika. Aber das war wohl nur Tratsch. Der Blechle hätte den Erben problemlos enteignen können, weil der keinen Einfluss mehr im Gemeinderat besaß, den hatte nur die Rita. Wie das letztlich zustande kam, weiß ich aber nicht. Da hat der Bürgermeister den Deckel draufgehalten. Wollte wohl nicht, dass noch mal was schiefgeht. Wer der Erbe auch immer ist, er oder sie oder die Gemeinschaft haben das Grundstück an die Stadt verkauft.«

Auf seltsame, unfassbare Art hatte Tilly auf der einen Seite das Gefühl, dass der Knoten sich entwirrte. Die Zusammenhänge zwischen den Personen erschlossen sich ihr so langsam. Sie war sich sicher, dass die Morde etwas mit dem Rathaus oder dem Erbe von Frau Busch zu tun hatten. Auf der anderen Seite tauchten weitere Probleme und Fragen auf. Hatte der unbekannte Erbe mit alldem zu tun? Vorausgesetzt, es war überhaupt derselbe Porsche.

Tilly warf einen Blick auf die Uhr. »Heute Nachmittag

fahren wir zum Anwesen von Frau Busch und prüfen, ob es der Porsche ist.«

Ludwigs Augen leuchteten auf. »Oh, das ist toll. Ich war noch nie auf einer Mörderjagd.«

»Bist du heute auch nicht. Wir fahren nur hin, du zeigst mir die Garage, und wenn es wirklich der Porsche ist, geben wir Sarah einen Tipp.« Sie musste die Bälle quasi in so schneller Folge auf das Polizeirevier abfeuern, dass Stubsi keine Wahl blieb, als zu ermitteln. Und zwar in die richtige Richtung.

»Sag mal, Ludwig, musst du nicht noch mehr Briefe austeilen?«, fragte Gerdy und deutete auf seine Tasche.

»Ach herrje.« Er hetzte ohne ein weiteres Wort hinaus.

»Hier herrscht ganz schön Personalmangel, was?«, fragte Tilly.

Gerdy kicherte nur.

Tilly startete ihren Rechner, war froh, dass sie nicht mehr benötigte als ein Textbearbeitungsprogramm, und begann, damit Rechnungen zu schreiben. Zur Abwechslung tat es mal ganz gut, dass sie nicht die Empfängerin war. Sie schickte alles an Leon, damit er es ausdruckte. Was sie erneut auf den Gedanken brachte, dass ein Drucker hermusste. Darum durfte sich ebenfalls Leon kümmern.

Irgendwann um die Mittagszeit schneite der herein. Da ihn eine Gewitterwolke zu umgeben schien, wartete Tilly ruhig ab. Zwischen unverständlichen Worten, die er von sich gab, erlauschte Tilly etwas, das klang wie »Muggeseggele«.

»Was ist ein Muggeseggele?«, fragte Tilly.

Gerdy räusperte sich. »Es bezieht sich auf die Größe des Geschlechtsorgans einer Stubenfliege. Quasi ein Mini ... also ... eine Beleidigung.«

Den Rest konnte Tilly sich denken. »Von wem sprechen wir hier?«

Leon hatte gerade die Putzutensilien verstaut und hielt den Wischmopp wie ein Laserschwert in der Hand. »Na, der Stubs. Der hat bei Patrick im Rucksack einen Joint gefunden, und jetzt darf er mich nicht mehr treffen, weil ich ein schlechter Einfluss bin. Quasi Sodom und Gomorrha in einer Person: ich. Dann hat er meine Eltern angerufen und mein Vater dann mich. Nachdem ich ihm erklärt habe, dass ich noch nie was geraucht habe – das Zeug ist so eklig –, hat er direkt wieder bei Stubs angerufen. Die müssen sich echt gestritten haben, denn ich konnte ein ganzes Zimmer bei der Bürgerinitiative putzen und sogar noch die Unterlagen durchwühlen, bis er zurückgerufen hat. Die Sache sei jetzt geklärt. Ich weiß, ich mache mich manchmal darüber lustig oder deute was an, aber bisher habe ich noch nie was geraucht.«

»Ist das nicht gut?«, fragte Tilly. »Dein Vater verteidigt dich.«

»Ha, von wegen. Er will jetzt, dass ich öfter hier bin, um ›einen Kontrapunkt zu dem Diktator auf dem Polizeirevier‹ zu setzen. Am besten soll ich auch hier lernen. Aber da Patrick der mit dem Joint ist, soll ich den bitte nicht mehr sehen.«

»Das tut mir leid.«

Leons Wut verrauchte ein wenig und wurde zu Missmut. »Na ja, der will mich sowieso nicht mehr weiter kennenlernen. Hat mich auch angerufen und angebrüllt. Wieso ich die Schuld nicht auf mich genommen habe, schließlich glauben meine Eltern sowieso schon, dass ich das mit dem Auto war. Da käme es auf den Joint auch nicht mehr an.«

Tilly blinzelte, und selbst Gerdys Kopf ruckte in die Höhe.

»Was genau meinst du damit, sie ›glauben, dass du es warst‹?«, fragte Tilly.

Leon realisierte wohl erst in diesem Augenblick, was er da gesagt hatte. »Ach Mist. Das ist alles dumm gelaufen.«

»Leon«, sagte sie nur.

»Boah, der Patrick saß am Steuer. Wollte auch mal so eine Kiste fahren. Hatte aber ein bisschen was getrunken. Dann hats geknallt. Und weil ich nüchtern war, habe ich halt gesagt, dass ich es war. Wir haben ganz flink die Plätze getauscht.«

Die folgende Stille war aus absoluter Verblüffung geboren. Leon wurde tatsächlich rot und blickte zu Boden.

»Du hast für deinen Freund die Schuld auf dich genommen?«, fasste Tilly das Ganze zusammen. »Inklusive Putzdienst?«

»Jetzt mach kein großes Ding draus.« Er fuhr sich hektisch durchs Haar.

Gerdy zog ein Taschentuch aus ihrer Tasche und betupfte sich die Augen. »Das ist so lieb von dir.«

»Boah, jahaaa, ist ja gut. Ich hole mir einen Kaffee.« Er flüchtete in die Küche. »Hört auf, peinlich zu sein«, rief er von dort.

»So viel zu Fehleinschätzungen«, sagte Tilly. »Der kleine Rebell ist wohl doch kein Rebell.«

»Er mag den Patrick wohl sehr«, flüsterte Gerdy. »Hätt ich dem gar nicht zugetraut, der wirkte immer so brav.«

»Sein und Schein«, sagte Tilly schwer. »Manchmal ist es gar nicht so leicht, eine Maske zu erkennen.«

Der Kaffeevollautomat surrte, Kaffeegeruch drang aus der Küche. Kurz darauf folgte Leon. »Seid ihr wieder normal?«

»Aber natürlich, Euer Wechsellaunigkeit«, sagte Tilly.

»Du bist blöd.« Er kickte seine Sneaker weg und setzte sich im Schneidersitz auf die Theke. Ganz der Rebell.

Sie ließ es ihm durchgehen. So ein Ego wollte auch mal gestreichelt werden.

»Du kannst mich auch Sherlock nennen«, bot er an.

»Hängt davon ab, was du an Informationen lieferst«, sagte Tilly. »Wir haben immerhin mittlerweile – vermutlich – den Porsche gefunden.«

Sie weihten ihn in die bisherige Entwicklung ein.

»Nice«, sagte er. »Ich konnte einen Blick in die Unterlagen der Bürgerinitiative werfen. Von Sicherheit und Datenschutz haben die echt noch nie was gehört. War total easy. Stellt euch vor, die ganzen Protestler waren gekauft.«

»Bitte was?« Gerdys Mimik schien aus den aufeinanderfolgenden Schockmomenten nicht mehr herauszukommen.

»Wenn du nicht aufpasst, bleibt das so«, sagte Leon und deutete auf ihr Gesicht.

»Ich trag dich gleich für Dreifachschichten ein, der gebeugte Rücken bleibt dann auch.«

»Das wäre Kinderarbeit.«

»Du bist volljährig.«

Leon schürzte die Lippen. »Meine Seele ist aber noch jung.«

Tilly klatschte sich mit der flachen Hand gegen die Stirn. »Dann hätten wir das geklärt, du junge Seele. Was soll das bedeuten, die Protestler waren gekauft?«

»Ein Konto aus dem europäischen Ausland hat Geld an die Bürgerinitiative überwiesen. Das wurde an alle Demonstrierenden ausbezahlt.«

»Offiziell?«, fragte Gerdy.

»Offiziell«, bestätigte Leon. »Ist eine Verpflegungspauschale. Mit dem Rest wurden die Transparente und alles bezahlt.«

»Es gibt also einen unbekannten Gönner, der das neue Rathaus verhindern wollte«, murmelte Tilly.

»Vielleicht der geheimnisvolle Erbe?«, schlug Leon vor.

»Dann hätte der doch einfach das Haus behalten können«, sagte Tilly. »Oder das gesamte Projekt juristisch weiter hinauszögern. Aber da gründet man nicht gleich eine Bürgerinitiative.«

»Das ist bestimmt ein Zwischenkonto«, überlegte Gerdy laut. »Damit hat die Polizei öfter zu tun. Sarah kann dir mehr dazu sagen, aber wenn das Geld über verschiedene Konten geflossen ist, lässt sich kaum noch etwas zurückverfolgen. Falls die Bürgerinitiative jetzt ihre Tätigkeit einstellt, wird das Konto garantiert aufgelöst.«

Tilly kam nicht zum ersten Mal in den Sinn, dass ein Finanzbeamter mit ein paar Prüfungen hier in Untertannberg locker den baden-württembergischen Landeshaushalt sanieren könnte. Diese ganzen Tricks bei der Steuer waren schlimmer als in Köln. Na ja, vielleicht fast so schlimm. Sie selbst gehörte auch noch versehentlich dazu.

»Irgendwer hat hier ein hervorragendes Puzzle erschaffen«, murmelte sie. »Und er ist kaltblütig.«

»Gibt es etwas Neues von Antonia?«, fragte Leon mit Angst in der Stimme.

»Sie ist auf dem Wege der Besserung«, beruhigte ihn Tilly.

»Das ist gut. Meine kindliche Seele könnte nicht noch mehr Schmerz ertragen«, sagte er theatralisch. »Mit einer kleinen Gehaltserhöhung könnte man den lindern.«

»Dir geht es eindeutig schon wieder viel zu gut«, bemerkte Tilly. »Beschaff uns über deine Eltern einen Massagestuhl, und wir reden darüber.«

»Herausforderung angenommen.«

»Das war ein Witz.«

»Ich fände einen Massagestuhl ganz nett«, sagte Gerdy

zögerlich. »Auf so einem hab ich schon mal gesessen, als ich mit Freunden Karlsruhe besucht habe. Wir haben Geld eingeworfen und uns eine Stunde massieren lassen. Das war sehr schön.«

»Wir können Leons Eltern nicht ausnehmen, das wäre unmoralisch.« Tilly seufzte bei dem Gedanken an einen Massagestuhl auf, aber das war eindeutig verdorben, gemein und überhaupt.

»Komm auf die dunkle Seite der Macht«, flüsterte Leon mit einer Stimme, als habe er ein Atemgerät und trüge einen Helm.

»Da bin ich schon ständig«, gab Tilly trocken zurück. »Putz den Dreck weg.«

»Ich meine nicht die schmutzige Seite der Macht«, stellte Leon klar. »Aber keine Sorge, ich würde meine Eltern niemals dahingehend manipulieren, dass sie uns Luxusgegenstände schenken.«

Tilly erwiderte seinen unschuldigen Blick mit emotionsloser Miene. »Kaffeevollautomat?« Ihr Smartphone summte. Ludwig hatte eine Nachricht geschickt, er war auf dem Weg.

»Der ist überlebenswichtig. Aber hey, sie haben auch eine Siebträgermaschine angeboten.«

»Die hast du abgelehnt?!«, rief Gerdy schrill.

»Das ist voll die Arbeit mit dem Putzen und so.«

»Aber es schmeckt so gut«, sagte sie kleinlaut.

»Mit Putzen kennen wir uns doch aus«, ergänzte Tilly. »Andererseits ist mir das Ganze auf Knopfdruck deutlich lieber. Zurück zum Thema: Der Ludwig ist schon auf dem Weg«, sie warf einen Blick auf die Uhr, »In spätestens einer Stunde werden wir uns auf dem Grundstück von Frau Busch umsehen.«

»Denkst du nicht, wir sollten Sarah einweihen?«, fragte Gerdy.

»Eine Polizistin würde niemals illegal ein Grundstück betreten«, erwiderte Tilly. »Sie bräuchte einen Anfangsverdacht. Den gibt es leider nicht. Wenn sie den Erben nicht erreichen kann, hängt Sarah in der deutschen Bürokratie fest. Im schlimmsten Fall mischt sich auch noch Stubsi ein.«

Der Name sorgte dafür, dass sich über Leons Stirn sofort wieder Gewitterwolken bildeten. Er murmelte das Wort »Muggeseggele« in seine Kaffeetasse.

»Genau«, sagte Tilly. »So was ist er. Ein Muggedings. Das Risiko wollen wir doch nicht eingehen.«

Gerdy kam zu Tilly und tätschelte ihr die Hand. »Das Schwäbisch üben wir noch.«

»Unbedingt.« Bedauerlicherweise war Gerdy ironieresistent.

»Sarah können wir nicht mitnehmen«, stimmte Leon zu, »in dem Punkt hat Tilly recht.«

»Wir?«

»Klar, ich komme mit«, sagte er entschlossen. »Damit ist dann quasi auch die junge Generation vertreten. Falls wir von einem Mörder verfolgt werden …«

»Wirst du uns retten, oh, starker Leon?«, fragte Tilly.

»Bist du irre? Ich renne, so schnell ich kann, entkomme als einziger und hole Hilfe.« Er grinste zufrieden.

Tilly konnte nur den Kopf schütteln. Sie beschränkte sich auf innerliches Grinsen. Obwohl ihr Leben aktuell eine Katastrophe war und sie sich Sorgen um Antonia machte, fühlte sie sich auf seltsame Art im Kreise dieser Chaostruppe geborgen.

22. KAPITEL

»Was hast du denn da im Gesicht?«, fragte Tilly.

»Schuhfarbe«, erklärte Ludwig. »Damit man mich im Dunkeln nicht sieht.«

»Müsstest du dann nicht auch schwarze Kleidung tragen?«, merkte sie an.

»Ich hatte leider keine schwarzen Jeans mehr, nur noch diese blauen, und dazu den weißen Pulli.«

Genau genommen war Ludwig der Auffälligste unter ihnen. Der helle Farbton seines Pullovers wirkte wie ein Leuchtturm in der dunkelgrünen Umgebung.

Leon hatte das Ganze etwas geschickter gelöst. Er trug schwarze Hosen, graue Sneakers und einen grauen Hoodie. Dazu eine Beanie. Vermutlich hätte er so auch in seine Schule marschieren können und hätte dort perfekt gestylt gewirkt.

»Euch ist aber schon klar, dass wir uns lediglich kurz im Garten umsehen?«, erklärte Tilly. »Man soll uns eben gerade nicht für Einbrecher halten.«

Beide erwiderten ihren Blick schweigend.

Sie seufzte. »Gehen wir.«

Das Trio Infernale machte sich auf den Weg.

Die Villa der verstorbenen Rita Busch lag am Rand des

Viertels, in dem es nur wenige, dafür aber recht große Grundstücke gab. Es existierte ein unbebauter Fleck im Bereich zwischen diesem Teil von Untertannberg und den gewöhnlichen Menschen auf der anderen Seite. Genau dort sollte das neue Rathaus platziert werden. Dazu eine dezente Verlängerung der Fußgängerzone, und der neue Bereich hätte sich organisch in die Landschaft eingefügt.

»Sie hat mal erzählt, dass die Stadt anstelle eines neuen Rathauses doch lieber eine Mauer bauen sollte, damit sich niemand, der nicht in diesen Teil gehöre, hierher verirre«, berichtete Ludwig.

Tilly, die gerade vor dem Tor auf die Knie gesunken war, hätte gute Lust gehabt, ihre Dietriche wegzupacken. Ein Hammer war doch ebenso hilfreich. Natürlich kam das nicht infrage. Falls Kriminalhauptkommissar Stubs von dieser Sache Wind bekam, waren die Konsequenzen vorprogrammiert. Selbst Leon stand nun auf seiner Abschussliste.

»Habs gleich.« Sie führte den zweiten Dietrich ein.

Es klickte, und das Tor ließ sich öffnen. Sie huschten durch den entstandenen Spalt in den Garten, und Tilly schloss diesen wieder. Sicherheitshalber klemmte sie allerdings einen herumliegenden Ast dazwischen, damit sie im Falle eines notwendigen schnellen Rückzugs nicht am Ausgang scheiterten.

Die Villa lag eingerahmt zwischen dichtem Grün. Auf diese Art entstand ein natürlicher Blickschutz. Vom Tor konnte man lediglich einen Teil der Hausfront sehen, daneben die Umrisse der seitlich offenen Garage.

Sie pirschten sich heran, und bei jedem Knacken eines Astes zuckte Ludwig zusammen. »Entschuldigung«, sagte er auf Tillys Blick hin. »Aber meine Nerven sind nicht für Einbrüche gemacht.«

»Falls uns jemand erwischt, sagen wir einfach, wir hätten Hilferufe gehört. Antonia hat mir mal erklärt, dass man in so einem Fall auch gesperrtes Gelände betreten darf.«

»Würde uns nur niemand glauben«, fügte Leon an. »Du kannst ja draußen warten, Ludwig.«

»Nein, nein.« Er streckte die Brust heraus, in dem kläglichen Versuch, sich keine Blöße mehr zu geben. Im nächsten Augenblick sprang er mit einem Schrei zur Seite. »Da war was. Vielleicht ist es der Mörder.«

»Nur wenn der Mörder ein blutrünstiges Eichhörnchen ist«, sagte Leon trocken und deutete auf einen pelzigen Körper, der neugierig hinter einem Baumstamm hervorlugte.

»Zum Glück ist Muffin nicht dabei.« Tilly sah in Gedanken vor sich, wie der Basset zwischen den Bäumen davonschoss und nicht mehr einzufangen war. Im Stillen dankte sie Gerdy.

Sie erreichten den einsehbaren Bereich der Garage. Die Plane über dem Porsche bedeckte das Fahrzeug nur halb. Jemand musste sie in aller Eile über das Auto gezogen haben. Leon griff nach dem Staubschutz und riss ihn herunter.

»Das war er.« Tilly deutete auf die seitlichen Dellen und Rissspuren im Lack. »Ich gehe jede Wette ein, dass ein Vergleich mit Antonias Auto das bestätigt.«

Innerlich atmete sie auf. Endlich konnte sie etwas beitragen, das diesen Fall in die richtige Richtung lenkte.

»Wir müssen Sarah ...« Tilly blinzelte. »Steht die Balkontür offen?«

Ludwig und Leon blickten hinüber.

Sie schürzte die Lippen. »Also, wenn wir schon mal hier sind ... Ich habe eindeutig einen Schrei aus dem Haus gehört.«

Leon nickte gespielt besorgt. »Es war eine Frau in Not.«

»Mann in Not«, korrigierte Tilly.

»Absolut.« Leon nickte gewichtig. »Ein heterosexueller Mann in Not.«

Tilly klatschte sich die Hand gegen die Stirn.

»Genau!«, sagte Ludwig.

Sie wechselte einen schnellen Blick mit Leon. Beide schmunzelten und machten sich auf den Weg. Ludwig hielt sich dicht bei ihnen, schaute aber immer wieder hektisch hinüber zum angrenzenden Wald.

Die Terrassentür stand tatsächlich offen. Verblüfft betrat Tilly den dahinterliegenden Raum. Das Wohnzimmer verlief über die gesamte Breite des Hauses und war mit bodentiefen Fenstern verglast. Hier bei Regen zu sitzen musste traumhaft sein. Sie erkannte eine verbaute Klimaanlage, die auch die Sommer erträglich machte. Der Boden war gefliest, Teppichinseln wechselten einander ab.

Die Muster waren gleich, Farben aber unterschiedlich. An den Wänden gab es einzelne Brettregale, auf denen Blumen standen. Oder das, was von ihnen übrig war. Um sie gekümmert hatte sich keiner mehr.

An manchen Wandstellen waren viereckige Bereiche zu erkennen, wo etwas gehangen hatte. Gemälde vermutlich.

»Denkt ihr, der Erbe hat hier direkt ausgeräumt?«, fragte Leon mit Blick auf die Wände.

»Hallo!«, rief Tilly. »Falls hier jemand ist, wir haben ihre Hilferufe gehört.«

»Genau!«, rief Ludwig weiter. »Wir sind hier um ... zu helfen.«

»Damit wäre dem wohl genüge getan.« Leon wandte sich ihnen zu und verschränkte die Arme. »Am besten teilen wir uns auf und untersuchen alles. Ich starte oben.«

Tilly zuckte zusammen.

»Du darfst auch, wenn du willst«, gab er nach.

Aufstöhnend deutete Tilly hinter ihn.

Leon drehte sich um, schrie auf und sprang zurück.

Sarah Kraft hatte die Hände in die Hüften gestemmt, die Lippen geschürzt und sog gerade tief Luft in die Lunge. »Gehts noch?! Ihr brecht hier einfach ein! Seid ihr des Wahnsinns? Wenn ich mit Kriminalhauptkommissar Stubs hier wäre, hätte der euch vom Fleck weg verhaftet.«

Ludwig war kreidebleich und zitterte.

Leons Gesicht sah aus, als bastele er in Hochgeschwindigkeit an einer plausiblen Ausrede.

»Das glaubst du ja wohl selbst nicht«, ging Tilly direkt

242

zum Angriff über. »Nie und nimmer hast du einen Durchsuchungsbeschluss. Weiß Stubsi überhaupt, dass du hier
bist?«

»Falls ich den Erben kontaktiert habe, brauche ich gar
keinen Beschluss«, gab Sarah zurück.

»Die Art deiner Formulierung zeigt mir, dass du eine
Lüge vermeiden willst und den Erben nicht kontaktiert
hast. Ist das hier der ›kleine Dienstweg‹?«

In Sarah arbeitete es. Schließlich stieß sie kapitulierend
die Luft aus. »Also schön. Ich habe die Info bekommen,
dass es zwei Porsche in Untertannberg gibt, auf die die Beschreibung deiner Freundin passt. Dass einer davon auf
Frau Busch zugelassen ist, hat mich zum Handeln gezwungen. Ihr habt wohl auch schon nachgesehen?«

»Es geht um meine beste Freundin.«

Sarah seufzte noch einmal schicksalsergeben, griff in
ihre Tasche und zog ein Bündel Einmalhandschuhe hervor. »Die zieht ihr über. Aber am besten fasst ihr einfach
gar nichts an.«

Sie kamen der Aufforderung nach.

»Die Terrassentür stand bereits offen, als ich ankam«,
führte Sarah weiter aus. »Da habe ich die Chance ergriffen.«

»Der Erbe war nicht zufällig hier?«, fragte Tilly.

»Das ist ja das Seltsame. Vor meinem Aufbruch konnte
ich in der Anwaltskanzlei, die die unbekannte Person ver-
tritt, jemanden erreichen. Der Erbe war noch gar nicht
auf dem Grundstück. Deshalb konnte man mir auch nicht

weiterhelfen. Der Anwalt wollte nachhaken, aber das ging mir zu langsam.« Bei den letzten Worten verschränkte Sarah fast schon trotzig die Arme.

Tilly schmunzelte innerlich. Sie mochte pragmatische und ungeduldige Menschen.

»Aber wenn der Erbe noch nicht hier war«, sagte Leon, »wer hat dann die Gemälde entfernt? Und die Tür offen gelassen?«

Sarah zuckte mit den Schultern. »Eine Frage, auf die ich auch gerne eine Antwort wüsste. Sobald ich zurück bin, muss ich zu dem Anwalt, damit wir gemeinsam die Liste der Erbstücke durchgehen können. Falls sich darauf Gemälde befinden, die nicht ordnungsgemäß übergeben wurden, liegt ein Diebstahl vor. Kann aber auch sein, dass Frau Busch diese noch vor ihrem Tod verkauft hat. Dann finden sich irgendwo die Unterlagen.«

Sie beschlossen, sich aufzuteilen. Sarah schien das total unangenehm zu sein, immerhin tat sie hier etwas Illegales. Doch der Frust über den aktuellen Fall ließ sie nicht los, das begriff Tilly mehr und mehr.

Während Ludwig den Auftrag bekam, sich im Keller umzusehen, übernahm Leon das Erdgeschoss. Tilly und Sarah stiegen die Treppe nach oben.

»Wie ist die Frau Busch eigentlich gestorben?«, fragte Tilly.

»Den Gedanken hatte ich ebenfalls bereits, aber es war ein natürlicher Tod«, erwiderte Sarah. »Sie war alt, hatte Herzprobleme und vor einigen Monaten einen Herzschrittmacher bekommen. Die Operation hat sie wohl nicht gut verkraftet. Sie ist friedlich im Bett eingeschlafen.«

Auch im Gang des ersten Stocks fanden sich leere Stellen an den Wänden. Von den Gemälden war hier nichts geblieben. Im Schlafzimmer stand ein Sauerstoffgerät, Tilly entdeckte Aschenbecher.

»Es riecht hier gar nicht nach Rauch«, sagte sie.

»Sie hat vor zwei Jahren aufgehört«, erklärte Sarah, nachdem sie ihr Notizbuch konsultiert hatte. »Die Aschenbecher wurden nicht mehr genutzt, ist auch nichts drinnen.«

Auf einer Kommode entdeckte Tilly vier Bilderrahmen samt Fotografien. Darauf war die junge Frau Busch zu sehen. Eine lachende hübsche Frau mit braunem langem Haar. Ihre Augen funkelten, waren umrahmt von Lachfalten. »Darauf wirkt sie richtig glücklich. Und sympathisch.«

Sarah trat neben Tilly. »Das war vor der Scheidung.«

»Sie muss ihren Ex-Mann zutiefst gehasst haben.«

»Die Sache war wohl ziemlich heftig. Er hat sie betrogen, aber bis zum Ende nicht verraten, mit wem. Rita Busch hatte angeblich einen Verdacht, jedoch nie darüber gesprochen. Die Scheidung war ein Rosenkrieg par excellence. Am Ende hat er Untertannberg verlassen.«

Neben der jungen Rita Busch stand ein breitschultriger Kerl mit ein paar wenigen Haaren auf der Brust. Einen seiner muskulösen Arme hatte er um die Taille seiner Frau geschlungen. Sein Lächeln erreichte die Augen jedoch nicht.

»Er lebt nachweislich nicht mehr hier?«

»Du musst mich wirklich für eine schlechte Ermittlerin halten«, sagte Sarah.

»Nur eine, die im Dschungel der Bürokratie gefangen ist.«

»Womit du recht hast, trotzdem verstehe ich mein Handwerk«, beharrte sie. »Franz Buchholz, ehemaliger Busch, wohnt in Stuttgart. Er ist mittlerweile wieder verheiratet. Und er hat ein Alibi.«

Wohin Tilly blickte, überall erwarteten sie nur neue Hürden und Wände. Wer auch immer mit dem Anschlag auf Antonia zu tun hatte, musste mit der Verstorbenen in Verbindung stehen. Darauf deutete der Porsche hin. Gerade dieses Auto war perfekt. Denn falls Antonia gestorben wäre – bei dem Gedanken zog sich Tillys Magen zusammen –, hätte niemand das Auto je gefunden. Ohne einen Hinweis wär es das mit den Ermittlungen gewesen.

»Die beste Spur ist der Erbe«, sagte Sarah gedankenverloren. »Der Anwalt hält leider dicht. Alle dachten schon, dass Frau Busch ihr gesamtes Vermögen an die Kirche vererben würde. Weil es keine Angehörigen mehr gibt. Oder an einen Katzenverein in Stuttgart. Da liefen Wetten. Aber das hat sich als falsch herausgestellt.«

Tilly betrachtete die Bilder mit einem letzten Blick und wollte sich gerade abwenden, als sie auf einem davon etwas bemerkte. »Hatte Frau Busch einen Hund?«

»Vor Jahren mal«, erwiderte Sarah. »Im hohen Alter ist es schwieriger, so einen ungestümen Welpen zu halten. Du kennst dich in der Sache ja auch aus.«

Sie verließ das Zimmer.

Tilly betrachtete den Raum aus einem ganz neuen Blickwinkel. Mit zusammengekniffenen Augen sah sie sich um – und da! Sie lächelte. Hundehaare.

»Wem vererbt eine hundeliebende alte Dame ihr gesamtes Geld?«, flüsterte sie. »Womöglich einer Hunderettungsstation?«

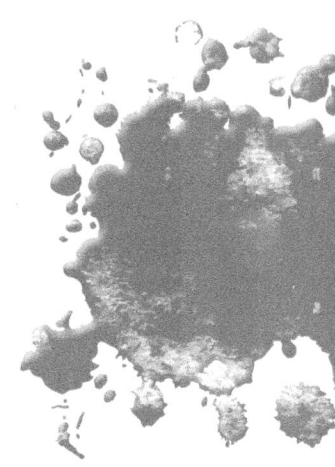

23. KAPITEL

Wie es sich herausstellte, gab es im übrigen Haus nichts zu finden. Ludwig war es gelungen, sich im Keller einzusperren, als die angelehnte Tür hinter ihm zugefallen war. Vom Schlüssel keine Spur. Es dauerte eine Dreiviertelstunde, bis sie ihn dank Tillys Dietrichen herausgeholt hatten. In seinem Haar klebten Spinnweben, auf dem Gesicht Staub. Gefunden hatte er nichts.

»Ich werde versuchen, einen offiziellen Durchsuchungsbeschluss für die Garage zu erwirken«, sagte Sarah. »Für beide Fahrzeughalter, dann fällt es nicht auf, und wir können anschließend Fingerabdrücke nehmen. Das bringt uns weiter.«

Tilly wäre am liebsten aus dem Raum gerannt und auf direktem Weg zur Basset- und Dackelzucht gedüst. Doch sie wollte sich nichts anmerken lassen, zumal ihr Verdacht bisher lediglich eine Vermutung war. Eine, die sie noch nicht zu teilen bereit war.

»Ich habe auch nichts gefunden«, sagte Leon.

Tilly kannte ihn mittlerweile gut genug, um den Zwischenton in seiner Stimme zu erkennen. Er behielt eine Entdeckung für sich. Damit war der Abend immerhin kein vollkommenes Desaster.

Sarah warf einen Blick auf ihre Uhr. »Also schön, ihr geht zuerst. Ich warte noch ein paar Minuten.«

Sie verließen die Villa.

Tilly wollte bereits von ihrer Vermutung berichten, als Ludwig mit einer Entschuldigungstirade begann. Er war eindeutig nicht für diese Art Unternehmungen gemacht. Ein Wunder, dass er nicht in Tränen ausbrach.

Sie parkten vor *Plitz & Blank,* wo er sich verabschiedete. Für ihn stand eine Schicht beim *Eintöpfle* an.

»Was hast du entdeckt?«, fragten Leon und Tilly gleichzeitig, nachdem sie mit Gerdy und einem euphorischen Muffin wieder allein waren.

»Wart ihr nicht gemeinsam dort?«, fragte Gerdy verwirrt.

Sie erklärten ihr abwechselnd, was geschehen war. Tilly ergänzte ihre Vermutung zu Sascha.

»Es ist ein Wunder, dass die Rita überhaupt jemand mochte«, murmelte Gerdy. »Aber es stimmt schon, Hunde hat sie geliebt. Das wäre ja ein Ding.«

»Bisher nur eine Vermutung«, stoppte Tilly die offensichtlichen Zahnräder, die sich in Bewegung gesetzt hatten. »Jetzt du, mein junger Padawan.«

»Du kennst Star Wars?« Leon blickte Tilly mit großen Augen an. »Hätte ich dir gar nicht zugetraut.«

»Der erste Film kam in den Siebzigern raus.«

»Auch wieder wahr.« Er grinste frech.

Tilly realisierte ihr Eigentor. »Jetzt sprich endlich, oder du darfst Toiletten schrubben.«

»Muss ich doch sowieso.«

»Wir finden ein paar mehr.« Sie verschränkte die Arme.

»Ich habe mich unten im Arbeitszimmer umgesehen«, erklärte er. »War alles total aufgeräumt, aber es gab dort tatsächlich eine Akte.« Leon zog sein Smartphone hervor. »Ich habe alles fotografiert. Sie hat ihren Ex-Mann durchleuchtet.«

»Den Franz Buchholz«, sagte Tilly.

»Hat wohl einen Privatdetektiv auf ihn angesetzt, der bis zum Kontostand alles aufgedröselt hat. Der letzte Bericht stammt aus dem Jahr 1996. Darin schreibt er, dass er kurz davor steht, die Geliebte zu finden. Er wollte sich später noch einmal melden.«

»Ach herrje«, kam es von Gerdy. »Ich wusste ja schon immer, dass sie rachsüchtig war, aber die Geliebte des Ex-Mannes mittels eines Privatdetektivs ausfindig zu machen, ist heftig.«

»Mich würde eher interessieren, ob dieser Privatdetektiv sie gefunden hat«, sagte Tilly. »Denn die Identität fände ich ganz spannend.«

»Das hat mit unserem Fall inwiefern zu tun?«, fragte Gerdy.

»Das weiß ich noch nicht«, gab Tilly zu. »Die Verbindung zwischen Frau Busch und den Morden ergibt keinen Sinn. Sie hat das Rathaus erfolgreich verhindert, darum musste sie gar nicht zu Mord greifen. Außerdem ist das alles erst passiert, nachdem sie bereits tot war und der Erbe ihres Vermögens …«

»… möglicherweise der sexy Kerl mit Dreitagebart, Sascha Neumann«, warf Leon völlig überflüssigerweise ein.

»… das Grundstück der Stadt verkauft hat. Damit hätte alles reibungslos losgehen können. Vielleicht hat der Mörder irgendwie in Frau Buschs Namen das neue Rathaus verhindern wollen und dafür auf ihren Porsche zurückgegriffen.«

»Das wäre aber eine wirklich krasse Identifikation mit ihrem Ziel«, sagte Leon. »Der Ex kann das schon mal nicht gewesen sein. Der mögliche Bau des neuen Rathauses, hat dem bestimmt gefallen.«

»Aber möglicherweise hat Franz Buchholz eine Ahnung, wer seiner ehemaligen Frau noch nahestand«, überlegte Tilly. »Damit könnte er uns helfen.«

»Tja.« Leon wirkte mit sich und der Welt überaus zufrieden. »Gut, dass ich hier im Bericht eines gewissen Detektivs Buchholz' Adresse gefunden habe. Mit etwas Glück stimmt die noch.«

Tilly schnippte mit dem Finger und deutete auf Leon. »Du bekommst einen Bilderrahmen, direkt neben der Tür: Mitarbeiter des Monats.«

»Gibt das eine Gehaltserhöhung?«

»Nur mehr Arbeit, weil du so tüchtig bist«, sagte Tilly. »So hat mein Chef das immer geregelt. War absolut demotivierend, niemand wollte mehr Mitarbeiter des Monats sein.«

»Kann ich nachvollziehen«, warf Gerdy ein.

»Also, morgen sucht Gerdy uns eine Lücke in der Arbeit, und dann fahren wir nach Stuttgart. Ich will diesem Buchholz auf den Zahn fühlen. Aber jetzt haben wir Feierabend.«

Tilly packte ihre Sachen und ging betont langsam zur Tür.

»Ha!«, rief Leon. »Dachte ich es mir doch. Du willst dem heißen Sascha einen Besuch abstatten.«

»Boah, du Nervensäge kennst mich schon zu gut.« Sie zog eine Schnute. »Aber nenn ihn nicht so, er ist ja kein Pornodarsteller.«

»Wer weiß.« Leon zwinkerte.

»Wir sehen uns morgen!«

Da es heute ausnahmsweise nicht regnete, brachte sie gemeinsam mit Muffin die Fahrt zu Sascha in Rekordzeit hinter sich. Das Tor öffnete sich erneut automatisch. Wieder überkam sie das Gefühl, gerade auf eine Ranch zu fahren. Es hätte sie keinen Augenblick gewundert, wenn Sascha mit Stetson und Hut auf einem Pferd herangeritten käme.

Stattdessen stand er mit Jeans, Boots und einem Pullover in der Auffahrt. Dieser Kerl konnte alles tragen. Tilly rief sich zur Räson. Hier ging es um eine Mordermittlung, da durfte sie sich nicht von seinen Muskeln, dem Dreitagebart, dem dunklen Haar oder der breiten Brust beeinflussen lassen.

»Reiß dich zusammen, Blich!« Sie öffnete die Tür und stieg aus.

»Was für eine Überraschung«, sagte er. »Aber für ein Hundetraining ist es recht spät, im Dunkeln ist das keine gute Idee, und die Welpen sind alle in ihrem Schlafhaus.«

Sie öffnete die Beifahrertür und ließ Muffin hinaus, der eifrig zu schnüffeln begann.

»Ich bin sozusagen dienstlich hier«, sagte Tilly das Erstbeste, was ihr einfiel.

Sascha runzelte die Stirn. »Du willst die Hunderanch putzen?«

»Du nennst sie wirklich Ranch?«

Er zuckte mit den Schultern. »War ja mal eine. Also, für Pferde.«

»Mit dienstlich meinte ich eher ... vergiss es.« Sie atmete tief ein und wieder aus. »Bist du der Erbe von Rita Busch?«

Seine Gesichtszüge entgleisten. Tatsächlich hätte sie eine derart heftige Reaktion nicht erwartet. Sascha schloss die Augen, als sei dies ein Moment, den er hatte kommen sehen, von dem er aber gehofft hatte, dass er niemals eintreten würde.

»Bin ich«, sagte er schließlich. »Sprechen wir lieber drinnen weiter.«

Unter Tillys Schuhsohlen knirschte der Kies, in der Ferne raschelte das Laub der Bäume im Wind. Sie mochte diesen Ort, alles war so friedlich. Es tat ihr leid, dass sie Sascha auf diese Art überfiel, doch es standen immerhin ihr Ruf und ihr Leben auf dem Spiel. Sicherheitshalber tastete sie in ihrer Hosentasche nach dem Pfefferspray. Nach allem, was geschehen war, musste sie ein wenig vorsichtiger sein. Auf der anderen Seite würde sie auf keinen Fall klein beigeben oder sich daheim einigeln. Eine Blich gab nicht auf!

»Muffin, komm.«

Der Basset blickte auf, wedelte mit dem Schwanz und schnüffelte weiter.

»Wir haben noch einen weiten Weg vor uns«, murmelte Tilly.

Sie schnappte sich den Welpen und nahm ihn mit. Sein trauriger Blick blieb auf einen besonders langen Grashalm gerichtet, den er gerade erst kennengelernt hatte.

In der Wohnung ließ sie ihn wieder hinunter. Die Erkundung ging weiter.

»Setz dich doch.« Sascha deutete auf die Couch.

Das Wohnzimmer wirkte noch immer, als sei es einem Einrichtungskatalog für gemütliche Räume entsprungen.

»Woher weißt du es?«, fragte er.

»Auf meine Freundin Antonia wurde ein Mordanschlag verübt«, erklärte sie. »Dabei kam ein roter Porsche zum Einsatz. Das hat mich zur Villa von Frau Busch geführt. Es gab da ein Hundebild, und ich habe auf ihrem Bett im Schlafzimmer helle borstige Haare gefunden.« Sie seufzte. »Die sind mittlerweile auch in meiner Wohnung, meinem Auto und der Firma zu finden. Es sind Bassethaare.«

Sascha lächelte bitter. »Du hast ein gutes Auge. Ja, Frau Busch hat Hunde geliebt. Als es der Ranch sehr schlecht ging, hat sie mir ein Abo angeboten.« Er schüttelte den Kopf. »Diese Frau. Brutalharte Schale, weicher Hundekern. Ich habe sie einmal in der Woche mit einem der Hunde besucht, dafür hat sie mir das Gegenstück eines Kaufs bezahlt.«

Was bei Rassehunden durchaus mehrere Tausend Euro sein konnten.

»Sie wollte, dass die Ranch überlebt«, schloss Tilly.

»Als sie vor einigen Monaten starb, stand plötzlich ihr Anwalt vor mir. Sie hat mir ihr gesamtes Vermögen vermacht. Geld, Aktien, Grundstücke. Ich konnte neue Geräte anschaffen, die Zucht vergrößern, die Auffangstation mit mehr Personal aufstocken. Es war ein Segen. Aber auch ein Fluch.«

Die Puzzlestücke setzten sich langsam zusammen. »Das Rathaus.«

»Das Rathaus.« Sascha sprach es aus wie ein Schimpfwort. »Plötzlich saß ich zwischen den Stühlen. Als mein Anwalt davon erzählte, war mir klar, dass ich eine Entscheidung treffen musste. Es kam zu einem Gespräch mit dem Bürgermeister, der versprach, meine Identität geheim zu halten. Das Letzte, was ich will, sind Neid oder Missgunst. Oder Attacken durch die Bürgerinitiative.«

Tilly hatte bereits ins Kalkül gezogen, dass Frau Busch die Initiative gesponsert hatte. Doch das kam zeitlich nicht hin. Außerdem traute sie der Frau nicht zu, ein Konstrukt aus ausländischen Konten zu erschaffen, um das Rathaus zu verhindern, das ohne ihre Zustimmung sowieso nicht gebaut werden konnte. Sascha als Sponsor ergab wiederum ebenfalls keinen Sinn, denn er hatte letztlich verkauft.

»Niemand weiß, dass du das Grundstück verkauft hast, daher hast du auch kein Problem.«

»Ich wäre dankbar, wenn das so bleibt.«

»Natürlich«, versprach Tilly. »Mir geht es doch nur darum, den Verantwortlichen für die beiden Morde und den Anschlag auf Antonia zu finden. Irgendwie hängt das Ganze zusammen, aber wir wissen einfach nicht, wie. Gab es im Leben von Frau Busch jemanden, der ihr nahestand?«

»Dann hätte sie wohl kaum an mich vererbt«, sagte Sascha.

Er erhob sich, ging zur Anrichte und kehrte mit zwei Gläsern zurück. Von einem Tablett nahm er eine bauchige Flasche mit bernsteinfarbener Flüssigkeit.

»Jetzt packst du aber die schweren Geschütze aus«, bemerkte Tilly.

»Auf den Schreck brauche ich einen Schluck. Du auch?«

Sie zögerte kurz, nickte dann jedoch.

Es gluckerte, als Sascha zwei Fingerbreit der Flüssigkeit in jedes Glas gab.

Der Whiskey hinterließ einen torfigen Geschmack im Mund, den Tilly durchaus schätzte. Allerdings war es nicht ihr Lieblingsgetränk, sie tendierte eher in Richtung Gin.

»Also, bei meinem letzten Besuch, einige Tage vor ihrem Tod, wirkte sie reumütig«, berichtete Sascha. »Sie hatte gerade die Operation mit dem Herzschrittmacher hinter sich. So was zehrt in diesem Alter natürlich an den Kräften. Sie sagte, dass sie es bereue, ›ihr‹ das Leben zur

Hölle gemacht zu haben. Aber frag mich bitte nicht, wer damit gemeint war.«

Musste sie auch gar nicht. Tilly hatte da eine sehr genaue Vorstellung.

»Hat sie zu irgendeinem Zeitpunkt über ihren Ex-Mann gesprochen?«

»Du hast also auch davon gehört.« Sascha nickte. »Diese Sache war heftig. Liegt aber schon ewig zurück. Sie hat wohl viele Jahr einen ziemlichen Hass auf ihn geschoben. War eine gute Idee, dass er Untertannberg verlassen hat.«

Tilly hätte es nicht anders gehalten. Doch sie fragte sich, ob die Geliebte von Franz Buchholz das ebenfalls getan hatte. Nicht jeder ließ mal eben so Familie und Freunde hinter sich zurück. War es dem Privatdetektiv gelungen, die Identität der unbekannten Person aufzudecken?

Falls dem so war, welche Folgen hatte das gehabt?

»Sieht so aus«, sagte Tilly. »Auch wenn er seinen armen Porsche zurücklassen musste.«

»Oh, ja, das hat ihr gefallen«, bestätigte Sascha. »Sie hatte kurz vor der OP sogar angedacht, wieder damit zu fahren. Dafür wollte sie einen Chauffeur einstellen.«

»Hat sie?«

»Keine Ahnung, falls ja, habe ich nichts mitbekommen.« Sascha trank das Glas mit einem finalen Schluck aus. »Viel Zeit ist ihr aber sowieso nicht mehr geblieben. Zwei Wochen später – ungefähr – ist sie gestorben.«

»Traurig ist der Tod immer, oder?« Auch Tilly leerte ihr Glas. »Er kommt einfach zu schnell.«

»Sprichst du aus Erfahrung?«

»Familie«, erwiderte Tilly und schob den Gedanken rigoros beiseite.

Saschas blaue Augen verloren sich in der Ferne. »Das ist das Schöne hier an der Ranch, ich bin umgeben von quirligen kleinen Pelzwesen. Da kommen keine trüben Gedanken auf. Höchstens, wenn wir mal wieder ausgesetzte Hunde hereinbekommen. Die brauchen viel Liebe, bis die Traurigkeit in ihrem Blick wieder verschwindet. Das bricht mir jedes Mal das Herz.«

Als habe Muffin die trübe Stimmung erspürt, sprang er mit einem Satz auf Saschas Schoß. Dass dieser den Whiskey bereits ausgetrunken hatten, erwies sich als Glück. Andernfalls hätte der Sessel zukünftig eine torfige Note gehabt.

»Du bist ein süßer Winzling«, sagte Sascha.

Muffin rollte sich auf den Rücken und streckte den Bauch in die Höhe.

»Mit deiner Erziehung haben wir noch alle Hände voll zu tun.« Er begann zu kraulen.

»Bezeichnest du mich etwa als Rabenmutter?«, fragte Tilly und drohte spielerisch mit dem Zeigefinger.

»Nur als ungeübte Mutter«, konterte Sascha. »Aber das lässt sich ändern. Dafür, dass du von dem Pakt deines Vorgängers nichts gewusst hast, schlägst du dich doch ganz gut.«

Tilly lächelte beim Anblick des kleinen Wesens. Muffin hatte seinen Schwanz zwischen den von sich gestreckten

Pfoten hindurch geringelt und wedelte vor Freude über die Bauchmassage damit. Der Anblick vertrieb die Schwere in ihr.

Bis ihr Smartphone vibrierte. Unbekannte Nummer. Tilly nahm das Gespräch an und lauschte der Stimme.

»Sie hat was?!«, brüllte sie kurz darauf.

24. KAPITEL

Es glich einem Wunder, dass Muffin aufgrund des rasanten Aufbruchs kein Schleudertrauma erlitten hatte. Zehn Minuten nach dem Anruf saß Tilly in ihrem Auto und brauste von der Hunderanch zu ihrer Wohnung. Rekordzeit traf es nicht einmal annähernd, die Geschwindigkeitsbegrenzung wurde außer Kraft gesetzt.

Längst war es dunkel, doch eine weibliche Silhouette zeichnete sich vor dem Wohnungsladen ab.

»Bist du verrückt?«, brüllte Tilly zur Begrüßung.

»Man soll Kranke nicht anschreien«, sagte Antonia ohne einen Hauch von Reue.

»Kranke gehören ins Krankenhaus«, entgegnete Tilly. »Der Ort, an dem du *nicht* bist.«

»Ach Lieblings-Blich, wenn du mal in so einem Mehrbettzimmer gelegen hättest, wärst du auch auf eigenen Wunsch geflüchtet.« Tony ließ die Schultern hängen. »Da lagen einige Ältere, die nicht schlafen konnten. Die haben sich unterhalten. Und eine hat das Licht angemacht. Ging dann aber nicht mehr aus, Wackelkontakt. Also hat sie so lange draufgehauen, bis es wieder dunkel war.«

Tilly seufzte. »Man Tony-Teufel. Das ist doch gefährlich.«

»Prellungen sind nicht gefährlich, die tun nur weh.«

»Dein Gesicht sieht aus wie ein Hamster.«

»Ich mag diese pelzigen kleinen Schlingel.« Tony deutete auf die Tür. »Willst du mich weiterhin im Dunkeln stehen lassen?«

Tilly schnaubte. Sie öffnete die Tür. Erst dann eilte sie zurück zum Auto und holte auch Muffin. Dieser sprang natürlich sofort an Antonia hinauf, was diese mit einem schmerzhaften Laut quittierte.

»Muffin, aus«, sagte Tilly. »Weißt du, Doktor Zeng hat mich angerufen. Damit ich morgen gleich die richtige Salbe und Schmerzmittel besorge.«

»Irgendwie komme ich mir gerade total alt vor.« Tony nahm unter lautem Stöhnen am lang gezogenen Tisch Platz.

»Was haben die Ärzte gesagt?«, fragte Tilly.

»Zuerst wollten die mich überreden, noch ein paar Tage ihre Gastfreundschaft in Anspruch zu nehmen«, erwiderte Antonia. »Als in unserem total freundlichen Gespräch dann klar wurde, dass ich auf dieses Angebot nicht einzugehen gedenke, bekam ich die Papiere ausgehändigt. Ich kann jetzt sterben, ohne dass das Krankenhaus haftbar gemacht wird. Ganz ehrlich, der Blick des Oberarztes war da eindeutig, der hätte es gerne gesehen, wenn ich in das nächste Auto gelaufen wäre.«

Tilly hatte eine ungefähre Vorstellung davon, wie das »total freundliche Gespräch« abgelaufen war. Laut und direkt war die diplomatische Umschreibung.

»Darf ich bei dir übernachten?«, fragte Tony.

»Du musst sogar«, stellte Tilly klar. »Wie bist du überhaupt hierhergekommen?«

»Taxi. Denkst du, es bedeutet etwas, wenn der Taxifahrer bei der Erwähnung von Untertannberg einen mitleidigen Blick aufsetzt?«

»Wahrscheinlich hat er lediglich lautlos deinen Zustand kommentiert«, erwiderte sie.

»Die Untertannberg-Erklärung gefällt mir besser.«

»Ab ins Bett mit dir.« Tilly brachte Antonia zum Wasserbett. Es stand außer Frage, dass ihre Freundin auf der Couch übernachtete. Wenigstens in diesem Fall war diese Art Bett perfekt.

»Das fühlt sich total gut an«, sagte Tony versonnen. »Als würde ich schweben.«

»Eher schwimmen, aber Hauptsache, es geht dir gut.«

Sie versorgte Tony, die nur einen Jogginganzug und ein altes T-Shirt trug – vermutlich aus Krankenhausbeständen – mit einem Tee. Innerhalb weniger Minuten war sie eingeschlafen.

Tilly stieg die Treppe hinauf und machte es sich auf der Couch bequem. Das Körbchen von Muffin nahm sie mit, was dieser mit Argusaugen verfolgte. Natürlich würde er einfach warten, bis sie schlief, um sich dann irgendwo auf der Couch unter die Decke zu schieben.

Der Herbst machte erneut deutlich, dass er dem vergangenen Hitzesommer ordentlich Wasser entgegensetzen wollte. Um Mitternacht begann es zu regnen. Tilly kuschelte sich unter die Decke und lauschte den Tropfen, die gegen die Scheibe prasselten. Langsam dämmerte sie in den Schlaf.

Dieser wurde von einem wütenden Ruf beendet. »Blich, dein Wecker.«

Aus der Ferne drang »Dancing Queen« an Tillys Ohren. Sie konnte durch die offene Schlafzimmertür die wirbelnden Lichter sehen, als falle die Sonne durch Hunderte von Buntglasscheiben.

Die Decke in ihrer rechten Armbeuge bewegte sich, genauer: der Hügel darunter. Schwanzwedeln folgte, was von Weitem sehr seltsam aussehen musste. Ein gewisses Pelzknäuel sprang zuerst auf Tillys Bauch und von dort auf den Boden. Bevor sie etwas sagen konnte, sprang Muffin in seiner Euphorie die Treppenstufen hinunter und sauste zum Schlafzimmer.

»Nein, Muffin, aus«, rief Tilly.

Sie sprang auf, verfing sich in der Decke und konnte gerade noch die Balance halten.

Aus dem Schlafzimmer erklang der schmerzhafte Aufschrei von Tony.

»Soll ich einen Notarzt rufen?« Tilly eilte die Stufen hinab.

»Ein Raubtierdompteur wäre sinnvoller.« Ihre Freundin betrachtete mit müdem Blick einen zufriedenen Muffin. »Füttere ihn, geh mit ihm Gassi, streichle ihn. Besteche ihn irgendwie, damit er nicht mehr auf mir herumhüpft.«

»Böser Muffin«, schimpfte Tilly.

Sie schaltete die Discokugel ab, brachte den Welpen hinaus und schloss die Tür. Antonia brauchte ihren Schlaf. Damit begann die typische Morgenroutine in einem Familienhaushalt. Kurzes Gassigehen mit Kind Nummer 1. Anschließend Fütterung. Tilly verschwand im Bad, aß selbst eine Kleinigkeit und bereitete dann das Frühstück für Kind Nummer 2 zu, ließ es aber noch ausschlafen. Das Müsli wanderte in den Kühlschrank, sie schrieb einen Zettel.

Danach ging es auf direktem Weg zu *Plitz & Blank*. Gerdy hämmerte bereits mit gerunzelter Stirn und aufgesetzter Brille auf die Tastatur ein. Leon trank Kaffee.

»Hast du nie Schule?«, fragte Tilly.

»Schon, aber ich bin volljährig. Ich schreibe mir einfach Entschuldigungen. Den Stoff kann ich eh. Hab deshalb nur Einser.« Er zuckte mit den Schultern.

Sie berichtete vom Überraschungsbesuch Antonias und ihrem kurzen Stelldichein mit Sascha. Unter dem Siegel der Verschwiegenheit gab sie die Information zum Erbe von Frau Busch an die beiden weiter.

»Echt jetzt? Er sieht gut aus und ist obendrein Multimillionär.« Leon seufzte. »Schnapp ihn dir, Tilly.«

»Haha«, gab diese zurück, fühlte aber irgendeine Art von Kitzeln im Bauch bei dem Gedanken an die tiefblauen Augen, die kräftigen Hände und ... »Schluss jetzt damit.«

»Ich bringe der Antonia nachher ein Stück Kuchen vorbei«, sagte Gerdy. »Dann freut die sich bestimmt. Hilft auch bei der Genesung.«

Tilly beging nicht den Fehler, nachzufragen. Vermutlich war Obstkuchen gesund. »Wann ist unser nächster Auftrag?«

»Heute ist nichts«, erwiderte Gerdy.

»Aber ich habe den Plan doch geprüft, wir hatten heute Morgen das Büro und mittags die Schwimmhalle«, sagte Tilly.

»Wurde beides abgesagt.« Gerdy wirkte bei dieser Aussage bedrückt. »Die haben die Zeitung gelesen, und solange die Fälle nicht aufgeklärt sind, wollen sie lieber nicht, dass eine potenzielle Wischmopp-Mörderin bei ihnen reinigt.«

»Kuchen wäre jetzt eine gute Idee.«

»Ich hol dir ein Stück.« Gerdy sprang erfreut auf und eilte davon.

»Wenn das so weitergeht, schaffen wir es finanziell nicht mal bis zum nächsten Sommer.« Bei dem Gedanken an ihr Konto bekam Tilly Magenschmerzen.

»Notfalls bitte ich meine Eltern ...«, begann Leon.

»Nein. Dieser Satz hat bereits falsch begonnen. Ich rechne dir hoch an, dass du deine Eltern notfalls um Hilfe bitten willst, allerdings muss ich das hier allein schaffen.«

Gerdy kam wieder, mit Kuchen und Kaffee im Gepäck.

Tilly verschlang beides förmlich und genoss das Gefühl des Zuckers. Und des Koffeins.

»Also schön, nachdem wir nun viel Freizeit haben, fahren wir direkt nach Stuttgart. Ich will mit Franz Buchholz sprechen. Wir müssen herausbekommen, wer seine Geliebte war. Sascha hat angedeutet, dass Rita Busch irgendetwas bereut hat. Vielleicht hat sie mit Buchholz – oder der Geliebten – Kontakt aufgenommen.«

Dieses Mal durfte Muffin mit auf die Reise gehen, und Minuten später saßen Tilly und Leon gemeinsam im Auto. Immerhin würde sie in Stuttgart sicher eine Ladestation finden.

»Sag mal«, wandte er sich irgendwann an sie, »wenn Sascha alles geerbt hat und offenbar nicht das Rathaus sabotieren wollte, muss doch jemand anderes das Geld an die Bürgerinitiative überwiesen haben. Oder?«

»Wir werden es bald herausfinden.«

Tilly hatte das Gefühl, dass die Lösung für das Problem ganz nah lag. Doch immer, wenn sie an einer Stelle glaubte, dass die Puzzleteile jetzt zueinander passten, stellte sich das als Irrtum heraus. Konnte die Lösung schlicht darin bestehen, dass es zwei Täter gab? Jemand, der das Rathaus über Morde verhindern wollte, und jemand, der es über die Finanzierung der Bürgerinitiative versuchte?

Sie erreichten Stuttgart, was allein dadurch deutlich wurde, dass es kaum noch voranging, die Landschaft hügeliger wurde und die Luft drückender. Selbst jetzt im Herbst betrug die Temperatur noch dreiundzwanzig Grad. Tilly suchte mit dem Navi eine Ladestation in der Nähe der Adresse von Franz Buchholz. Der Privatdetektiv hatte wirklich ein ausgezeichnetes Dossier zusammengestellt. Vom letzten aktuellen Foto blickte Tilly ein dynamischer Mann Ende fünfzig entgegen. Er hatte erneut geheiratet, eine deutlich jüngere Frauenärztin. Beide hatten einen mittlerweile achtzehnjährigen Jungen.

Die Familie wohnte in einem schmucken Reihenhaus am Rand der Innenstadt. Es gab jede Menge Grün, und vor dem Eingang stand ein E-Roller auf dem Bürgersteig.

»Hätte man auch an die Seite stellen können«, sagte Tilly grimmig und kam sich plötzlich alt vor.

Leon verkniff sich einen Kommentar und betätigte den Klingelknopf.

»Ja?«, erklang es kurz darauf.

»Frau Buchholz?«, fragte Tilly. »Mein Name ist Tilly Blich, ich würde gerne mit Ihrem Mann sprechen.«

»Und worüber?«

»Ich komme aus Untertannberg. Es geht um den Tod von Rita Busch.«

Stille.

»Hallo, Frau Buchholz? Sind Sie noch da?«

»Kommen Sie rein.«

Ein Summen erklang, und das Gartentor ließ sich öffnen. Der Vorgarten war so gepflegt, wie Tilly es erwartet hatte. Die Rosen, Rhododendrons und das leicht nach hinten versetzte Kräuterbeet waren bereits winterfest gemacht worden. Sie tippte auf einen Gärtner.

Vom Eingang her blickte ihnen eine Frau mit äußerst grimmigem Blick entgegen. »Ist diese Teufelin also endlich verreckt.«

Tilly musste für einen Augenblick die Miene entgleist sein, denn Frau Buchholz' Wangen färbten sich schamrot.

»Entschuldigung. Aber ich habe gehofft, diesen Namen nie wieder zu hören. Kommen sie doch herein.«

»Endlich mal jemand, der sagt, was er denkt.« Leon schüttelte der Hausherrin zufrieden die Hand.

Hinter ihr trottete ein junger Mann in schwarzen Sporthosen, Muskelshirt und Sneakers vorbei.

Leons Augen wurden groß, ein freches Grinsen legte sich auf sein Gesicht. »Ich weiß schon, wen ich befrage.« Glücklicherweise hatte sich Frau Buchholz bereits abgewandt, um sie ins Wohnzimmer zu führen.

»Wage es nicht«, zischte Tilly.

»Mach dich locker.«

Sie bekamen nichts zu trinken angeboten, durften sich aber setzen.

Der Raum war in Schwarz und Weiß gehalten, das Wohnzimmer war an einer Seite vollständig verglast. Es erinnerte Tilly von der Bauweise her an jene berühmten Bonner Siebzigerjahre-Bauten. Es gab eine Durchreiche zur Küche.

»Wir sind hier, weil wir in den Hinterlassenschaften von Frau Buchholz ein paar Informationen gefunden haben, die Sie und Ihren Mann betreffen.«

»Er kommt gleich«, sagte Frau Buchholz. »Sind Sie Anwältin?«

Leon lachte auf, worauf sie ihm tatsächlich einen Klaps auf den Hinterkopf verpasste.

»Vielleicht warten wir auf Ihren Mann.«

Selbiger kam in diesem Augenblick durch die gegen-

überliegende Tür. Für wenige Sekunden war ein Arbeitszimmer sichtbar. Franz Buchholz wirkte einen Hauch älter
als auf den Fotos. Zwei oder drei Jahre. Was Tilly darauf
schließen ließ, dass sie nach der Abgabe des Berichts, die
deutlich länger zurücklag, noch einmal aktualisiert worden waren.

»A wiaschds Luadr, des wase«, sagte er.

»Jetzt schwätz gfällgst Hochdeitsch«, kam es prompt
von Frau Buchholz.

Tilly räusperte sich. »Es gibt wohl gewisse Animositäten
gegenüber Ihrer Ex-Frau?«

Sie war stolz auf diese diplomatische Formulierung. Zumindest das Wort »Luadr« hatte sie einwandfrei zuordnen
können. Luder klang in jedem Lokaldialekt ähnlich.

»Sie können kein Schwäbisch?«, fragte Franz Buchholz.
Der Unterton machte deutlich, dass es sich um Majestäts-
beleidigung handelte zu verneinen.

Tilly tat es trotzdem. »Ich bin aus Köln.«

»Tannezäpfle schlage euer Kölsch um Länge.«

Das war die Stelle, an der es vorbei war mit Tillys Di-
plomatie. Glücklicherweise hatte sie Leon dabei.

»Scho klar, die Busch war ä alde Bix«, schaltete er sich
ein. »Jedzd isch sie ja niwa.«

»Hallo«, machte Tilly sich bemerkbar. »Ich verspreche,
im Sommer steht ein Volkshochschulkurs in Schwäbisch
an, aber vielleicht können wir das aktuell noch auf ›verständlich‹ hinter uns bringen?« Sie wandte sich direkt an
Franz Buchholz. »Ihre Ex-Frau hatte einen Detektiv auf

Sie angesetzt. Der hat eine umfangreiche Akte zusammen-getragen.«

Franz Buchholz erbleichte. »Sie hat was?«

Seine Ehefrau griff nach seiner Hand. »Wenn ich ganz ehrlich bin, wundert mich nichts davon. Sie hätte Franz das Leben zur Hölle gemacht, wenn sie es gekonnt hätte. Aber die Flucht aus Untertannberg war schon das Richtige.«

»Ich müsste mal«, kam es unerwartet von Leon.

Die Frau des Hauses wies ihm den Weg. Tilly wandte sich wieder dem Gespräch zu, erkannte aus den Augenwinkeln jedoch, dass Leon nicht den Weg zur Toilette einschlug.

»Sie sind dann wohl die berühmte ›Geliebte‹, deren Identität jeder erfahren will«, schoss Tilly ins Blaue.

Beide erwiderten ihren Blick wie Mäuse, die vor einer besonders gefährlichen Katze saßen.

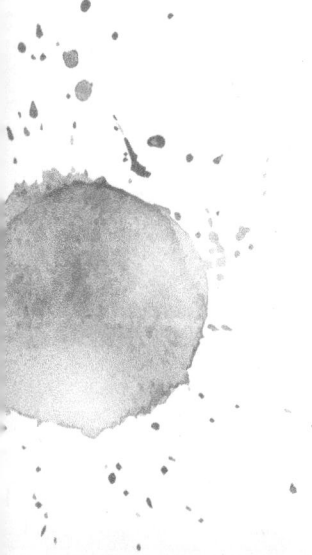

25. KAPITEL

»Da muss ich Sie enttäuschen«, sagte Frau Buchholz. »Ich komme nicht aus Untertannberg. Mein Mann und ich haben uns erst hier in Stuttgart kennengelernt.«

Es war einen Versuch wert gewesen. Trotzdem hatte Tilly den Blick der beiden durchaus registriert. »Sie wissen aber Bescheid.«

Herr Buchholz ergriff das Wort. »Natürlich weiß sie Bescheid. Ich bin – wenn Sie so wollen – aus Untertannberg geflüchtet. Meine Ex-Frau hat mir das Leben zur Hölle gemacht. Sehen Sie, es lief damals nicht so gut. Rita war schon immer besitzergreifend gewesen, war es gewohnt, dass ihr die Welt zu Füßen gelegt wurde. Dieses Anspruchsdenken hat sie nie abgelegt. Es begann damit, dass sie überraschend bei Geschäftsreisen auftauchte. Anfangs fand ich es schön, eine nette Überraschung. Doch es wurde immer schlimmer. Sie fragte mich aus, ließ mich kaum noch allein weg. Als eine Kellnerin mir einmal freundlich zugelächelt hat, ließ sie diese feuern.«

»Ich muss zugeben, damit hätte ich nicht gerechnet«, gestand Tilly.

»Sie konnte sich ausgezeichnet als Opfer inszenieren.« Herr Buchholz atmete schwer aus. »Ich begann eine

271

Affäre, letztlich war ich unterm Strich also der Schuldige, das gebe ich zu.«

»Und Ihre Frau fand es heraus«, half Tilly aus, als er in Schweigen verfiel.

»Natürlich hat sie das, ich wollte das schließlich.«

»Sie …«

»Ja, ich wollte es. Meine Frau hätte mich niemals gehen lassen. Doch nachdem sie ihren Verdacht bestätigt fand, warf sie mich raus. Damit es auch kein Zurück mehr gab, machte ich meinen Seitensprung ›versehentlich‹ publik.«

»Auf diese Art *konnte* sie Ihnen nicht verzeihen«, begriff Tilly. »Ihr Stolz hätte das niemals zugelassen.«

»Exakt. Ich war frei.« Herr Buchholz rieb sich müde die Augen. »Doch dann begann sie mit ihren Attacken. Ich verlor meinen Job, mir wurde die Wohnung gekündigt. Im *Untertannberger Morgen* erschienen Artikel, die gewisse Dinge implizierten. Sie ruinierte meinen Ruf. Also bin ich gegangen. Aber das war ihr nicht genug, sie setzte alles daran, die Identität meines Seitensprungs herauszufinden.«

»Bis heute haben Sie den Namen der Dame geheim gehalten«, schloss Tilly. »Doch jetzt ist Rita Busch tot. Es gibt keinen Grund mehr zu schweigen.«

»Denken Sie nicht, dass es damit auch gut ist?«, fragte Frau Buchholz. »Es ist vorbei. Wieso sollte diese alte Sache überhaupt noch eine Rolle spielen?«

»Weil Menschen sterben«, entgegnete Tilly. »Zwei sind bereits tot. Es hat etwas mit dieser alten Geschichte zu tun. In der Akte des Detektivs bricht der Kontakt zu ihrer

Ex-Frau quasi ab. Wir wissen nicht, ob es ihm gelungen ist, das Geheimnis letztlich zu lüften. Aber sollte das der Fall sein, wusste Frau Busch den Namen. Vor ihrem Tod hat sie einmal Andeutungen darüber gemacht.«

»Das glaube ich kaum.« Herr Buchholz schüttelte den Kopf. »Sie hatte kein Herz und wenn doch, war es tiefschwarz. Mit meiner Ex-Geliebten hätte sie niemals Frieden geschlossen. Glauben Sie mir, dass weiß ich mit Sicherheit.«

Wer über viele Jahre hinweg seinen Hass pflegte, sogar einen Detektiv auf den Ex-Mann ansetzte, der wollte wohl kaum plötzlich Frieden. Andererseits kam es durchaus vor, dass Menschen ihre Einstellung nach einer lebensbedrohlichen Operation änderten. »Frau Busch hatte Probleme mit dem Herzen. Die waren so schlimm, dass sie einen Herzschrittmacher eingepflanzt bekam.«

»Es gibt also so etwas wie Gerechtigkeit«, sagte Herr Buchholz.

Seine Ehefrau verpasste ihm einen Rippenstoß. »Ich bin selbst Ärztin, mir ist durchaus bewusst, was so etwas bedeutet.«

»Sind Sie Chirurgin?«, Tilly wusste natürlich bereits, welchem Beruf sie nachging und das war die Gelegenheit, das Gespräch sanft dorthin zu leiten.

»Gynäkologin. Meine Praxis ist in Stuttgart.«

Tilly wandte sich wieder Herrn Buchholz zu. »Hat ihre Ex-Frau in all den Jahren versucht, Sie persönlich zu kontaktieren?«

Er schüttelte den Kopf. »Nachdem ich Untertannberg

273

verlassen hatte, hat sie hier und da noch versucht, mir Steine in den Weg zu legen. Anrufe bei neuen Arbeitgebern, um mich schlecht zu machen, waren nur die Spitze des Eisbergs. Aber ich habe mich kurzerhand selbstständig gemacht und einen Anwalt eingeschaltet. Nachdem ich drohte, der Presse ein Interview zu geben, hat sie es dann aufgegeben. Zumindest sah es so aus. Dass sie einen Detektiv einschaltet, hätte ich nicht vermutet. Wundern sollte es mich wohl nicht.«

»Es kam nach dem Tod ihrer Frau zu einem Anschlag«, sagte Tilly. »Mit Ihrem Porsche.«

Herr Buchholz starrte Tilly an, als sei sie ein Dämon aus der Hölle. »Meinen Porsche 944? Ich dachte, den hätte sie längst verschrotten lassen. Damit hat sie mir immer gedroht. Aber irgendwann war mir das auch egal.«

»So haben Sie eben aber nicht gewirkt.«

»Er war ein Geschenk meines Vaters. Zum achtzehnten Geburtstag.« Bei Tillys verblüffter Miene, lachte er auf. »Sie haben wohl gedacht, das ist so ein Midlife-Crisis-Ding gewesen, hm? Der Alte hat sich nen Porsche gekauft, um junge Dinger abzuschleppen. Tja, Fehlanzeige. Ein Auto ist für mich ein Auto. In dem Fall allerdings auch wieder nicht. Meine Mutter ist früh gestorben, mein Vater musste hart arbeiten, damit ich ein Dach über dem Kopf hatte. Er hat es zu etwas gebracht und mir deshalb das Auto geschenkt. Es sollte mich daran erinnern, dass er immer an meine Zukunft geglaubt hat und man für seine Träume kämpfen muss.«

»Es muss Sie ziemlich verletzt haben, dass ihre Ex-Frau

ausgerechnet dieses Symbol der Schrottpresse überantworten wollte«, sagte Tilly.

»Wenn ich ehrlich bin, war mir zu dem Zeitpunkt alles egal«, erwiderte Herr Buchholz. »Es war einfach bereits zu viel passiert. Ich hatte es allerdings stets im Hinterkopf.«

Tilly überdachte ihre Worte genau. »Ich weiß, wer das Vermögen geerbt hat. Möglicherweise lässt sich das mit dem Porsche am Ende klären.«

»Ich wäre Ihnen überaus dankbar«, sagte Herr Buchholz.

»Wer …« Frau Buchholz räusperte sich. »Wer hat denn alles geerbt?«

»Tut mir leid«, erwiderte Tilly. »Aber während Sie die Identität ihrer früheren Geliebten für sich behalten möchten, kann ich auf keinen Fall den Erben enthüllen.«

»Natürlich.« Herr Buchholz nickte.

Stille breitete sich aus, die glücklicherweise von Leon unterbrochen wurde. »Hach ja, gar nicht so einfach, in diesem Palast die Toilette zu finden.«

»Wir sollten dann auch langsam aufbrechen.« Tilly erhob sich. »Ich danke Ihnen für diesen Einblick in die Vergangenheit. Damit haben Sie uns sehr weitergeholfen.«

Muffin war sofort auf den Beinen und freute sich auf den kommenden Spaziergang. Sie verabschiedeten sich und traten in den Garten. Die Tür schloss sich hinter ihnen.

»Ich hoffe wirklich, dass du dich mit dem Sohn des Hauses *unterhalten* hast.«

Leon kicherte. »Was denkst du nur von mir?«

»Ehrliche Antwort?«

»Wir haben tatsächlich geredet. Er war echt cute. Aber er hatte nichts Wichtiges zu erzählen.« Leon zuckte mit den Schultern und öffnete das Gartentor. »Nur, dass seine Eltern sich über die Arbeit kennengelernt haben.«

Tilly gefror in der Bewegung. »Aber das ergibt keinen Sinn. Herr Buchholz ist kein Arzt. Schon gar kein Gy... Geh zum Auto.« Sie wandte sich ab und kehrte zum Haus zurück.

Auf ihr Klingeln wurde von Frau Buchholz geöffnet.

»Sie und ihr Mann haben sich bei der Arbeit kennengelernt«, sagte Tilly. »Soll ich mal raten?«

Frau Buchholz blickte über ihre Schulter, trat vor die Tür und zog diese hinter sich zu. »Er kam damals mit seiner Geliebten zu uns. Meine Mutter besaß eine Praxis. In Deutschland galt zu diesem Zeitpunkt das Werbeverbot für Abtreibungen. Ich war bekannt dafür, sie in bestimmten Fällen vorzunehmen.«

»Seine damalige Geliebte war schwanger, und Sie haben das Kind abgetrieben.«

»Das denkt Franz.« Frau Buchholz senkte ihre Stimme zu einem Flüstern. »Aber so ist es nicht gekommen. Die Frau hat sich in letzter Sekunde dagegen entschieden. Danach habe ich sie nie wiedergesehen.«

Tilly ließ ihren Blick über den Garten schweifen, das idyllische Grün, die Normalität der Umgebung. In diesem Augenblick erschien ihr all das wie eine Scheinwelt. Sie würde ihre heruntergekommene Firma nicht gegen zehn Stadtvillen eintauschen wollen. »Sie ging zurück nach

Untertannberg und hat das Kind bekommen. Kennen Sie den Namen?«

»Ich weiß nicht einmal das Geschlecht«, erwiderte sie. Frau Buchholz atmete tief ein und wieder aus. »Allerdings denke ich, Sie sollten den Namen der Mutter kennen. Wer auch immer diese armen Menschen getötet hat, irgendwie hängt das wohl wirklich mit Rita Busch zusammen. Es wäre eine Tragödie, wenn diese Frau selbst nach ihrem Tod noch Schicksale zerstört.«

Tilly fühlte sich gefangen zwischen dem Respekt einer Unbekannten gegenüber, die anonym bleiben wollte, und dem Willen, die Morde und den Anschlag aufzuklären. Letztlich war der unbekannte Täter oder die Täterin gnadenlos. »Sagen Sie ihn mir.«

»Ich weiß natürlich nicht, ob sie mittlerweile geheiratet hat und einen anderen Namen trägt«, sagte Frau Buchholz. »Sie war damals das Gegenteil von Franz. Er war gehobenes Bürgertum. Vermutlich hat er sich deshalb eine Geliebte genommen, die unangepasst war. Sie hat an jeder Demo teilgenommen, die sie finden konnte. Gegen Atomkraft, gegen staatliche Überwachung, gegen … ach, Hauptsache es war dagegen.«

»Ich habe eine Ahnung«, sagte Tilly. »Ich glaube, sie hat sich in den vergangenen Jahren nicht geändert.«

»Ihr Name ist Rosetta Taff«, sagte Frau Buchholz. »Aber das wissen Sie nicht von mir.«

Damit trat sie wieder ins Haus und schloss die Tür, dieses Mal endgültig.

26. KAPITEL

Sie fuhren durch einen Wolkenbruch und erreichten Untertannberg, gerade als Dämmerung und Nieselregen zeitgleich einsetzten. Tilly fühlte sich müde und innerlich befriedigt gleichermaßen. Der Besuch hatte etliche Lücken gefüllt, doch zahlreiche weitere blieben offen.

Gerdy versorgte Muffin mit Futter, der sich in der Ecke zusammenrollte und sofort einschlief. Erst danach waren auch Leon und sie mit frischem Kuchen und Kaffee an der Reihe. Während sie aßen, stand Gerdy mit verschränkten Armen vor dem Mörder-Board.

»Rosetta Taff, die Vorsitzende der Bürgerinitiative, war die damalige Geliebte von Franz Buchholz. Sie wurde schwanger und ging mit Franz zu einer Gynäkologin, die Abtreibungen vornahm. Am Ende entschied sie sich dagegen und verschwand. Franz kam mit der Gynäkologin zusammen, heiratete sie, und heute leben sie in Stuttgart.« Gerdy schüttelte den Kopf. »Aber Rosetta hat kein Kind.«

»Adoption?«, schlug Leon vor.

»Das ergäbe Sinn«, stimmte Gerdy zu. »Damals war es nicht so einfach, ein uneheliches Kind allein aufzuziehen. Heute kann man sich das gar nicht mehr vorstellen, aber die Frauen vom Amt konnten grausam sein. Andere Moralvorstellungen als dieser Tage.«

»Was ist, wenn der Detektiv tatsächlich herausgefunden hat, dass Rosetta Taff die Geliebte war?«, überlegte Tilly laut. »Und dass es ein Kind gibt? Wie hätte Rita Busch reagiert?«

»So wie ich sie kenne mit Hass«, sagte Gerdy. »Immerhin hatte Rosetta damit das, was ihr verwehrt blieb. Nachwuchs wollte sie ebenfalls.«

»Wenn sie durch den Herzschrittmacher an ihre Sterblichkeit erinnert wurde, hat sie ihre Attacken vielleicht bereut«, mutmaßte Leon. »Was? In Filmen passiert das immer.«

»Wir sind hier aber nicht in einem Film«, stellte Tilly klar. »Warum sollte sie dem Kind ihres Ex-Mannes mit einer anderen Frau etwas anderes entgegenbringen als Hass? Er oder sie wäre doch der lebende Beweis für alles, was damals geschehen ist.«

»Ihr beiden seid so dark«, sagte Leon. »Aber okay, nehmen wir mal an, es ist so. Was hat all das mit den Morden und dem Rathaus zu tun?«

»Immer langsam, junger Mann.« Gerdy setzte ihre Brille auf und betrachtete intensiv das Mörder-Board. »Diese Verbindung habe ich noch nicht erkannt. Letztlich wollten beide das Rathaus verhindern, Rosetta und Rita.«

Tilly studierte die Notizen und Verbindungslinien. Sie versuchte, einen Sinn hinter allem auszumachen. Doch das Gesamtbild entzog sich ihr. Es blieb verborgen. »Ich weihe morgen Sarah in die neuen Erkenntnisse ein. Allerdings fürchte ich, das wird uns nicht viel nutzen. Eine heiße Spur zum Mörder ist das nicht.«

Sie saßen noch eine Weile zusammen, ließen ihre Gedanken schweifen und plauderten. Schließlich weckte Tilly Muffin. Der Welpe beäugte enttäuscht die leeren Kuchenteller.

»Wir sehen uns morgen.« Sie verabschiedete sich.

Draußen wartete Nieselregen. Zu wenig, um sich die Mühe zu machen, einen Schirm aufzuspannen. Doch genug, um nass zu werden.

»Was für ein Mistwetter«, sagte Tilly, als die Tür hinter ihr ins Schloss fiel.

»Von drinnen sieht das ganz gemütlich aus.« Antonia lag auf der Galerie. Sie schaltete den Fernseher stumm. »Ich will alles wissen.«

Tilly hängte ihren Mantel auf, streifte die Schuhe ab und machte sich erst mal einen Tee. Mit zwei Tassen stieg sie die Stufen empor. »Du siehst gar nicht mehr aus wie Mama-Hamster.«

»Aber Tochter-Hamster kommt noch hin«, erwiderte Tony.

»Ach Tony-Teufel.« Tilly reichte ihr die Tasse.

»Ich brauche kein Mitleid. Gib mir lieber die neuesten Infos. Habt ihr den Mistkerl?«

Wie schon bei *Plitz & Blank* wiederholte Tilly, was sie herausgefunden hatten.

»Deine Recherche in allen Ehren, aber wieso sprichst du denn nicht einfach mal mit dieser Rosetta Taff?«

Tilly hatte sich bereits einen genauen Plan zurechtgelegt, wollte der Dame anbieten, kostenlos zu putzen. Die Möglichkeit eines offenen Gesprächs hatte sie bisher nicht in Betracht gezogen. »Es käme auf einen Versuch an.«

»Ach Blichy, manchmal denkst du einfach zu kompliziert«, sagte Antonia. »Aber du passt auf dich auf, ja?«

»Ich habe mir den alten Staubwedel in die Tasche gesteckt, der ist hart wie ein Schlagstock«, erwiderte sie.

Sie wurde von ihrem vibrierenden Smartphone abgelenkt. Tilly gähnte und nahm den Anruf an. »Blich?«

»Kraft«, kam es zurück.

»Ah, Sarah, ich wollte ...«

»Du hast ernsthaft Franz Buchholz besucht?«, kam es anklagend aus dem Handy. »Verdammt noch mal, was denkst du dir nur?«

»Es geht immerhin um meinen guten Ruf«, erwiderte Tilly. »Ich habe wohl kaum gegen ein Gesetz verstoßen, oder?«

»Das nicht. Aber als Herr Buchholz angerufen hat, um sich nach dem Stand der Ermittlungen zu erkundigen und ob *sein* Porsche schon freigegeben sei, ist hier eine kleine Bombe hochgegangen. Ich musste meinem Chef erklären, dass Herr Buchholz durch dich davon erfahren hat. Damit er dich nicht vom Fleck weg aufsucht und live explodiert, musste ich außerdem offenbaren, dass ich im Haus ›recherchiert‹ habe.« Sarahs Stimme bekam einen grollenden Klang, wie ein Gewitter, das kurz vor der Entladung stand. »Er hat mich sogar angeschrien.«

»Na, ich hoffe, du hast zurückgeschrien.«

»Das ist kein Witz. Was denkst du denn, was ich hier für einen Stand habe? Ich bin die einzige Frau auf dem Revier. Stubs ist schon Gerdy losgeworden, der lauert doch nur auf eine Chance, mich zu versetzen.«

Tilly hatte keine Ahnung gehabt, dass es so schlimm stand. »Das tut mir leid.«

»Ich gebe hier mein Bestes, um den wahren Mörder zu finden und dich aus dem Fadenkreuz zu halten, aber du machst es mir wirklich schwer.«

»Es tut mir leid, dass du solche Probleme auf dem Revier hast, aber ich kann nicht einfach herumsitzen und abwarten. Dein Chef ermittelt *gegen* mich. Antonia wäre beinahe gestorben. Der Mörder hat bewiesen, dass er es ernst meint, und wir haben noch nicht einmal ein Motiv.«

Sarah seufzte. »Kriminalhauptkommissar Stubs wird morgen das Ehepaar Buchholz aufsuchen und befragen. Ich kann dir nicht mehr helfen, denn vor mir türmt sich ein Stapel an Papierkram, den ich abarbeiten darf.«

»Er hat dich aufs Abstellgleis verbannt«, begriff Tilly.

»Gibt es irgendwas, das du mir noch sagen kannst?«, fragte Sarah. »Hat dein Treffen mit Franz Buchholz etwas gebracht?«

Tilly rang mit sich. Auf der einen Seite wollte sie Sarah vertrauen, andererseits arbeitete sie nun einmal mit dem Kriminalhauptkommissar zusammen. Irgendwie. »Ich weiß jetzt, wer die damalige Geliebte war.«

Stille.

»Bist du noch dran?«, fragte Tilly.

»Habe mir im Reflex auf die Zunge gebissen«, kam es genuschelt von Sarah.

»Oh, schmeckts?«

»Nach Döner, habe gerade einen gegessen.« Sarah sprach, als hätte sie eine Betäubung beim Zahnarzt erhalten. »Okay, wer ist die große Unbekannte?«

»Du musst das für dich behalten.«

»Tilly.«

»Es ist Rosetta Taff«, sagte sie.

Das Stirnrunzeln von Sarah war durch die Telefonleitung hindurch wahrnehmbar. »Okay, das kommt jetzt überraschend. Aber wie das mit den Morden zusammenhängen soll, ist mir schleierhaft. Ich prüfe still und leise den Hintergrund von Frau Taff. Du unternimmst bitte nichts.«

»Was sollte ich denn schon unternehmen?«, fragte Tilly. »Ich muss mich jetzt ohnehin um Antonia kümmern. Sie liegt hier mit starken Schmerzen.«

»Sollte die nicht noch im Krankenhaus sein?«

»Ich melde mich wieder.« Sie beendete das Gespräch.

»Ob das eine gute Idee war?«, sagte Tony.

»Na ja, ich kann die einzige Person, die uns den Rücken freihält, nicht gegen mich aufbringen«, erklärte Tilly. »Ich hab das im Urin, uns fehlt nur noch ein Puzzleteil. Die Verbindung.«

Sie trat an das Geländer und blickte hinab auf ihre Wohnung. Von hier oben konnte sie jeden Winkel erkennen.

Alles war klar auszumachen. Doch in diesem verdammten Mordfall war es gar nicht so einfach, die Perspektive zu wechseln.

Als sie sich wieder umdrehte, lag Muffin zusammengerollt auf der Couch und ließ sich von Antonia kraulen. Sein Blick zuckte kurz schuldbewusst zu Tilly, dann schloss er die Augen und tat so, als ob er schliefe.

»Lass ihn doch«, bat Antonia, als Tilly ihn von der Couch herunterscheuchen wollte.

»Dieser Hund ist jetzt schon verzogen. Dabei ist er noch ein Welpe.«

»Er tut mir gut.« Antonia streichelte ihn nachdrücklicher.

»Von mir aus.« Tilly winkte ab. »Ich werde morgen erst mal Rosetta Taff aufsuchen.« Schließlich war es ihr gelungen, das Telefongespräch zu beenden, bevor sie Sarah etwas versprochen hatte. So ein kurzer Plausch war auch vollkommen ungefährlich. Was sollte schon passieren?

27. KAPITEL

Die Räume der Bürgerinitiative waren nicht verschlossen.

Es war sieben Uhr am Morgen, und Tilly hätte alles dafür gegeben auszuschlafen. Stattdessen stand sie mit zwei Bechern Kaffee in der Hand herum.

Die Initiative hatte bisher das Erdgeschoss in einer Seitenstraße am Rand der Innenstadt gemietet. In wenigen Tagen war das jedoch vorbei, wie Gerdy ihr berichtet hatte. Der Mietvertrag war nicht verlängert worden – von Rosetta. Leons Information, dass gewisse Zahlungen nicht mehr flossen, erklärte auch, weshalb.

Im vorderen Bereich standen diverse Umzugskartons, die mit Büroutensilien befüllt waren. Es roch nach Klebstoff und Reinigungsmittel. In einer Ecke lehnte ein Wischmopp, auf dem Tisch lag ein einsamer Putzschwamm.

»Oh, was wollen Sie denn hier?« Rosetta stand im Türrahmen. Sie musste aus einem angrenzenden Büro gekommen sein, in einer Hand trug sie einen Aktenordner.

»Guten Morgen.« Tilly reichte ihr einen der Kaffeebecher.

»Womit habe ich das denn verdient?«, fragte sie.

»Nach allem, was passiert ist, wollte ich einfach einmal persönlich mit Ihnen sprechen.«

Rosetta nahm den Kaffeebecher mit hochgezogener Braue entgegen. »Ist das eine Entschuldigung für Ihren Besuch bei Franz?«

Innerlich stöhnte Tilly auf. Natürlich, sie hätte damit rechnen müssen. Frau Buchholz hatte ihrem Mann gestanden, dass sie Tilly eingeweiht hatte, und der warnte prompt seine ehemalige Geliebte.

»Quasi«, improvisierte Tilly.

Rosetta lachte auf. Ihre Stimme klang wie ein Reibeisen. »Von wegen. Sie wollen herausfinden, ob ich den Hans-Josef und den Blechle umgebracht habe.«

»Also, wenn wir schon dabei sind …«

»So ein Unsinn. Dieser Idiot von Kriminalhauptkommissar hat mich das auch bereits gefragt.« Sie schüttelte den Kopf. »Was hätte ich denn davon? Jetzt kommt das neue Rathaus auf jeden Fall. Der nächste Bürgermeister wird das blitzschnell durchdrücken, und die Presse steht auf seiner Seite. Die Bürgerinitiative hat ihren Sponsor verloren, es ist vorbei.«

»Dieser Spender hat sich abgewandt?«

»Davon gehe ich aus«, erwiderte sie. »Er war bisher stets recht großzügig, doch nach allem, was geschehen ist, hat er wohl ebenfalls aufgegeben.«

Was Tillys Hoffnung zerstörte, dass Rosetta möglicherweise die Identität des Unbekannten kannte. Andererseits hätte dieser kaum ein Kontenkonstrukt aufgebaut, das nicht zurückverfolgt werden konnte, falls er sich ihr gegenüber einfach offenbarte.

»Ihr Kind ... ich kann es verstehen.«

»Sie verstehen gar nichts«, sagte Rosetta, mit einem Mal überaus feindselig. »So jung schwanger zu werden, ist schon in der heutigen Zeit unschön, damals war es die Hölle. Und dann auch noch in dieser ländlichen Gegend.« Sie verbarg das Gesicht in den Händen.

»Hatten Sie denn gar keine Unterstützung?«

»Mit achtzehn bin ich von zu Hause weggelaufen. Mein Elternhaus war ... nun ja, konservativ wäre noch milde ausgedrückt. Die hatten mein gesamtes Leben bereits verplant. Als ich mit Schwangerschaftsbauch auftauchte, haben sie mich direkt wieder hinausgeworfen.«

»Das tut mir leid.« Tillys Geist erschuf die passenden Bilder, und der Gedanke, dass eine junge Frau nicht auf die Hilfe ihrer eigenen Eltern vertrauen konnte, verwandelte ihren Magen in einen Klumpen Bitterkeit.

Rosetta verschränkte die Arme. »Ich hatte wirklich geglaubt, dass meine Eltern über ein Enkelkind erfreut wären, aber sie waren entsetzt. Hilfe konnte ich von ihnen nicht erwarten. Der einzige Ausweg war, das Kind wegzugeben.«

»Adoption.« Tilly nickte verstehend.

»Das wäre mir zu riskant gewesen. Ein befreundetes lesbisches Paar hatte sich ein Kind gewünscht.« Sie seufzte und lachte auf. »Ich habe noch nie jemandem davon erzählt. Aber jetzt ist irgendwie alles anders.«

»Es gab gar keine Adoption«, sagte Tilly.

»Das hätte ein lesbisches Paar damals nicht gedurft.

Ebenso wenig, wie eine alleinstehende Frau«, erklärte Rosetta. »Deshalb sind die beiden für neun Monaten außer Landes gefahren, und als sie zurückkamen, hatten sie ein Kind dabei. Dazu alle gefälschten Unterlagen. Es hat seinen Vorteil, wenn man in bestimmten sozialen Umfeldern aktiv ist.«

Was Tilly gar nicht genauer wissen wollte. »Aber wollte Ihr Kind niemals wissen, wer sein Vater ist?«

»Das spielt doch keine Rolle.« Rosetta winkte ab. »Wie soll all das mit dem Mord an Franz-Josef Krumm und dem Bürgermeister zusammenhängen? Die beiden haben mit meiner persönlichen Lebensgeschichte überhaupt nichts zu tun.«

Womit sie den Nagel auf den Kopf traf. Tilly fand die Verbindung einfach nicht. »Hat Ihr Kind jemals seine Großeltern kennengelernt?«

»Nein. Die sind vor dreißig Jahren gestorben. Er hat noch eine Tante, meine Halbschwester, aber die wollte auch niemals etwas von ihm wissen. Oder von mir. Das ist auch besser so, sie war ein Monster.«

»Hier scheint es eine Menge Monster zu geben. Denn das haben auch alle über Rita Busch gesagt.« Tilly lächelte. Ihre Miene gefror, als Rosettas Blick flackerte. »Das ist nicht Ihr Ernst!«

»Kommen Sie mit.« Rosetta wandte sich ab und ging in das angrenzende Zimmer.

Tilly hatte noch immer das Gefühl, als habe ein Rammbock sie getroffen. Sie folgte aus Reflex.

Der Raum erinnerte an eine Rumpelkammer. Die einzige Insel in all dem Gerümpel war der Schreibtisch. Rosetta griff zur Seite und förderte eine Flasche Gin zutage. Zwei Gläser wurden gefüllt.

»Nein, danke.«

»Wenn Sie schon hier auftauchen und meine Vergangenheit aufwühlen, dann trinken Sie gefälligst mit mir.« Sie hielt Tilly das Glas vor die Nase.

Nach kurzem Zögern gab sie sich geschlagen. Erst als sie es geext hatte, nickte Rosetta zufrieden und tat es ihr gleich.

»Rita und ich hatten denselben Vater, aber unterschiedliche Mütter«, erklärte Rosetta. »Meine Mutter war die Geliebte von Ritas Vater und ist bei meiner Geburt gestorben. Deshalb wuchs ich bei den Buschs auf. Sie können sich bestimmt vorstellen, was seine Frau und seine Tochter von mir hielten. Rita hat mir das Leben zur Hölle gemacht. Aus diesem Grund bin ich mit achtzehn von zu Hause geflohen.«

Tilly schnappte sich die Ginflasche, goss nach und trank. »Das ist ja schrecklich. Aber wie kam es denn dann zwischen Ihnen und Ritas Mann zu …«

Rosetta lachte auf. »Ach ja, der Franz. Sehen Sie, die Rita hatte erlebt, dass ihr Vater untreu war und was sich daraus ergeben kann. Der Franz wollte genau das. Ich hatte keine Ahnung, wer er war, als er mich aufgesucht und mit mir geflirtet hat. Zu Rita hatte ich ja ewig keinen Kontakt mehr gehabt. Durch den Seitensprung erreichte er, was er wollte:

Rita verabscheute ihn. Sie sollte ihn gehen lassen. Im letzten Augenblick hat er wohl realisiert, dass es zu viel wäre, wenn sie erführe, mit *wem* er eine Affäre hatte. Stellen Sie sich das nur vor: mit beiden Halbschwestern. Deshalb hat er meine Identität für sich behalten.« Sie kippte einen weiteren Schluck Gin. »Damals habe ich ihn so sehr gehasst. Er hat mir die Wahrheit enthüllt, warum er mich eben *nicht* zufällig angeflirtet hat, sondern es ein Weg war, um Rita so richtig gegen sich aufzubringen. Ich war da nur Mittel zum Zweck. Ein Werkzeug, damit sie wütend genug wurde. Nun, das hat er geschafft. Ein Wunder, dass sie ihn nicht mit dem Spaten erschlagen und im Garten vergraben hat.«

Je mehr Tilly über diese Rita erfuhr, desto schlimmer wurde es. Andererseits hatten auch alle anderen Beteiligten in diesem Spiel sich nicht mit Ruhm bekleckert. »Wir glauben, Rita hat es kurz vor ihrem Tod erfahren.«

Rosetta erbleichte. »Bitte was?«

»Sie hatte einen Privatdetektiv beauftragt, und der hat es vermutlich herausgefunden. Sie wissen von ihrer Operation?«

»Natürlich«, hauchte Rosetta.

»Wenn sie kurz davor erfahren hat, dass sie einen Neffen oder eine Nichte hat, wäre das nicht ein Grund, mit der Person Kontakt aufzunehmen?«

Rosetta erbleichte. »Das wäre eine Katastrophe. Ich selbst habe auch niemals Kontakt aufgenommen. Und …« Sie schnaubte. »Es stimmt wohl, was man sagt, die Vergangenheit holt einen immer ein. Ich war damals so unfassbar wütend auf Franz. Weil er mit mir ins Bett ging, um seine Frau dazu zu bringen, sich scheiden zu lassen. Stellen Sie sich das nur vor. Und dann ist es meine eigene Halbschwester. Wer tut so etwas?«

In Tillys Augen war Franz Buchholz ins Bodenlose gesunken. Mochte seine Ehe mit Rita noch so schlimm gewesen sein, einen anderen Menschen mit in diese Sache hineinzuziehen, war einfach widerlich.

»Deshalb habe ich ihn auch belogen.« Rosetta zuckte mit den Schultern.

»Belogen?«, echote Tilly.

Sie setzte ihr Glas ebenfalls an und trank.

»Es war nicht sein Kind.«

Tilly spuckte den Gin tatsächlich im Reflex aus. »Bitte was?«

»Die Sache mit Franz und mir hatte keine Zukunft. Ich hatte da bereits jemand Neues kennengelernt, und wir sind früh zusammen in der Kiste gelandet. Bevor ich Franz das erzählen konnte, beichtete er mir von Rita. Also habe ich einfach gesagt, das Kind sei von ihm.«

»Der echte Vater …«

»Sie kennen ihn mittlerweile bestimmt ebenfalls«, sagte Rosetta, schnappte sich den Putzlappen und wischte den Gin auf. »Er ist eine ziemlich große Nummer im Baugewerbe.«

»Dieter Lenz«, hauchte Tilly.

»Jap. War damals ein ganz schöner Schürzenjäger, aber es hat eben gefunkt. Ist schon eine Ironie des Schicksals, dass ich seinen Eltern nicht gut genug war. Die hatten ja keine Ahnung, dass ich eine halbe Busch bin.«

Langsam wurde Tilly schwindelig, und sie konnte nicht zuordnen, ob der Gin daran schuld war oder die Flut an neuen Informationen. Das Geflecht in ihrem Geist wuchs weiter an. Mit der Verbindung zwischen Rita Busch und Rosetta Taff, dem Bauunternehmer Lenz und Franz Buchholz, entstand ein dichtes Netz. Ausgerechnet die beiden Toten, Franz-Josef Krumm und der Bürgermeister, passten allerdings nicht in das Bild. Die hatten gar nichts mit dieser verzwickten Sache zu tun. Beide waren jedoch über Dieter Lenz mit dem Rathaus verknüpft.

»Dieses verdammte Rathaus«, flüsterte Tilly.

»Wem sagen Sie das«, kam es von Rosetta. »Es verschandelt die Umwelt, und obendrein muss dafür das Grundstück meiner Halbschwester weichen. Das ärgert einige der Besserbetuchten sogar mehr als der Bau selbst.« Sie lachte gemein. »Aber ich bin ganz froh darüber. Von meiner Ex-Familie will ich nichts mehr wissen.«

Tilly hatte das Gefühl, als sei irgendwo in all dem Wust eine wichtige Information versteckt gewesen. Doch ihre Gedanken wollten einfach nicht mehr geradeaus fließen. »Ich werde dann mal gehen. Aber danke für Ihre Offenheit.«

»Behalten Sie das für sich, ja? Damals haben sich schon genug Menschen eingemischt, das muss nicht wieder von vorne losgehen.«

Tilly versprach es und verließ, wenn auch in Schlangenlinien, die Räumlichkeiten der Bürgerinitiative.

Ihr Weg führte sie zurück zu *Plitz & Blank,* wo Gerdy durch die Brille auf ihrer Nasenspitze blickte. Ihre Finger lagen auf der Tastatur, es klackerte.

Leon ging unruhig auf und ab. Als Tilly nach einem ordentlichen Rums gegen die Tür eintrat, blieb er stehen. »Endlich.«

»Ich zuerst.« Tilly stoppte ihn.

Möglicherweise war die folgende Zusammenfassung ein wenig ausufernd – verdammter Gin! –, aber die Gesichter ihrer beiden Freunde entgleisten an den richtigen Stellen.

»Halbschwester«, sagte Gerdy.

Die Brille fiel ihr von der Nase, baumelte jedoch sicher an der Kette.

»Das ist so krank«, flüsterte Leon. »Dieser Buchholz ist genauso ein Mistkerl, wie seine Ex ein Monster war. Der hat übrigens angerufen. Wollte unbedingt wissen, wer der Erbe des Hauses ist.«

»Als ob wir ihm das sagen würden.« Tilly lachte auf. »Haben wir doch nicht, oder?«

»Was hältst du von mir?«, fragte Leon zurück. »Aber pass auf. Er wollte es wissen, weil Rita auch noch ein paar alte Familienalben behalten hat. Die stehen eigentlich ihm zu. Er hat darum gebeten, dass der Erbe ihm die aus dem Safe holt.«

»Welcher Safe?« Tilly verstand kein Wort. »Da war doch kein Safe.«

»Tjaha, es gibt wohl einen«, erklärte Leon. »Wo der ist,

wollte der Franz nur dem Erben sagen. Schließlich wolle er kein Risiko eingehen. Aber jetzt halt dich fest, wir haben daheim ebenfalls einen. Es gibt nur eine Firma in der Umgebung, die sie verbaut.«

»Soll ich mal raten«, sagte Tilly. »Lenz?«

Leon nickte eifrig. »Dieter Lenz ist nicht nur der leibliche Vater des Kindes von Rosetta Taff, er oder sein Vater haben außerdem den Tresor in der Villa eingebaut.«

Der Nebel begann sich zu lichten. Zumindest jener über dem Fall. Tilly konnte erste Sonnenstrahlen erkennen.

Alle Spuren führten zu Lenz.

Und in die Villa.

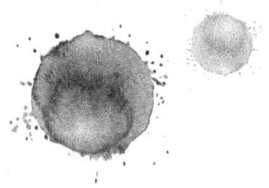

28. KAPITEL

»Wir müssen uns dort noch einmal umsehen«, sagte Tilly. »Irgendwo ist dieser Safe versteckt.«

Leon rieb sich bereits die Hände. »Nice. Sollen wir Sarah dieses Mal einweihen?«

»Nachdem sie mir klargemacht hat, dass ich mich still verhalten soll … eher nicht«, erwiderte sie.

In Gedanken tat Sarah ihr leid, sie kämpfte allein an breiter Front. Doch während Tilly nun einmal Pragmatikerin war, musste Sarah das Gesetz befolgen und mit dem eigenen Chef als Gegner vorsichtig sein.

Sie beschlossen, der Villa am Abend einen weiteren Besuch abzustatten. Wenn sie bestätigen konnten, dass der Safe tatsächlich von Dieter Lenz oder dessen Vater eingebaut worden war, würde Tilly Sarah einweihen, und sie konnten ihn zur Rede stellen. Diese Indizien waren wirklich ausreichend.

Bevor sie zu ihrem nächsten Auftrag aufbrach, bat sie Gerdy, Ludwig Bescheid zu geben. Dieses Mal würden Leon und sie allein in die Villa vordringen, aber sie brauchten jemand, der Schmiere stand. Immerhin, dazu wäre eine ängstliche Person wie er gut zu gebrauchen.

Der nächste Auftrag führte Tilly zu einer älteren Dame,

die den Untertannberger Kiosk betrieb. Das Ganze erwies sich jedoch als Finte. Die Inhaberin war bereit, sie für eine Stunde zu bezahlen, aber sie wollte nicht, dass die Innenräume gereinigt wurden. Stattdessen wartete ein Stapel Zeitungen auf Tilly. Daneben lag ein Stift.

»Bitte signieren Sie immer auf der Vorderseite«, bat Frau Stoffelich, »neutral, einfach Ihren Namen. Ich habe hier außerdem eine Liste mit Vorbestellungen, da müssten sie dann noch eine kleine Widmung für die jeweilige Person dazuschreiben.«

Tilly starrte auf die Liste. Sogar Ludwig hatte eine Zeitung vorbestellt. Na, der konnte was erleben.

»Sie wollen mir ernsthaft sagen, dass die Leute den *Untertannberger Morgen* mit Signatur vorbestellt haben?«

»Ein Bestseller«, bestätigte Frau Stoffelich. »Die wollen alle eine von einer Mörderin signierte Ausgabe.«

»Ihnen ist aber schon klar, dass das für Sie sehr gefährlich werden könnte.« Tilly bedachte sie mit einem bösen Blick und umklammerte den Stil des Wischmopps fester.

»Wir haben extra Kameraüberwachung.« Frau Stoffelich deutete nach oben. »Außerdem habe ich ein Messer.« Sie zog es aus der Hosentasche.

»Das ist ein Schweizer Taschenmesser«, kommentierte Tilly.

»Eben. Mein Mann kommt aus der Schweiz. Damit kann man alles machen. Ich verkaufe auch welche. Als Mordwaffe eignen die sich nicht, aber zur Verteidigung reicht es.«

Tilly schloss die Augen und schüttelte den Kopf.

»Ich mache Ihnen mal einen Kaffee«, sagte Frau Stoffelich. »Aber beeilen Sie sich mit dem Signieren. Mehr als eine Stunde kann ich wirklich nicht bezahlen.«

Schon stapfte sie nach hinten zur Kaffeemaschine. Der Verkaufsbereich des Kiosks bestand lediglich aus einem Fenster, vor dem alle möglichen Zeitschriften aufgebaut waren. Hier drinnen waren die Regale vollgestellt mit Stapeln von Magazinen und Comics.

Tilly nahm sich die oberste Zeitung.

Auf dem Titelbild war sie zu sehen, wie sie *Plitz & Blank* verließ.

Zweifachmord mit Wischmopp!

Unser beschauliches Städtchen wurde in den vergangenen Tagen gleich zweimal zum Schauplatz ungeahnter Grausamkeit. Der hoch angesehene und dekorierte Hans-Josef K. (46, Architekt) wurde in seiner Firma tot aufgefunden. Hinweise auf das Verbrechen wurden von der Kölner Putzfrau Tilly B. (49) beseitigt. Angeblich aus Versehen. Die Mordwaffe fand sich in der Spülmaschine (Hygienespülgang). »Ich habe nie zuvor eine so offensichtliche Zerstörung von Beweismitteln erlebt«, betont der zuständige Staatsanwalt.

Kurz darauf wurde Tilly B. am Schauplatz des zweiten Mordes angetroffen. Im Rathaus, wo der

geschätzte und geliebte Bürgermeister von Un-
tertannberg, Matz Blechle (51), erwürgt wurde.
Besonders perfide: Das Mordwerkzeug war die
Schärpe der Stadt.

Es stellt sich unweigerlich die Frage, welches
Opfer sich die umtriebige Tilly B. als Nächstes
sucht.

»Ich wusste schon immer, dass in ihr ein Monster schlummert«, berichtet ihr ehemaliger Arbeit-
geber Hans-Werner P. aus Köln. »Wenn sie ihren
Wischmopp umklammert, tritt immer ein mörde-
risches Funkeln in ihre Augen. Hier in Köln kam es
auch zu Morden, die jedoch nie mit ihr in Verbindung gebracht werden konnten.«

Der hiesige Kriminalhauptkommissar Fridolin S.
(54) versichert, dass »wir alles unternehmen werden, um der Mordserie ein Ende zu setzen«.

Tilly ließ die Zeitung sinken. »Ich bin einundvierzig und
nicht neunundvierzig«, stellte sie klar. »So eine Frechheit.«

»Aber das mit dem Funkeln stimmt schon.« Frau Stoffelich stellte den Kaffee ab. »Als sie vorhin den Wischmopp
umklammert haben, hatte ich eine Gänsehaut. Könnten
Sie das noch mal machen? Dann fotografiere ich es.«

»Sie haben wirklich Geschäftssinn.« Tilly seufzte und
schnappte sich den Stift. »Das mit dem Foto lassen wir.«

Das Signieren dauerte länger als gedacht. Frau Stoffelich erklärte sich bereit, auch eine zweite Stunde zu bezah-

len. Womit Tilly wenigstens einen Teil ihres Kontos wieder auffüllen konnte. Sie war auf jeden Cent angewiesen.

»Ihnen ist schon klar, dass ich keine Mörderin bin«, sagte Tilly, als sie schließlich in der Tür stand und sich verabschiedete.

»Also, wenn Sie Ihre Unschuld bewiesen haben, kommen Sie noch mal her.« Frau Stoffelich zwinkerte.

Tilly konnte nur den Kopf schütteln. So was wäre ihr in Köln nie passiert. Der Artikel war ein Geschmiere ohnegleichen, schlecht recherchiert und zwischen den Zeilen wurde wild drauflosverdächtigt. Dass ihr ehemaliger Chef sich äußerte, wunderte Tilly nicht, und dass es in Köln täglich Morde gab, die natürlich nicht mit ihr in Verbindung standen, interessierte kaum jemand.

Sie kehrte in die Firma zurück und vertrieb sich die Zeit mit Papierkram, Kaffee und ein wenig Plaudern mit Gerdy. Zwei Stunden vor dem geplanten Besuch der Villa klingelte das Telefon.

»Gerdy«, sprach Gerdy in den Hörer. »Aha. Ach du je. Gute Besserung dir.«

»Was ist passiert?«, fragte Tilly, nachdem das Gespräch beendet war.

»Der Ludwig liegt mit gebrochenem Bein daheim«, sagte sie. »Er hat wohl noch eine letzte Essensfuhre ausgeliefert. Irgendwer hat sich einen Scherz erlaubt und einen Pfeil aus dem Gebüsch zwischen die Radspeichen geschossen, als er gerade über die Steinstraße gefahren ist – da ist es sehr abschüssig. Dann ist er gestürzt.«

»Er glaubt, das war ein Scherz?!«

Gerdy atmete schwer aus. »Ich wollte ihn nicht davon abbringen. Sonst sitzt er zu Hause und lässt niemand mehr in die Wohnung. Er ist halt ein bisschen ängstlich, der Ludwig.«

»Das war schon wieder ein Anschlag.« Tilly schluckte. »Zuerst Antonia, dann Ludwig. Der Mörder hat uns längst auf dem Radar.«

Das konnte nicht so weitergehen. Was würde sie machen, falls Leon etwas zustieß? Tilly schüttelte den Kopf. »Wir gehen wie geplant in die Villa, danach weihe ich Sarah in alles ein. Mit dem Ludwig spreche ich noch, der soll Anzeige erstatten.«

Möglicherweise war die einzige Lösung, Untertannberg tatsächlich zu verlassen. Zusammen mit Antonia konnte sie zurück nach Köln gehen. Die Firma wäre dann natürlich pleite und sie selbst gleich mit. Aber wenn sie damit das Leben der anderen schützte, war es das wert.

»Ach Tilly.« Gerdy kam zu ihr herüber und nahm ihre Hand. »Du kannst nichts dafür.«

»Ich weiß, das ändert nur leider nichts. Stell dir vor, der Ludwig hätte sich das Genick gebrochen. Was ist, wenn jemand Leon auflauert? Oder dich attackiert?«

Gerdy hob ihren Zeigefinger und bedeutete Tilly zu warten. Sie kehrte zurück zu ihrem Tisch, öffnete die Handtasche und zog etwas hervor. »Das ist Mutzi.«

»Ein Elektroschocker?«

»Habe ich mir vor zehn Jahren zugelegt, da waren die

Mannsbilder noch aufdringlicher.« Sie lachte verschmitzt. »Wenn der Mörder mich angreift, bekommt er einen Schlag.«

»Immerhin, besser als ein Schweizer Taschenmesser.«

»Das habe ich auch«, sagte Gerdy. »Die Stoffelich verkauft die jedem. Zu Hause habe ich noch einen Baseballschläger. Mein Neffe liebt American Football und hat mir einen besorgt.«

»Du liebe Güte, du bist ja richtig ausgerüstet.«

»Frau muss sehen, wo sie bleibt«, stellte Gerdy klar. »Da kenne ich nichts.« Sie nahm den Elektroschocker und kam zu Tilly. »Nimm.«

»Mutzi? Aber …«

»Ich leihe sie dir. Für den Fall der Fälle. Du bist sicherlich nach wie vor Ziel Nummer eins.« Gerdy schüttelte den Kopf, um jeden Widerspruch im Keim zu ersticken. »Wir diskutieren nicht, du nimmst sie.«

Tilly nickte zögerlich. »Danke. Hoffentlich werde ich Mutzi niemals einsetzen müssen. Woher kommt der Name?«

Gerdy lächelte versonnen. »Diese Geschichte erzähle ich dir ein anderes Mal. Eine alte Freundin stand Patin dafür. Sie hatte eine ordentliche Rechte.«

Ein Rums an der Tür ließ sie zusammenfahren. »Ehrlich, wenn das hier vorbei ist, müssen wir etwas wegen der Tür unternehmen.«

Leon schob sich durch den Spalt und hielt sich die Stirn. »Ich denk darüber nach, den Meditationskurs an unserer

Schule zu besuchen. Das würde helfen, nicht ständig gegen diese dämliche Tür zu laufen, wenn man in Gedanken ist.«

»Eine Beule tut deiner Schönheit keinen Abbruch«, kommentierte Tilly.

»Aber vielleicht fällt mein IQ, das wäre doch tragisch. Schließlich brauchst du einen Helfer bei deinen Ermittlungen.«

»Wir sprechen hier nicht von Mehrzahl«, stoppte ihn Tilly. »Sobald diese Sache ausgestanden ist, tue ich das, wofür ich hier bin.«

»Putzen?«, fragte Leon trocken.

»Ich baue meine Reinigungsfirma zur bekanntesten und erfolgreichsten hier in der Gegend auf«, sprach sie unbeirrt weiter.

»Also, das mit dem ›bekannt‹ hat doch schon wunderbar funktioniert«, sagte Leon. »Ich habe auf dem Weg hierher die Schlange am Kiosk von Frau Stoffelich gesehen. Du hast ernsthaft die Zeitungen signiert?«

»Dafür konnte ich sie kostenlos lesen, bekam einen Kaffee und zwei bezahlte Stunden.« Tilly zuckte mit den Schultern. »Außerdem wollte ich mir nicht noch eine Feindin im Ort machen.«

»Hat sie dir auch ein Schweizer Taschenmesser verkauft?« Leon zog seins grinsend aus der Tasche.

»Echt jetzt, du auch?«

»Klar. Hat mir schon mehrmals geholfen. Als ich mit Jens auf der Party von Pia im Keller rumgeknutscht habe, ist die Tür zugefallen. Mit dem Messer konnte ich das

Gitter vor dem Fenster abschrauben, und wir sind rausge-
klettert.« Er lächelte versonnen. »Jens ist ein guter Küsser.
Hat jetzt aber ne Freundin.«

»Küsst du so schlecht?«, neckte ihn Gerdy.

»Es hat sich noch niemand beschwert«, gab Leon selbst-
bewusst zurück. »Na ja, er wollte wohl einfach ein norma-
les Leben mit Familie und so. Das mit uns war eher zum
Ausprobieren. Aber die Perspektive hat ihm nicht gefallen.«

Tillys Blick fiel auf das Mörder-Board ein Stück hinter Leon, und irgendetwas erregte ihre Aufmerksamkeit.
Sie hatte das Gefühl schon einmal verspürt, als sie neben
Antonia auf der Galerie gestanden hatte. Und jetzt, als
Leon die Perspektive erwähnte, kehrte es zurück. Etwas
nagte an ihr, wollte sich aus dem Unterbewusstsein empor-
schieben, entschlüpfte ihr aber wie ein flinker Schatten.

»Sollten wir nicht langsam gehen?«, fragte Leon. »Es
wird schon dunkel.«

»Das hätte ich mir auch nicht träumen lassen«, sagte
Tilly. »Dass meine Arbeit nicht darin besteht, im Dun-
keln verlassene Büroräume zu putzen, sondern verlassene
Villen zu durchsuchen.«

»Ist das nicht viel spannender?« Leon knuffte sie in die
Seite.

»Nun ja, von Spannung habe ich nach den vergangenen Tagen, ehrlich gesagt, genug. Spannung mit Unfäl-
len, versuchten Morden und Minus auf meinem Konto.«
Tilly atmete tief ein und wieder aus, straffte schließlich

die Schultern. »Aber darüber denken wir jetzt nicht nach. Lasst uns drei loslegen.«

»Ludwig lässt sich Zeit.« Leon blickte zur Tür.

»Der kommt nicht.« Gerdy weihte ihn ein.

»Oh, das tut mir leid. Aber wieso sind wir dann drei?«, fragte er.

»Du, ich und Mutzi.« Tilly zog den Elektroschocker hervor.

»Nice.« Leon streckte die Hand aus. »Darf ich mal?«

»Auf keinen Fall.« Tilly verstaute ihn sofort wieder in ihrer Jackentasche. »Du schaffst es noch und verpasst uns allen einen Schlag.«

»Ich schreibe nur Einser in der Schule«, erklärte Leon. »Denkst du echt, ich kann nicht mit einem Elektroschocker umgehen? Hm. Zugegeben, beim Paintball-Spiel habe ich das eine Mal versehentlich jemanden vom eigenen Team erwischt. Auch noch in den Schritt. Das war nicht lustig. Aber ansonsten ist fast nie was passiert.«

»Erinnere mich daran, dir niemals etwas anderes als einen Wischmopp in die Hand zu drücken.«

»Daraus lässt sich auch eine Waffe machen«, sagte Leon überzeugt. »Ein kräftiger Schlag zwischen die …«

»Ihr beiden solltet tatsächlich langsam los«, mischte sich Gerdy augenrollend ein.

»Du hältst hier die Stellung?«, fragte Tilly.

»Bis ihr wieder da seid«, versprach sie. »Wir verstehen uns doch ganz ausgezeichnet, richtig, Muffin?«

Der Bassetwelpe setzte dazu an, Tilly zu folgen, aber

Gerdy hielt ihn fest. Auf diese Art kamen sie auf die andere Seite der Theke. Muffin fiepte herzzerreißend, bis Gerdy ihm Leckerlis hinhielt.

»Und sofort bin ich vergessen«, sagte Tilly mit einem Kopfschütteln. »Man führt sie Gassi, füttert sie, ist immer für sie da. Und dann wird man verlassen für eine andere Frau.«

»So was in der Art hat meine Mutter auch mal zu mir gesagt«, kommentierte Leon. »Bevor ich ihr erzählt habe, dass ich schwul bin.«

Mit diesen Worten verließen sie gemeinsam *Plitz & Blank*. Sie nahmen den normalerweise rosa Bus, den Tilly mit schwarzer Folie beklebt hatte. Diese konnte sie später einfach abziehen. Außerdem war es ihr so möglich, die Fahrt von der Steuer abzusetzen. Mit Geholper und Geruckel ging es in Richtung Villenviertel.

29. KAPITEL

»War das eine Eule?« Leon starrte in Richtung Wald.

»Du machst jetzt aber nicht einen auf Ludwig, oder?«, fragte Tilly.

»Nein, wieso? Wenn sie nah genug ist, mache ich ein Bild von ihr für Instagram. Hast du schon mal daran gedacht, einen Kanal für *Plitz & Blank* aufzubauen?«

Sie hatten das Auto abgestellt und bewegten sich jetzt auf die Villa zu. Der Mond lugte zwischen den Wolken hervor und tauchte das dichte Grün in schattenhafte Umrisse.

»Aus dieser Perspektive sieht das aus wie eine Gruselvilla«, sagte Leon.

Tilly, die sich gerade gebückt hatte, um das Schloss zu öffnen, gefror in der Bewegung. Sie erhob sich wieder, blickte durch die Gitterstäbe und all die Puzzleteile in ihrem Geist wirbelten auf, setzten sich neu zusammen.

»Verdammt«, entfuhr es ihr.

»Was ist los?« Leon ließ den Blick von Tilly zum Haus und wieder zurückwandern.

»Gib mir einen Moment.«

Tilly nahm das Smartphone heraus und tippte eilig eine Nachricht an Antonia. Schließlich war es immer noch

möglich, dass sie sich irrte. Wieso war ihr das nicht früher aufgefallen?!

»Alles in Ordnung?«, fragte Leon.

»Vielleicht.« Tilly ging wieder in die Knie und öffnete das Schloss.

Sie betraten den Garten. Mit einem Mal wirkten die Bäume bedrohlicher, die Schatten dunkler. Es hätte Tilly keinen Augenblick gewundert, wenn jetzt …

Der Regen begann.

»War ja klar«, murrte Leon. »Komm, schnell ins Haus. Ist bestimmt nur ein Wolkenbruch.«

Tilly machte sich erneut mit ihrem Dietrich am Schloss zu schaffen, was hier jedoch deutlich länger dauerte. Als die Tür sich endlich öffnen ließ, waren Leon und sie bereits ziemlich durchnässt.

Die Villa sah noch genauso aus wie zum Zeitpunkt ihres letzten Besuchs. Möglicherweise etwas staubiger. Aus seiner Hosentasche zog Leon eine Stabtaschenlampe, Tilly holte ihre aus der Jackentasche. Beinahe hätte sie versehentlich Mutzi gezogen.

»Wo fangen wir an?«, fragte Leon.

»Im Schlafzimmer, würde ich vorschlagen. Jemand wie Rita Busch will ihre Schätze bestimmt nah bei sich haben. Welche Größe wird so generell verbaut?«

»Wir haben daheim nur einen kleinen Tresor, halber Meter auf halber Meter.«

»So klein ist das nun auch nicht«, gab Tilly zurück. »Würde natürlich davon abhängen, was Rita Busch an

Wertsachen gesichert haben wollte. Wenn es um Goldbarren oder Gemälde geht, müsste er deutlich größer sein. Dann müssen wir auch nach falschen Regalen oder Doppelwänden suchen.«

Sie stiegen die Treppe hinauf.

Tilly voran betraten sie das Schlafzimmer. Hier wirkte alles vertraut, sah man mal davon ab, dass eines der Bilder auf der Kommode umgeworfen worden war. Konnte ihre Vermutung wirklich wahr sein?

»Alles in Ordnung?« Leons Stimme klang mit einem Mal deutlich älter.

»Sicher«, sagte Tilly hastig. »Suchen wir weiter.«

Die Wände erwiesen sich als massiv, nirgendwo gab es einen versteckten Raum oder ein Fach. Leon ging auf alle viere und klopfte die Bodendielen ab. »Hätte ja sein können, dass sie eine Sonderanfertigung besitzt.«

Auf diese Art ging es weiter. Mit jeder verstreichenden Minute wurde Tilly unruhiger. Wieso meldete sich Antonia nicht?

»Im Dunkeln ist das wirklich gruselig«, sagte Leon. »Warum starrst du die ganze Zeit auf dein Smartphone?«

»Ich warte auf eine Nachricht.«

»Von Sascha.« Er zwinkerte.

Zugegeben, über eine Nachricht von ihm hätte sie sich ebenfalls gefreut. »Lass uns einfach weitersuchen.«

Das Wohnzimmer erwies sich als Sackgasse. Leon öffnete den Kühlschrank.

»Glaubst du etwa, der Safe ist da drin?«, fragte Tilly.

»Nö. Aber hätte ja sein können, dass … sieh mal. Eigentlich wollte ich nur einen Scherz machen.«

Tilly trat an seine Seite. »Lebensmittel, und die sind frisch.«

Leon öffnete die Milch und roch daran. »Die ist noch gut. Der Salat grün und knackig, von heute würde ich sagen. Glaubst du, jemand hat die Villa besetzt?« Unweigerlich senkte Leon seine Stimme.

»Nein«, wisperte Tilly zurück. »Aber ich denke, ich sollte dringend einen Anruf tätigen.«

Leon runzelte die Stirn. »Okay. Wen willst du anrufen?«

Tilly wählte hastig die Nummer.

Ein Smartphone klingelte. Hier in der Villa.

Leons Augen weiteten sich. »Wen hast du angerufen?« Seine Stimme war ein heiseres Krächzen.

Über Tillys Rücken kroch eine Gänsehaut. »Sarah.«

»Die ist hier?«

»Verdammt, verdammt, verdammt!« Ihre Gedanken rasten. »Du haust ab.«

»Kommt gar nicht infrage.« Leon verschränkte trotzig die Arme.

»Leon.«

»Nein.«

»Leon!«, zischte Tilly.

»Du kannst meinen Namen noch zehnmal sagen, ich lasse dich hier nicht allein.«

Immerhin, sie hatte Antonia Bescheid gegeben. Wieso meldete die sich nur verdammt noch mal nicht? Vermutlich war sie bereits dabei, Hilfe zu organisieren. Es konnte sich also nur noch um Minuten handeln.

»Wir gehen in den Keller«, sagte Tilly entschlossen.

»Okay, das ist eindeutig Platz zwei.«

»Von?«

»Berühmten letzten Worten«, erklärte Leon. »Du weißt schon. Platz eins ist: Wir sollten uns trennen. Aber ›Wir gehen in den Keller‹ ist dicht dahinter.«

»Du kannst abhauen.«

»Nope.«

Tilly senkte ihre Hand in die Tasche und umschloss Mutzi. Das kühle Gehäuse des Elektroschockers hatte etwas Beruhigendes. Sie stiegen die Stufen hinab. Zur Sicherheit blockierte Tilly die Tür, damit sie nicht zufallen und sie einsperren konnte.

Vor ihnen lag ein verstaubter Gang.

Das Klingeln hörte auf, als sie tiefer in den Gang vordrangen. Die Räume hier unten glichen einem Labyrinth. Überall lag Staub, Spinnweben hingen an Bögen, die zu türlosen Bereichen führten. Gerümpel türmte sich auf. Neben einem Kühlschrank aus den Sechzigern stand ein altes Grammofon. Das Bügeleisen daneben glich eher einem Amboss.

»Hier unten wurden wohl mehrere Generationen Busch-Utensilien gebunkert«, krächzte Leon.

»Die waren stolz auf ihre Familie und all ihre Besitztümer«, erwiderte Tilly.

Sie gingen langsam geradeaus, auf die verstummte

Quelle des Geräuschs zu. Durch das geöffnete Kellerfenster war wieder die Eule zu vernehmen, die ihren Schrei durch die Nacht hallen ließ. Die grauen Steine des Untergrunds waren uneben und teilweise zersplittert. Bei jedem Schritt knirschte es unter ihren Sohlen.

»Hier wäre eine tüchtige Reinigungskraft gut zu gebrauchen«, sagte Leon, vermutlich nur, um die Stille irgendwie zu durchbrechen.

»Wie wäre es mit einem Abrissunternehmen?«, machte Tilly einen Gegenvorschlag. »Und davor ein Entrümpler.«

»Haha«, lachte Leon künstlich.

Im fahlen Licht der Taschenlampe wirkte er jünger, seine Gesichtszüge weicher. Von seiner Stärke und dem kraftvollen Ausdruck war nichts mehr geblieben. Langsam musste er realisieren, was das Smartphone hier unten bedeutete. Ob er die Puzzleteile jetzt auch korrekt zusammengesetzt hatte?

»Ist Sarah wirklich hier?«, fragte er.

»Ich hoffe nicht«, erwiderte Tilly. »Falls doch, wird es ihr nicht gut gehen.«

Die Kriminalkommissarin musste durch ihre Recherche ebenfalls erkannt haben, was hier vorging. War sie noch einmal hergekommen, um ihren Verdacht zu überprüfen?

»Polizisten sollten wirklich niemals allein irgendein gefährliches Gebäude aufsuchen«, sagte Tilly leise.

»Oh, Shit«, entfuhr es Leon. »Ich habs. Der Porsche?«

»Der Porsche«, bestätigte Tilly. »Ich bin stolz auf dich.«

Er war eben ein pfiffiges Kerlchen. Noch pfiffiger wäre es natürlich gewesen, wenn er geflüchtet wäre. Sofort. Leider konnte Tilly hier unten keine Diskussion beginnen. Außerdem würde es keinen großen Unterschied mehr machen, das hatte sie ebenfalls begriffen.

Vor ihnen tauchte der Durchgang zum letzten Raum auf. Dahinter brannte eine vergitterte Lampe, wie sie Bergleute benutzten. Der Rest lag außerhalb von Tillys Sichtfeld. Sie machte jedoch die Füße einer am Boden liegenden Person aus, die eindeutig bewusstlos war. Oder tot?

Ganz langsam gingen sie weiter, betraten den Raum.

»Sarah!« Tilly erkannte, dass nirgendwo Blut war und sich Sarahs Brust hob und senkte. Sie war also am Leben, war vermutlich bewusstlos geschlagen worden.

Neben Sarah stand ein Stuhl, an den ein Mann gefesselt war, ein Knebel saß in seinem Mund.

»Dieter Lenz«, hauchte Leon.

Der Bauunternehmer hatte eine Platzwunde an der Stirn, eingetrocknetes Blut klebte an seiner Haut.

Daneben stand eine Frau, die Lippen zu einem Strich zusammengepresst. »Rosetta Taff«, flüsterte Tilly.

Hinter ihr erklang das Klicken einer Pistole.

»Das ist dann wohl der Nachwuchs.«

Sie wandte sich um.

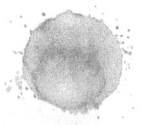

30. KAPITEL

Langsam trat er ins Licht.

»Hallo, Ludwig«, sagte Tilly. »Deinem Bein scheint es deutlich besser zu gehen.«

Von der freundlichen Sanftheit des Mannes, der Essen ausfuhr und bei *Plitz & Blank* mit Hochgenuss Gerdys Kuchen vertilgte, war nichts mehr geblieben. Ein diabolischer Zug lag auf seinem Gesicht.

»Ich hätte wissen müssen, dass du es herausfindest«, sagte er verärgert. »Diese dämliche Polizistensau konnte es auch nicht sein lassen.«

»Ludwig, bitte«, schaltete sich Rosetta ein.

»Halt die Klappe, du blöde Kuh. Jetzt willst du plötzlich wieder meine Mutter sein? Nachdem du mich weggegeben hat? Es musste erst dieses alte Klappergestell auftauchen und mir die herzzerreißende Geschichte erzählen, dass ich der Sohn ihrer Halbschwester und ihres geliebten Mannes bin, den sie noch heute vermisst.«

»Rita Busch?« Tilly vergaß für einen Augenblick sogar den Pistolenlauf, der auf sie zielte.

»Alles weißt du wohl doch nicht«, sagte Ludwig höhnisch. »Ah, ah, ah, das lassen wir lieber, Leon.«

Selbiger hatte gerade zum Sprung angesetzt. Tilly legte

ihm die Hand auf die Schulter und schüttelte den Kopf. Keiner von ihnen war schneller als eine Pistolenkugel.

»An die Wand, ihr alle!«

Tilly wich zurück. Ihr Blick glitt nach rechts, wo ein Tresor sichtbar wurde. Allerlei Handwerkszeug lag daneben, ein Pressluftbohrer, Hammer und vieles mehr.

»Sie hat es herausgefunden, nicht wahr?«, fragte Tilly.

»Was? Wer?« Ludwig fuchtelte mit der Pistole, um Leon neben Rosetta an die Wand zu dirigieren.

»Rita Busch«, erklärte Tilly.

»Pfff. Hat mich aufgesucht und mir ihre traurige Geschichte erzählt. Dass ihre Halbschwester etwas mit ihrem Ex-Mann angefangen hat, und dass daraus ein Kind entstanden ist, das Rosetta weggegeben hat. War wohl ein pfiffiger Detektiv. Leider hat er nicht zu Ende recherchiert. Die alte Vettel wollte mir alles vermachen, hat ständig vom Familienschatz im Tresor gesprochen.« Er schnaubte. »Aber dann kam heraus, dass dieser Versager ...«, Ludwig trat Dieter Lenz gegen den Oberschenkel, »mein Vater ist. Da Rosetta so dumm war, es Jahre später Dieter Lenz zu gestehen, hat es auch dessen Sohn erfahren. Der hat es in betrunkenem Zustand mir gegenüber ausgeplaudert.«

Tilly erinnerte sich noch gut an den Sohn. »Aber das ändert doch nichts daran, dass Sie mit Rita Busch verwandt sind. Auch wenn Rosetta nur die Halbschwester war.«

»Tja, es ging ihr wohl nicht um die Blutsverwandtschaft.« Ludwig schüttelte angewidert den Kopf. »Ist das zu fassen? All die Jahre hing sie noch immer an ihrem Ex-Mann. Deshalb hat sie den Porsche aufgehoben. Sie hat diesen Franz gehasst und irgendwie auch immer noch geliebt. Unfassbar. Ich sollte den wohl emotional ersetzen. Ich war der Spross, den sie gerne mit ihm gehabt hätte. Als aber herauskam, dass ich gar nicht von ihm gezeugt wurde, wollte sie mich rauswerfen.«

Rosetta war bleich wie ein Geist. Die Vergangenheit hatte sie endgültig eingeholt. Dieter Lenz wollte etwas sagen, brachte aber nur ein Nuscheln zustande.

»Ach, halt die Fresse, oder ich schieße dir ins Bein«, blaffte Ludwig.

»Wie haben Sie es getan?«, fragte Tilly. »Rita Busch ist doch nicht eines natürlichen Todes gestorben, oder?«

Ludwig lachte meckernd. »Das wäre auch zu schön gewesen für diese Vettel. Ich kenne mich ein wenig aus mit Computern. Die meisten Firmen tun das nicht, ist echt übel. Software hat immer Sicherheitslücken. Das ging vor einigen Jahren sogar groß durch die Presse. Deshalb muss man unbedingt seine Updates installieren. Auch bei einem Herzschrittmacher.«

Rosetta schlug sich die Hand vor den Mund. Tillys Augen weiteten sich vor Entsetzen.

»Alter, du hast ihren Herzschrittmacher gehackt?«, entfuhr es Leon. »Wie kra… krass ist das denn?«

Tillys Ellbogenstoß hatte das Wort »krank« gerade noch verhindert. Schließlich wollten sie Ludwig nicht reizen.

»So dumm hat sie auch geguckt, als das Ding plötzlich

ausgegangen ist.« Er begann bei der Erinnerung zu lachen und bekam sich kaum wieder unter Kontrolle. Tilly fand es widerlich, ließ sich aber nichts anmerken.

»Dumm nur, dass damit auch das Geld weg war«, sagte sie, um ihn am Reden zu halten. »Denn du kamst weder an den Tresor noch an die Konten, richtig?«

»Trifft es sich da nicht gut, dass mein lieber Vater mit seiner Firma gerade eine Menge Geldprobleme hat?«, fragte Ludwig und warf diesem einen gehässigen Blick zu. »Kinder in die Welt setzen kann er, aber eine Firma führen ist zu anspruchsvoll. Als ich ihm vom schrecklichen Ableben der guten Rita erzählt hatte, wusste er, was die Stunde geschlagen hat. Diese ganzen Werkzeuge sind von ihm.« Ludwig deutete zum Tresor. »Hat sich leider nur etwas gezogen, das Ding ist nämlich State of the Art. Von seinem Vater, meinem Großvater, eingebaut.«

Tilly konnte sich vorstellen, dass ein Mann wie Dieter Lenz eine solche Chance nicht verstreichen lassen konnte. Wenn es der Firma wirklich schlecht ging, konnte das das Ende seines generationenübergreifenden Betriebs bedeuten. Zusätzlich hatte sein Sohn ihm vermutlich ein schlechtes Gewissen eingeredet.

»Das hätte alles so wunderbar funktionieren können.« Ludwigs Blick verlor sich in Erinnerungen. »Wenn dieser Idiot von einem Bürgermeister nicht den Erben ausfindig gemacht hätte, und der hat das Grundstück verkauft.«

Tilly hätte sich beinahe gegen die Stirn geschlagen, als sie endlich begriff. »Die Bauarbeiten hätten es unmöglich

316

gemacht, den Tresor zu öffnen.« Ihr Blick fiel auf Dieter Lenz. »Aber er hätte das doch verzögern können.«

»Wie dumm bist du eigentlich?«, fragte Ludwig abfällig. »An so einem Projekt sind Hunderte von Menschen beteiligt. Ämter, der Stadtrat, die Presse. Nein, wir mussten dafür sorgen, dass erst mal alles gestoppt wird. Die Gemälde kamen uns gerade recht. Der Freund meines Vaters, Hans-Josef Krumm, hat nämlich zu Beginn seiner Karriere auch ein paar Galerien entworfen, die von nicht ganz so gesetzestreuen Menschen geführt wurden. So kamen wir an das Geld und konnten dafür sorgen, dass die Bürgerinitiative Zulauf bekam.«

»Sie hängen da auch mit drin?«, fragte Leon an Rosetta gewandt.

»Ich wusste nichts davon!« Sie deutete auf den Tresor. »Plötzlich stand Ludwig vor mir. Wissen Sie eigentlich, wie das für mich war? Mein eigener Sohn.«

»Wenn du mich noch einmal so nennst, ›Mutter‹, zerschieße ich dir das Knie!« Er spuckte vor ihr auf den Boden. »Du hast mich weggegeben. Dachtest du wirklich, ich mache dich ausfindig, um ›alle Macht dem Volk‹ zu quasseln, du linksversiffte Kuh?«

In diesem Augenblick war Tilly versucht, einen Satz nach vorne zu machen und Ludwig die Pistole aus der Hand zu schlagen. Wenn sie jedoch eines aus den Fernsehkrimis gelernt hatte, dann, dass eine Kugel schneller war als jede Bewegung. Ludwig musste letztlich nur den Zeigefinger krümmen.

»Er hat Ihnen vorgespielt, dass er das Rathaus aufhalten will?«, fragte Tilly.

»Und ich habe ihm geglaubt.« Rosetta presste die Lippen zusammen. »Er sagte, dass die Finanzierung geklärt ist. Wenn ich ehrlich bin, wollte ich gar nicht mehr wissen. Das neue Rathaus – also das Bauvorhaben – war mir schon immer ein Dorn im Auge. Allein der Gedanke, was dafür weichen muss ...«

»Ich heul gleich«, höhnte Ludwig. »Deine moralischen Grundsätze hättest du mal auf mich anwenden können. Andererseits kotz ich bei der Vorstellung, von dir großgezogen worden zu sein.«

In Tillys Gedanken fand die Kette ihr fehlendes Glied. Mit dem Geld aus dem Gemäldeverkauf konnte Dieter Lenz die Auslandskonten anlegen. Immerhin hatte er selbst erzählt, dass seine Baufirma zu bestimmten Zeiten auch international tätig gewesen war. Er musste also noch Kontakte gehabt haben. So war das Geld über dieses Konto zu Rosetta Taff geflossen und tada, die Bürgerinitiative hatte volle Kassen. Sie konnte sogar mit dem notwendigen Geld und einem Anwalt einen Gerichtsbeschluss zum Stopp des Baus erwirken. Über das normale Geschäftskonto hatte Lenz dann Hans-Josef Krumm bezahlt, der die Gemälde verkauft hatte. Zusätzlich hatte er sich mit einem eigenen Anteil die Gläubiger vom Hals halten können. Alles fiel an seinen Platz.

»Was hatte der Bürgermeister damit zu tun?«, fragte Leon.

»Der hatte leider Kontakte zum Richter.« Ludwig verzog wütend den Mund. »Beinahe hätte der die einstweilige Verfügung unter den Tisch fallen lassen. Mein Erzeuger hat ihn glücklicherweise davon überzeugt, dass er eine gut gefüllte Wahlkampfkasse benötigt.«

So war das Geld auch dorthin geflossen. Die Eingeweihten hielten still, die Bürgerinitiative machte Lärm, und hier in der Villa waren Ludwig und Dieter Lenz dabei, den Tresor zu öffnen. Was eindeutig länger dauerte, als geplant.

»Zugegeben, ein ausgezeichneter Plan.« Tilly linste auf ihre Armbanduhr. Lange konnte sie Ludwig nicht mehr hinhalten.

»Wartest du auf etwas?«, fragte er gefährlich leise. »Vielleicht darauf, dass Antonia Hilfe holt?«

Tilly wurde eisig kalt. »Was hast du getan?«

»Bis jetzt nichts«, erwiderte er. »Deine Freundin hat eine Nachricht an Sarah geschickt. Ich konnte mit der Gesichtsentsperrung auf ihr Smartphone zugreifen. Habe ihr geschrieben, dass ich – also Sarah – hier bin und alles gut ist. Ich fürchte, die arme Antonia wird morgen früh merken, dass sie mehr hätte tun müssen. Sobald man eure Leichen findet.«

Rosetta schloss bei diesen Worten die Augen. Dieter Lenz stöhnte auf.

»Du bist so still, sonst bist du doch der Erste, der große Töne spuckt«, blaffte Ludwig und lachte. »So ein Knebel ist schon ein Problem, was? Es ist deine Schuld, dass wir überhaupt alle hier stehen! Hättest du deinen Freunden

319

nicht alles brühwarm erzählt! Einmal die Woche habt ihr euch getroffen, ein einziges Mal die Woche. Wie schwer kann es sein, einfach die Klappe zu halten?!« Jetzt brüllte er. »Aber du besäufst dich und erzählst vom Tresor. War doch klar, dass die gierig werden.«

Natürlich! Hans-Josef Krumm und der Bürgermeister hatten lediglich vom Gemäldediebstahl gewusst. Der eine, weil er die Kunstwerke zu Geld machen sollte. Der andere, weil man ihm vermutlich etwas vom Abtransport aufgetischt hatte, der verschleiert werden musste. Schließlich musste davon ausgegangen werden, dass der neue Erbe zuerst alles wegschaffte, bevor der Bau losging.

»Was haben Sie dem Bürgermeister denn aufgetischt?«, fragte Tilly.

»Pfff. Der Idiot. Wir haben ihm gesagt, dass der Gemäldeverkauf durch ist und wir jetzt ein Feuer legen müssen, damit der Diebstahl nicht auffällt. War er auch mit einverstanden, schließlich sollte am Ende sowieso die gesamte Villa verschwinden. Der Erbe hätte die Versicherungssumme bekommen, das Grundstück wäre zum Bau bereit und niemand hätte etwas bemerkt. Aber dann erzählt ihnen mein Erzeuger alles bis ins kleinste Detail. Einfach so! Natürlich wollten die dann am Inhalt des Tresors beteiligt werden. Plötzlich war es aus mit der Freundschaft.«

Was erklärte, wieso die feuchtfröhlichen Treffen plötzlich ausgeblieben waren.

»Aber sie hätten doch sowieso nichts tun können«, argumentierte Tilly. »Dafür waren sie zu sehr involviert.«

»Von wegen«, sagte Ludwig. »Der Bürgermeister stand kurz davor, den Erben über den Gemäldediebstahl zu informieren. Das hätte die Polizei auf den Plan gerufen. Er war wohl recht sauer und arbeitete schon daran, das Geld verschwinden zu lassen, damit man ihm nichts nachweisen konnte. Natürlich hat der dämliche Krumm dann auch losgelegt. Er war ja fein raus, da er lediglich einen Kontakt hergestellt hatte und es dafür keine Beweise gab. Die beiden haben es sich quasi selbst zuzuschreiben, was ihnen passiert ist.«

Was für Tilly erklärte, wieso sie zu Opfern geworden waren, Dieter Lenz allerdings nicht. Wobei sie jede Wette einging, dass Ludwigs Erzeuger längst ebenfalls auf der Abschussliste stand. Er benötigte ihn lediglich noch, um den Tresor zu öffnen. Da es die Firma Lenz war, die den Tresor eingebaut hatte, musste er auch die Schwachstellen kennen.

Ludwig blickte versonnen zum Tresor, als male er sich bereits aus, was Rita Busch darin versteckt hatte. In diesem Augenblick zuckte Sarahs linke Hand. Leons Augen weiteten sich, er wechselte einen schnellen Blick mit Tilly.

»Äh«, sagte er.

Um sein Improvisationstalent war es nicht gerade gut bestellt.

»Dann hast du einfach so beschlossen, sie zu töten?«, fragte Tilly.

Ludwig zuckte mit den Schultern. »Jap.«

»Du warst dort, nicht wahr?« Tilly hielt seinem Blick stand. »Als ich eingetroffen bin.«

Sie musste seine Aufmerksamkeit auf sich ziehen, bis Sarah so weit aufgewacht war, um ihre Reflexe kontrollieren zu können.

»Ich stand kurz davor, dich ebenfalls zu erledigen«, sagte er versonnen. »Aber dann …« Er begann zu lachen. »Ich meinte, es war herrlich. Du nimmst das Messer und steckst es in die Spülmaschine. Hygienespülgang. Ein Wunder, dass du mich nicht hast lachen hören. Ich musste dich gar nicht erledigen. Netterweise hast du meine Spuren beseitigt. Und dank des Turms in der Brust dachten alle, dass es etwas damit zu tun hat.«

»Du wolltest den Verdacht auf deine Mutter lenken«, sagte Tilly.

»Genau deshalb hätte ich dich doch töten sollen«, sagte Ludwig. »Du bist zu schlau. Das ist nicht gut für dich. Aber jeder macht wohl mal Fehler. Als Schuldige warst du plötzlich so praktisch. Fremd in Untertannberg, direkt in einen Mord verwickelt. Nach diesem lustigen Crash mit Stubs und dem Staatsanwalt hatten die dich sowieso auf dem Kieker. Du warst der perfekte Sündenbock.«

Tilly runzelte die Stirn und dachte zurück. »Du wusstest auch, dass ich noch mal zum Bürgermeister musste. Natürlich! Sarah und ich haben im *Eintöpfle* gegessen, für die fährst du aus.«

»Ich habe euch gehört, während ich auf meine Lieferung gewartet habe, und als ich raus bin, hast du gerade telefoniert. Da wusste ich, dass du am kommenden Morgen dort sein würdest. Eine ziemlich aufbrausende Jugendliche aus der Bürgerinitiative hat praktischerweise am Abend im Büro gewütet.«

Wieso war Tilly nicht früher dieser Spur nachgegangen? Sie ärgerte sich über sich selbst. Es hatte jemand aus dem Team sein müssen, sonst hatte niemand von dieser zweiten Putzaktion gewusst. Verdammt, sie hätte doch sofort bemerkt, dass es weder Leon noch Gerdy sein konnten.

»Sonst noch …«, begann Ludwig.

In diesem Augenblick packte Sarah sein Schienbein und riss es zur Seite.

Ludwig ruderte mit den Armen. Ein Schuss löste sich. Der Querschläger fuhr Dieter Lenz in den Oberschenkel. Der Bauunternehmer brüllte auf. Rosetta wollte zu ihm eilen, Leon sich auf Ludwig werfen. Leider kollidierten beide und gingen stöhnend zu Boden.

Ludwig holte aus und trat Sarah gegen die Schläfe. Die war sofort wieder bewusstlos. »Das nächste Mal spritze ich dir mehr.«

Er ging in die Hocke, holte das Smartphone aus ihrer Tasche, legte es auf den Boden und schlug mit dem Pistolenknauf darauf ein. Das Display verwandelte sich in ein Saphirglas-Spinnennetz und erlosch. Zufrieden richtete er sich wieder auf.

Leon kam wieder auf die Beine, nutzte die wenigen Sekunden der Ablenkung und tackelte Ludwig. Dieser wurde von der Wucht des jugendlichen Körpers gegen die Wand geknallt. Die Waffe entglitt seinen Händen. »Hau ab, Tilly. Hol Hilfe.«

Sie dachte gar nicht daran. Stattdessen holte sie mit geballter Faust aus und schlug zu. Leider daneben. Ludwig trat seinerseits zu, frontal in ihren Unterleib. Tilly wurde durch die offene Tür aus dem Raum geschleudert. Ihr Smartphone und der Elektroschocker fielen aus ihrer Jackentasche. Sie krachte rücklings auf den harten Boden.

»So nicht!«, brüllte Ludwig.

»Er hat seine Waffe wieder, Tilly. Lauf!«, rief Leon.

Sie begriff, dass es nur eine Chance gab, die anderen zu retten. Elektroschocker und Smartphone waren zu weit entfernt. »Ich benutze den Hausapparat!«

Das hatte er wohl hoffentlich gehört.

Tilly eilte davon, so schnell sie konnte.

Sie hörte das schlitternde Geräusch ihres Smartphones, das zur Seite getreten wurde.

»Du machst mir nicht alles kaputt!!!«, brüllte Ludwig.

Es knallte, eine Kugel schlug wenige Meter neben ihr in die Wand ein. Tatsächlich, er folgte ihr. Mit einem Hechtsprung warf sich Tilly durch die Tür, achtete aber darauf, dass sie nicht wieder ins Schloss fiel. Sie erreichte gerade die Küche, als sie die Kellertür erneut vernahm. Ludwig war hindurch, ließ sie nun ins Schloss fallen. Damit waren die anderen eingesperrt, aber einstweilen in Sicherheit.

»Dann sind es wohl nur wir beide«, erklang seine Stimme. »Es endet, wie es begann.«

Seine Schuhsohlen quietschen auf dem Parkett, er kam näher.

»Weißt du, nachdem es letztlich Leon und Patrick waren, die den Bürgermeister fanden, und du allen Ernstes Ermittlungen gestartet hast, wurde mir das alles zu heikel. Stubs ist zu dumm, meinen Plan zu durchschauen. Aber du … In deinem Fall habe ich mir einfach den Porsche genommen und dachte mir, die Sache wird schnell und endgültig zu Ende gebracht.«

Was Antonia beinahe das Leben gekostet hatte.

»Jaja, Antonia. Tut es dir eigentlich leid, dass sie an deiner Stelle all die Schmerzen ertragen muss? Das Gesicht ist wirklich nur noch hässliche Hamstermatsche.«

Tilly wusste, dass er sie lediglich provozieren wollte, damit sie sich verriet. Vorsichtig streckte sie die Hand aus und wollte ein Messer aus dem Block auf der Arbeitsplatte ziehen. Ein weiterer Schuss erklang.

Sie sprang hervor, zog sich in die Durchreiche und landete im Esszimmer. Von dort rannte sie zur Treppe. Ludwig musste erst den langen Weg nehmen.

Gut, dass die Villa so weitläufig war und es so viele Zimmer gab. Trotzdem konnte sie ihm nicht ewig entkommen.

Am oberen Ende der Treppe zweigten verschiedene Räume ab, darunter die Putzkammer. Schnell öffnete sie die Tür, packte den Wischmopp und holte aus.

»Dachtest du wirklich …« Ludwigs Gesicht tauchte neben ihr auf.

Sie hielt den Wischmopp wie eine Lanze und traf mit dem Stiel frontal sein Gesicht. Es knackte hässlich, als seine Nase brach. Einen dumpfen Keuchlaut ausstoßend segelte Ludwig rückwärts die Treppe hinunter. Ein weiterer Schuss löste sich.

Nicht mal bewusstlos war er geworden. Stöhnend richtete er sich auf. Sie linste auf ihn herab. Er zog ein Taschentuch hervor, um die Blutung zu stoppen.

»Dafür erschieße ich dich«, sagte er nasal.

Das war sowieso sein Plan gewesen, darum hatte Tilly keinerlei moralische Bedenken. Stattdessen griff sie erneut in die Besenkammer, zog eine Sprühflasche hervor und eilte mit beidem davon.

Ludwig rumorte am unteren Ende der Treppe.

Tilly erreichte das Schlafzimmer und tatsächlich, da war das Notfalltelefon. Sie nahm ab, und das Freizeichen erklang. Zumindest für eine Sekunde. Dann folgte ein schnelles Tuten.

»Ich habe die Leitung durchtrennt!«, rief Ludwig von unten. »Das wird wohl nichts mit der Hilfe.«

Deshalb war er also noch nicht wieder oben angekommen!

Sie eilte zurück in den Gang.

»Weißt du«, rief er nun erneut vom unteren Ende der Treppe, »nach Antonia dachte ich wirklich, dass du es gut sein lässt. Aber als du hier aufgetaucht bist und obendrein auch noch Sarah, habe ich schon befürchtet, dass es eng werden könnte. Dabei wollte ich so eine tolle Verbindung zwischen dem Bürgermeister und Hans-Josef ziehen und von ihnen zu dir. Drei mit einem Streich. Das war dann wohl nichts. Als ich gehört habe, dass du und Leon heute

Abend hierherkommen wollt, war mir klar, du wirst es herausfinden. Spätestens, wenn du in den Keller gehst.«

Bei ihrem letzten Besuch hatte Ludwig den Keller untersucht und so getan, als hätte er sich eingeschlossen.

»Ihr wart so verdammt nah dran«, spie er ihr entgegen. »Wenn Sarah sich im Keller umgesehen hätte … aber das wollte sie wohl heute nachholen.«

Die Holzstufen der Treppe quietschten, als er langsam nach oben stieg. Tilly gab sich keinerlei Illusionen hin, dieses Mal würde der Wischmopp nicht reichen.

»Falls es dich irgendwie beruhigt, ich hatte sowieso nicht vor, dich am Leben zu lassen«, sagte er. »Jetzt geht es lediglich etwas schneller. Ich fürchte, du hast obendrein Sarah getötet … und alle anderen. Ich sehe landesweite Zeitungsartikel und mindestens einen True-Crime-Podcast vor mir. Die mordende Putze.«

Tilly hatte sich gegen die Wand gepresst und wartete darauf, dass Ludwig näher kam. Jetzt sprang sie nach vorne.

»Es heißt Reinigungskraft!« Sie betätigte den Zerstäuber.

Essigsäure wirbelte ihm ins Gesicht, gleichzeitig duckte Tilly sich weg. Doch Ludwig schoss nicht, er brüllte, taumelte zurück und schlug wild um sich.

»Es geht nichts über die gute alte Essigsäure«, rief sie und rannte davon in Richtung Schlafzimmer. »Die kriegt noch jeden Dreck weg.«

»Das wirst du bereuen!«, brüllte Ludwig.

Er setzte ihr nach, blinzelte aber ständig. Tränen rannen ihm über die Wange, vermischten sich mit dem Blutstrom, den der Wischmopp beim Schlag auf die Nase ausgelöst hatte. Seine Wut musste längst am Überkochen sein.

»Du kannst nicht ewig weglaufen«, rief er.

Was Tilly durchaus bewusst war. Andererseits war sie wohl kaum so dämlich, einfach wie ein Rind zur Schlachtbank zu traben.

»Irgendwann wird Sarah vermisst werden«, rief sie ihm entgegen. »Dann tauchen hier alle auf.«

»Ich bitte dich.« Ludwig lachte künstlich auf. »Stubs ist so dämlich, dem fällt frühestens morgen Abend auf, dass sie fehlt. Vermutlich ist er sogar froh darüber. Aber ich habe nicht vor, die ganze Nacht zu vertrödeln. Denn weißt du, du hast einen großen Fehler gemacht.«

»Ach ja? Klär mich auf.« Tilly sah sich fieberhaft im Schlafzimmer von Rita Busch um. Gab es hier etwas, das sie als Waffe benutzen konnte? Konnte sie aus dem Fenster springen?

Letzteres schied aus, es ging zu steil hinab. Das Einzige, was sie zur Verteidigung fand, war der Staubsauger. Was war das nur immer mit ihr und den Putzgeräten? Kurzerhand zog sie das Metallrohr ab. Als Schlagrohr machte sich das auch ganz gut.

»Du hast Gerdy von Sascha Neumann erzählt«, sagte er. »Dass er der Erbe ist. Sie hat es ihrem Teamkollegen, mir, natürlich weitergegeben. Ich werde ihn aufsuchen und ›überreden‹ mir den Schlüssel für den Tresor zu geben.«

Tilly erbleichte. »Gerdy hat dich für einen Freund gehalten.«

»Stimmt. Das ist halt ihr Problem.« Er trat durch die Tür. »Sobald ich den Schlüssel habe, benötige ich auch meinen Erzeuger nicht mehr. Es ist gar nicht so leicht, alle benötigten Geräte abzuzweigen, und dann bohren wir hier ewig rum, um das Teil endlich aufzubekommen. Ich habe genu…«

Tilly schlug zu.

Zum einen stand Ludwig im perfekten Winkel, zum anderen war sie seiner Litanei überdrüssig. Ernsthaft, wie konnte man nur ohne Unterbrechung das eigene Genie betonen und über Mordfantasien plappern?

Mit einem hohen Geräusch traf das Metall des Rohrs auf die Waffe. Dieses Mal konnte Ludwig sie nicht mehr halten. Die Pistole flog durch die Luft. Ein scheppernder Laut erklang. Sie war im Nachttopf von Rita Busch gelandet.

Für eine Sekunde starrten sie beide auf diese abstruse Szene. Dann schlug Tilly Ludwig das Staubsaugerrohr in den Magen. Keuchend klappte er zusammen.

Ludwig krümmte sich am Boden, fand aber noch die Kraft, gegen ihr Schienbein zu treten. Tilly sah die Attacke voraus und sprang darüber hinweg, doch er beschrieb einen Halbkreistritt und traf das andere Bein. Sie stürzte und verlor das Staubsaugerrohr, das außerhalb ihrer Reichweite landete. Es gelang ihr, den Sturz in einen seitlichen Fall umzuwandeln. Ihre Hüfte schmerzte.

Ludwig robbte zur Pistole.

Tilly krallte sich an ihm fest. Sein Ellbogen traf ihre

Schläfe. Für einen Augenblick drehte sich alles. Blut rann ihre Schläfe hinunter. Es war heiß.

»Ich sollte dich hier und jetzt erschießen«, sagte Ludwig. »Aber das geht leider nicht.« Er keuchte schwer. »Du darfst dabei zusehen, wie ich deine Freunde erschieße! Und weil du mich verletzt hast, mache ich es besonders langsam. Und dann drücke ich dir die Waffe in der Hand, damit auch alle Schmauchspuren da sind, wo sie hingehören.«

Sie kam der Aufforderung torkelnd nach. »Ludwig, es ist doch längst vorbei. Sascha wird dir niemals den Schlüssel geben, vermutlich hat er ihn gar nicht.«

»Wäre aber besser, sonst lass ich nichts von seinem Hundezoo übrig.«

»Du bist ein …«

»Spar es dir. Los jetzt, zum Keller.« Er fuchtelte mit dem Lauf der Pistole.

Tilly war klar, dass er sich nicht noch einmal überrumpeln lassen würde. Er hielt Abstand.

»Wusstest du, dass sich Schmauchspuren nach einem Schuss in die Haut eingraben? Sie lassen sich nicht mal abwaschen, das geht bis in die unteren Hautschichten. Wenn die Polizei das prüft, ist es wie ein Fingerabdruck.«

Er wollte tatsächlich, dass sie als Mörderin der anderen durchging. Das Traurige war, dass niemand es glauben würde … außer Kriminalhauptkommissar Stubs. Der würde eine Sektflasche köpfen, weil seine Theorie zutraf.

Stufe für Stufe stieg Tilly die Treppe hinab.

Es fühlte sich an wie der Gang zum Schafott.

31. KAPITEL

Unter Tillys Füßen knirschte es, als sie einen Schritt nach vorne machte.

»Falls deine Freunde auf dumme Gedanken kommen, bist du die erste, die sich eine Kugel fängt«, sagte Ludwig.

Was seinen Plan, sie als die Mörderin darzustellen, erneut zunichtemachte. Er war nicht sehr konsequent in seinem Vorgehen.

Doch hinter der nächsten Tür wartete zu Tillys Enttäuschung niemand. Kein Leon, keine Sarah.

»Warum musstet ihr ausgerechnet jetzt auftauchen? Ihr habt mir alles verdorben!« Ludwigs Stimme zitterte vor Wut.

Vermutlich trugen die blutige Nase und die Schmerzen durch den Sturz zu seinem Unmut bei. Tilly hätte alles für Gerdys Baseballschläger gegeben. Leider gab es im Gerümpel zu ihrer Rechten nichts Derartiges.

Sie gingen den Gang entlang auf den letzten Raum zu. Tilly blieb kurz stehen. Sie stand bereits im Türrahmen und hatte mit einem Blick erkannt, dass eine Person nicht mehr im Raum war.

»Was ist los, weiter!« Ludwig gab ihr einen Schubs.

Tilly tat so, als würde sie taumeln.

Hinter Ludwig kam Leon aus einem Nebenraum geschossen. In seiner Hand hielt er Mutzi. Tilly versuchte, sich nichts anmerken zu lassen. Doch ihre Augen mussten kurz gezuckt haben, denn Ludwig fuhr herum. Er blockte den auf ihn zuschießenden Arm und damit auch die blitzenden Kontakte des Elektroschockers ab. Seine Faust donnerte gegen Leons Kinn. Der taumelte zurück, prallte an die Wand und fiel zu Boden. Mutzi entglitt seinen Fingern. Tilly nutzte die Chance und rammte Ludwig den Ellbogen in den Rücken.

Noch während er nach vorne stürzte, packte sie den erstbesten Gegenstand vom Gerümpel. Eine Kehrichtschaufel aus Metall. Sie holte aus und schlug zu. In diesem Augenblick wandte Ludwig sich ihr wieder zu und bekam die flache Seite der Schaufel frontal ins Gesicht. Aufschreiend stürzte er zu Boden, seine Nase hatte es erneut abbekommen, auf seiner Stirn wuchs binnen Sekunden eine Beule.

Immerhin, endlich entglitt die Pistole seiner Hand.

»Ich mach dich auch ohne Waffe fertig«, nuschelte er.

Ein Zahn fiel aus seinem Mund.

»Die hab ich gerade machen lassen.« Er starrte auf den Zahn.

»Mord zahlt sich eben nicht aus«, patzte Tilly. »Dazu zählt auch ein versuchter Fünffachmord.«

»Wir werden ja sehen.«

Wie zwei Ringer standen sie einander gegenüber. Doch dieses Mal war keine Waffe mehr im Spiel, Tilly hatte also eine echte Chance. Ludwig war sportlich-drahtig, aber sie hatte dafür einen starken rechten Haken.

Hinter Tilly stöhnte Dieter Lenz auf.

»Er braucht dringend einen Arzt«, rief Rosetta Taff. »Er hat viel Blut verloren.«

Für eine Sekunde wandte Tilly sich ihr zu. Dieter Lenz saß nach wie vor auf dem Stuhl, wenn auch nicht mehr gefesselt. Eines der Taue war dazu benutzt worden, seine Wunde abzubinden, Rosetta hielt ihm die Hand. Sarah lag noch immer ohne Bewusstsein auf dem Boden. Sie atmete gleichmäßig, das war aber auch schon alles. Ihr Smartphone lag neben ihr, doch wie Tilly wusste, gab es hier unten keinen Empfang.

Es hatte lediglich einen winzigen Augenblick gedauert, all das aufzunehmen. Doch das war Zeit genug für Ludwig, seine Chance zu erkennen und zu nutzen. Er griff an.

Er vollführte eine seltsame Drehung und zielte mit dem Ellbogen auf ihr Gesicht. Tilly drehte sich noch rechtzeitig beiseite, wurde aber von etwas an der Wange getroffen, von dem sie nicht wusste, was es war. Es knackte böse und ein scharfer Schmerz zuckte durch ihre linke Gesichtshälfte.

»Hat bei den Pausenhof-Mobbern auch funktioniert«, sagte Ludwig triumphierend, der durch das Blut, das über sein Gesicht lief, dämonenhafte Züge angenommen hatte.

»In diesem Fall bist du der Pausenhof-Mobber«, gab Tilly zurück.

Oder der Kellermörder, wenn man es genau nahm. Immerhin gelang es ihr, weiter zurückzuweichen. Sie griff nach dem nächsten Gegenstand vom Gerümpel, der sich leider als Federboa entpuppte. Nicht sehr hilfreich in diesem Kampf. Ludwig grinste böse, als er ebenfalls zugriff und das altmodische Bügeleisen hervorzog. Ein Schlag damit, und Tilly wäre hinüber.

»Das ist jetzt ein bisschen unfair«, sagte sie.

»Wer heutzutage fair spielt, ist selbst schuld!« Ludwig kam langsam auf sie zu. »Ich brauche keine Pistole, um dich fertigzumachen, du dämliche Kuh.«

»Dito«, sagte Leon.

Mit einer flinken Bewegung rammte er Mutzis Kontakte in Ludwigs Rücken. Dieser begann rhythmisch zu zucken.

Nach zehn Sekunden sagte Tilly: »Du kannst jetzt aufhören.«

Leon zögerte kurz, schaltete Mutzi dann aber wieder ab.

Ludwig erschlaffte und ließ das Bügeleisen los, das ihm mit voller Wucht auf den Fuß krachte. Er kippte wie ein gefällter Baum nach hinten. Der Aufprall klang dumpf und wuchtig.

»Er wird auf jeden Fall noch wochenlang an allen möglichen Stellen Schmerzen haben«, sagte Leon zufrieden, wobei er sich gleichzeitig das Kinn rieb. »Und ich auch.« Er begutachtete Tillys Wange. »Das gibt ne deftige Schwellung.«

»Hauptsache, ich atme noch. Wo ist mein Smartphone?«

»Das hat Ludwig in einen Gullideckel getreten«, erwiderte Leon. »Ich wusste nicht einmal, dass es die in einem Keller gibt.«

Tilly wandte sich ab und rannte in den Kellerraum. Sie fiel neben Sarah auf die Knie. »Hey, aufwachen.«

»Hab ich schon versucht, sie ist weggetreten«, kam es von Leon.

»Sichere du die Pistole, falls Ludwig noch mal aufwacht«, bat Tilly. »Aber nur mit einem Tuch anfassen.«

Vorsichtig tätschelte Tilly Sarahs Wange. Endlich entrang sich deren Kehle ein Stöhnen.

»W... was?« Sie blinzelte. »Oh, Tilly. Es ist so schön, dich zu sehen.« Sarah starrte sie mit glasigen Augen an. »Deine Haare sehen heute aber hübsch aus. Und deine rechte Wange, das will ich auch.«

»Äh, die Schwellung?«

»Genau.« Sarah kicherte.

»Er hat dir etwas gegeben«, begriff Tilly. »Deshalb warst du so weggetreten.«

»Eine Spritze«, erklärte sie. »Gutes Zeug. Ruf die Kollegen. Wähl einfach eins – eins – drei. Oder war es zwei?«

»Das bekomme ich schon hin aber zuerst benötigen wir Empfang.« Sie machte eine auffordernde Bewegung in Richtung Leon.

»Du bist so schlau.« Sarah nickte gewichtig. »Jetzt will ich auch diese Schwellung.«

»Später.«

»Versprochen?«

»Versprochen«, sagte Tilly. »Leon, bekommst du die Kellertür auf?« Sie blickte auf.

»Sag den Kollegen, sie sollen Donuts mitbringen«, verlangte Sarah. »Es gibt ein Geheimversteck in der Putzkammer, weil Stubsi dort nie nachsieht. Sonst würde er alles wegessen.«

Erst jetzt sah Tilly die Spritze, die seitlich am Boden lag. Sie nahm sie auf und konnte die Aufschrift mühsam entziffern. Valium Diazepam 10 mg/2 ml Injektionslösung. Sie hatte selbst einmal etwas Ähnliches bei einer Magenspiegelung injiziert bekommen. Die Halbwertszeit war lang, und nachdem es die betäubende Wirkung verloren hatte, versetzte es die betroffene Person in einen Zustand des absolut nervenden Humors. Antonia hatte sie damals zwar abgeholt, sich aber dazu überreden lassen, noch schnell etwas zu Essen kaufen zu gehen. Eine dumme Idee. Tilly hatte peinlicherweise einen Supermarkt aufgesucht und Zielübungen mit Cornflakespackungen in den Einkaufswagen gemacht. Dazu Leute ausgelacht und Regale umgeräumt. Der traurige Höhepunkt war eine aufgebaute Raviolidosenpyramide. Tilly hatte sich eine Orange aus dem Obstregal genommen und geworfen. Das Scheppern und Krachen hatte sie noch heute in den Ohren.

Leon machte sich an der Tür zu schaffen. Zwei Minuten später öffnete sich diese bereits. Eine grimmig dreinblickende Gerdy tauchte auf, gefolgt von Antonia, die sich halb hinter ihr versteckte.

»Schlag sofort zu«, flüsterte Tony. »Fragen stellen können wir später.«

»Ich hau dem so eine rein«, versprach Gerdy. »Der kann seine Familienplanung vergessen.«

»Ach, du schlägst ihm dorthin?«

»Ne, ins Gesicht«, erklärte Gerdy. »Aber ihn schaut dann halt niemand mehr an.«

Beide zuckten zusammen, als Tilly in den Türrahmen trat, und entdeckten gleichzeitig den bewusstlosen Ludwig. Gerdy wirkte fast bedauernd und streichelte ihren Baseballschläger.

»Lieblings-Blich, ich habe mir Sorgen gemacht.« Tony kam so schnell sie konnte näher, zuckte aber bei jedem Schritt zusammen. »Was ist denn mit dir passiert?«

Tilly winkte ab. »Nur eine Schwellung. Wir haben hier eine Polizistin unter Drogen, einen elektrogeschockten Mörder mit Nasenbluten, Bauunternehmer mit Beinschuss, Aktivistin mit Schock und einen tüchtigen Putz-Sidekick mit …« Sie blickte fragend zu Leon.

»Beule und blauen Flecken«, erklärte er.

»Ha«, freute sich Gerdy. »Dann bin ich wohl die Fitteste.«

Was bereits alles über ihre Truppe aussagte. Einen Marathon würden sie jedenfalls nicht gewinnen.

Sarah huschte an Tilly vorbei, bevor diese sie aufhalten konnte.

»Die ist ja hübsch.« Sie schnappte sich die Federboa und schlang sie sich um den Hals.

»Was hat sie denn abbekommen?«, fragte Gerdy.

»Valium«, erklärte Tilly.

»Oh, hartes Zeug. Hatte ich auch mal.«

»Darm- oder Magenspiegelung?«, fragte Tilly.

»Beides.« Sie nickte gewichtig. »Ab vierzig mache ich das alle fünf Jahre. Sicherheitshalber. War aber nie was.«

Leon verzog bei dem Gedanken das Gesicht. »Dann habe ich noch Zeit.« Er eilte zum Kanalgitter in Sichtweite und machte sich daran zu schaffen.

»Wieso seid ihr überhaupt hier?«, fragte Tilly.

»Also bitte.« Antonias Blick bekam etwas Anklagendes. »Ich habe natürlich im Revier angerufen, um Sarah zu sprechen. Dort wurde mir gesagt, dass sie in der Villa ist. Als dann diese seltsam gestelzte Textantwort kam, war mir sofort klar, dass etwas nicht stimmt. Weil wir diesem Kriminalhauptkommissar keinesfalls einen Vorwand geben wollten, euch alle zu verhaften, haben wir das einfach selbst geklärt.«

»War zumindest das Vorhaben«, sagte Gerdy. »Aber ihr hattet schon alles im Griff.«

Leon kehrte mit einem verdreckten aber noch funktionsfähigen Smartphone zurück, das er Tilly reichte. Sie nahm es mit einem dankbaren Nicken entgegen.

»Wischmopp, Essigreiniger und eine Kehrschaufel waren alles, was ich benötigt habe«, sagte sie. »Aber Leon hat mit Mutzi den Schlusspunkt gesetzt.«

»Darf ich den behalten?«, fragte Leon und hielt den Elektroschocker in die Höhe. »Der wäre in der Schule manchmal ganz nützlich.«

»Auf keinen Fall«, sagte Gerdy. »Du bringst es noch fertig und setzt einen Lehrer unter Strom.«

»Käme mir nie in den Sinn«, erklärte Leon. »Ich dachte da eher an den Sohn des Kriminalhauptkommissars.«

»Du willst deinen Ex schocken?«, fragte Tilly. »Das ist aber nicht sehr erwachsen.«

»Wir waren nicht zusammen«, stellte Leon klar und reichte Gerdy mürrisch den Elektroschocker.

»Ich fange jetzt auch gar nicht mit den rechtlichen Implikationen an«, mischte sich Antonia ein. »Du kannst nicht einfach herumrennen und Leute unter Strom setzen, auch wenn ich das Bedürfnis durchaus nachvollziehen kann.«

Tilly linste immer wieder in den Raum, um Dieter Lenz und Rosetta Taff im Blick zu behalten. Sie kümmerte sich rührend um den angeschossenen Bauunternehmer. Er wirkte bleich und zittrig, doch die Blutung war gestoppt. Bis der Krankenwagen eintraf, würde er durchhalten.

»Ich sollte mir auch einen Elektroschocker zulegen«, überlegte Sarah. »Das bitzelt bestimmt ganz toll. Und wenn Stubsi mal wieder frech wird ...«

»Du solltest diese Gedanken lieber für dich behalten. Mindestens bis morgen«, sagte Tilly langsam.

In wenigen Stunden wäre das Valium abgebaut, aber bis dahin war Sarah eine tickende verbale Zeitbombe. Vor allem, wenn ihr Chef gleich auftauchte, und das würde er zweifellos.

Tilly machte sich bereits auf das Schlimmste gefasst. Immerhin gab es hier ausreichend Zeugen, damit sie diese Sache ein für alle Mal aufklären konnten. Sie fasste die Ereignisse für Antonia und Gerdy zusammen.

»Nein«, entfuhr es Tony. »Er ist der Sohn von den beiden?« Sie deutete auf Rosetta und Dieter. »Er hat sogar
die Rita Busch umgebracht? Das waren aber ganz schön
viele Morde.«

»Das alles nur wegen des Tresors.« Gerdy stemmte die
Fäuste in die Hüfte und blickte auf die geschlossene Tür.
»Was da wohl für Schätze drin sind?«

Das interessierte Tilly ebenfalls brennend.

32. KAPITEL

Glücklicherweise traf der Krankenwagen zuerst ein. Tilly informierte die Rettungshelfer, während sie Sarah auf der Trage untersuchten. Ein zweiter Wagen transportierte bereits Dieter Lenz ab. Rosetta Taff stieg mit ihm ein und ließ sich auch nicht dazu bewegen auszusteigen.

Gerade als Kriminalhauptkommissar Stubs eintraf – die Presse im Fahrwasser –, rief Sarah: »Danke, Tilly Blich. Ohne dich hätten wir das nicht geschafft.« Glücklicherweise deutlich leiser ergänzte sie: »Ich will jetzt einen Kuchen.«

Letzteres ließ immerhin Gerdy lächeln.

»Was ist hier los?!«, blaffte Stubs. »Haben Sie wieder Chaos angerichtet?«

Tilly war sich durchaus im Klaren darüber, dass Kameras auf sie gerichtet waren. Solche mit Richtmikrofonen. Deshalb antwortete sie gelassen: »Genau genommen habe ich gemeinsam mit meinem tüchtigen Assistenten«, sie deutete auf Leon, »den Mörder für Sie überführt, Ihre Kommissarin und obendrein den Herrn Lenz gerettet. Ich erkläre Ihnen gerne alles im Detail.«

Stubs erbleichte. »In die Villa, sofort!«

Tilly ließ ihm seine Unverschämtheit ein letztes Mal

durchgehen. Denn wer hier ab jetzt Oberwasser hatte, war wohl klargestellt. Innerlich freute sie sich diebisch. Im Keller lag noch immer der bewusstlose Ludwig.

»Lunitz?«, sagte Stubsi und konnte seine Verblüffung nicht verbergen. »Das ist doch lächerlich.«

Tilly erklärte ihm die Zusammenhänge.

»Wir hatten diesen Stand der Ermittlung natürlich ebenfalls fast erreicht«, sagte Stubsi, nachdem er sich wieder gefangen hatte. »Ohne Ihre ständigen Einmischungen wäre das sicher noch schneller gelungen.«

»Das können Sie der Presse gerne genau so schildern.«

Damit wandte Tilly sich ab und stieg hinter den Polizisten, die Ludwig Lunitz abführten, die Treppe hinauf. Oben warteten bereits Antonia, Gerdy und Leon. Es war mittlerweile Mitternacht.

»Müssen wir auch noch unsere Aussagen machen?«, fragte Leon.

»Das reicht morgen auf der Wache«, erklärte Antonia. »Wir können jederzeit gehen.«

»Du wirst mal eine tolle Anwältin«, verkündete Leon.

»Oh, das war jetzt total süß geschleimt.« Sie nahm ihn in den Schwitzkasten und rubbelte über seine Haare.

»Hey, das ist gemein. Ich kann mich nicht wehren, weil du Invalidin bist.«

»Die Invalidin kitzelt dich gleich so lange, bis du vor der versammelten Presse keine gute Figur mehr abgibst.«

Beide kicherten um die Wette.

Tilly wurde bei diesem Anblick warm ums Herz.

»Das sind die schönen Seiten von Untertannberg.«
Gerdy knuffte sie mit dem Ellbogen.

Sicherheitshalber gab Tilly ein kurzes Interview, damit
Stubsi nicht auf die Idee kam, irgendwelche Märchen zu
erzählen, und versprach, dass sie am morgigen Tag aus-
führlich berichten würde. Danach fuhren sie alle gemeinsam zurück zu *Plitz & Blank*.

Tilly war müde, und Antonia sah nicht viel besser aus.
Doch sie wollte noch nicht wieder nach Hause. Die Ereignisse der letzten Stunde und die damit verbundene Anspannung ließen sie nicht los.

Muffin freute sich riesig, sie alle wiederzusehen, und
wich nicht von Tillys Seite.

»Hier muss dringend eine Couch her«, sagte Leon und
blickte sich fachmännisch um.

Gerdy verschwand in der Küche und kehrte mit einer
Kuchenplatte zurück. »Habe ich vorhin gebacken, ich war
so aufgeregt und musste was tun.«

»Ja, Kleiner.« Tilly knuddelte Muffin. »Musstest du ein
wenig allein bleiben? Das tut mir leid.« Sie packte ein paar
Leckerlis aus und versorgte den Winzling damit. Zufrieden verschlang er sie.

Im nächsten Augenblick sauste er zu Antonia und ließ
sich ausgiebig streicheln. Dabei beugte er immer wieder
seinen Kopf zurück und streckte sich.

Gerdy verteilte Teller und Besteck.

Leon saß wie immer im Schneidersitz auf der Theke
und schaufelte dort Kuchen in sich hinein.

Tilly saß an ihrem Schreibtisch und tat es ihm nach. Gerdy wirkte einfach glücklich.

»Demnächst musst du aber nach Hause«, sagte Tilly an Leon gewandt. »Deine Eltern werden bald in den Nachrichten von deiner Heldentat hören.«

Seine Wangen färbten sich rot. »Ach, die schlafen bestimmt schon.«

»Dann bist du besser im Bett, wenn sie aufstehen und es erfahren«, merkte Antonia an. »Die werden nämlich nicht gerne hören, dass ein Mörder dich umbringen wollte.«

»Hey, ich habe ihm mit Mutzi eine verpasst«, sagte er stolz. »Das ist die Hauptsache.«

»Das bedeutet dann wohl wieder einen Signiermarathon im Kiosk«, überlegte Tilly laut. »Wird Frau Stoffelich freuen.«

»Solange niemand die Mörderinnensignatur zurückgeben will.« Antonia kicherte. »Jetzt, wo du das quasi nicht mehr bist.«

»Was heißt hier quasi?«, fragte sie.

»Stubsis Hoffnung auf Ruhm hast du immerhin ermordet«, erklärte Antonia.

»Sei dir nicht so sicher«, warf Leon ein. »Der ist ein Stehaufmännchen. Hat bisher noch jede Inkompetenz überlebt. Würde mich nicht wundern, wenn er es tatsächlich auf Tilly abwälzt. Oder gar auf Sarah.«

»Das soll er mal versuchen.« Tilly presste wütend die Lippen zusammen.

Auf keinen Fall würde sie zulassen, dass irgendwelche

Schuldzuweisungen die Runde machten. Am besten gab sie schnellstmöglich ein die Wogen glättendes Interview. Schließlich wollte sie nicht unter verschärften Bedingungen arbeiten müssen.

Muffin streckte sich »zufällig« ein wenig mehr, öffnete sein Maul und inhalierte Antonias Kuchen mit einem Haps.

»Nein!«, rief die. »Spuck ihn sofort wieder aus.«

Muffin schluckte.

»Böser Hund«, schimpfte Tony.

Bedauerlicherweise streichelte sie dabei weiter, was zu einem freudigen Schwanzwedeln Muffins führte und erzieherisch zweifellos ein absoluter Fehlschlag war.

Tillys Gedanken wanderten unweigerlich zu Sascha. Der wusste vermutlich noch von nichts. Sie zog ihr Smartphone hervor und tippte ihm eine grobe Zusammenfassung in eine Textnachricht.

Nachdem der Kuchen vertilgt worden war, verabschiedeten sich Gerdy und Leon. Tilly schloss ab und schlenderte mit Antonia und Muffin durch das nächtliche Untertannberg. Spätestens morgen früh würde die Stadt eine andere sein. Dann nämlich würde sich die Nachricht von Haus zu Haus verbreiten, dass der Mörder gefasst worden war.

»Endlich lächelst du mal wieder, Blichy«, sagte Tony und kuschelte sich an sie.

»Es gibt ja auch endlich mal wieder Grund dazu.«

Sie erreichten Tillys Wohnung, und Muffin schoss

durch den Spalt auf sein Körbchen zu. Er packte es mit den Zähnen und zog es in Richtung Schlafzimmer.

»Keine Angst, ich lasse dich nicht mehr so lange allein«, versprach Tilly.

Antonia bestand darauf, wieder auf die Couch zu ziehen und das Bett freizugeben. Tilly war sich nicht sicher, ob das Großmut war oder sie auf dem Wasserbett schlicht schrecklich geschlafen hatte. Bei einer früheren gemeinsamen Schifffahrt hatte sich Antonia im Minutentakt übergeben.

»Gute Nacht, Lieblings-Blich«, sagte Tony.

»Gute Nacht, Tony-Teufel«, erwiderte Tilly.

Der kommende Morgen brachte wie vermutet einen Pulk an Fotografen, der problemlos herausgefunden hatte, wo Tilly wohnte. Sie gab ein ausführliches Interview und verwies für weitere Fragen auf die Polizei.

Antonia präsentierte bereits die ersten Onlineartikel, in denen Tilly als eine Art weiblicher Sherlock Holmes dargestellt wurde. Stubs musste schäumen. Immerhin wurde auch Sarah erwähnt.

Gerade wollten sie gemeinsam aufbrechen, als Tillys Smartphone vibrierte. Sascha bat sie, in die Villa von Rita Busch zu kommen.

Als sie mit Antonia eintraf, standen auch Gerdy und Leon bereits vor der Tür. Kurz darauf traf Sarah ein.

»Da sind sie ja alle, meine Lebensretter.« Sie grinste breit.

»Wie geht es dir?«, fragte Tilly.

Sarah errötete. »Wieder ganz gut. Das Valium hatte sich recht schnell abgebaut. Nur diese Lust auf Kuchen ist geblieben.«

Gerdy nickte verstehend. »Ich bring dir nachher einen.«

»Du bist ein Schatz, Gerdy.«

Einige Minuten später traf Sascha ein. An seiner Seite war ein Mann im dunklen Anzug. Er trug einen spitz zulaufenden Kinnbart, besaß schütteres Haar und ein schmales Gesicht. Lachfalten würde er in seinem Leben vermutlich keine mehr entwickeln.

»Das ist mein Anwalt, Doktor Wilhelm Muffel«, erklärte Sascha.

Tilly war stolz auf sich. Sie brach nicht in Gelächter aus. Auch Antonias Mundwinkel zuckten nur kurz.

»Toller Name«, verkündete Leon.

Tilly stöhnte auf.

»Was? Ich spreche nur das Offensichtliche aus.«

»Sollten Sie jemals vor Gericht stehen, empfehle ich Ihnen, genau das nicht zu tun«, sagte Doktor Muffel trocken. »Mein Mandant hat mich gebeten hierherzukommen, um den Tresor zu öffnen.«

»Schließlich möchten wir alle wissen, wofür Ludwig die Morde begangen hat«, sagte Sascha. »Deshalb habe ich auch Kriminalkommissarin Sarah Kraft hinzugebeten.«

Sie betraten gemeinsam die Villa. Dieses Mal ganz ohne Türaufbrechen. Es ging die Treppe hinunter in den Keller. Im Tageslicht wirkte alles weniger bedrohlich, die Ereignisse der vergangenen Nacht entfernten sich mit jeder verstreichenden Minute weiter.

Am Tresor, der mit einem Codeschloss in Form eines Rades versehen war, zog Doktor Muffel einen Zettel hervor. »Die Nummer hat uns Frau Busch jeden Monat neu zukommen lassen. Der Inhalt war ihr sehr wichtig.«

Sascha nahm ihn entgegen und drehte das Rad. Es klackte mehrfach, dann gab es einen dumpfen Laut. Der Sicherungsbolzen hatte sich gehoben.

»Ich bin so aufgeregt.« Leons Wangen glühten.

»Geht mir genauso«, kam es gelassen von Gerdy.

»Spielst du Poker?«, fragte Antonia mit gerunzelter Stirn.

»Regelmäßig.«

»Merkt man.«

Sascha zog die Tresortür auf. Mit angehaltenem Atem betrat Tilly hinter ihm den Raum.

»Was ist das?!«, rief Leon.

Er war nach ihr hippelig in den Tresor gesprungen und streckte seinen Wuschelkopf an ihr vorbei.

Vor ihnen türmten sich bemalte Teller neben geprägten Münzen. Es gab einen Stapel alter Bücher, die noch in Altdeutsch gedruckt waren.

»Das dürften dann wohl alles Dinge sein, die ihr mal wichtig waren«, kommentierte Tilly.

Sarah nahm einen der Teller und betrachtete ihn. »Die sind nicht mal hübsch.«

»Der Wert von Kunst liegt stets im Auge des Betrachters«, sagte Doktor Muffel. »In diesem Fall kann ich den Blick jedoch ebenfalls nur mühevoll nachvollziehen.«

»Das haben Sie schön gesagt.« Leon knuffte den Anwalt grinsend in die Seite. »Sie sollten Lyriker werden.«

Doktor Muffel ließ lediglich eine Braue in die Höhe wandern.

Tilly wusste auf jeden Fall, welchen Anwalt Leon keinesfalls kontaktieren würde, sollte er eines Tages vor Gericht stehen. Was hoffentlich nie geschah. Sie ging zu einem Kasten in der Ecke und konnte nur ungläubig den Kopf schütteln. »Eine Korkensammlung.«

Immerhin, sie erspähte auch ein gebundenes Fotobuch und erinnerte sich daran, dass Franz Buchholz darum gebeten hatte. Sascha erlaubte Sarah, es mitzunehmen. Sie würde es Franz Buchholz zukommen lassen.

»Das richtest du Ludwig aber bitte aus, ja?«, sagte Gerdy an Sarah gewandt. »Er hat all diese schrecklichen Dinge getan, für das hier.« Sie machte eine ausladende Armbewegung.

»Keine Sorge, er wird es erfahren«, versprach sie. »Er ist auch nicht der Einzige. Dieter Lenz war am Verkauf der Gemälde beteiligt. Das Geld steht eigentlich Sascha als rechtmäßigem Erben zu.«

»Wir werden natürlich zivilrechtlich als Nebenkläger aktiv«, versicherte Doktor Muffel. »Dieter Lenz muss für Ausgleich sorgen.«

Antonia beugte sich zu Tillys Ohr herüber. »Der ist ja schrecklich.«

»Du wirst mal eine sehr elegante eloquente und engagierte Anwältin.« Tilly tätschelte ihr die Hand.

»Das gefällt mir.« Antonia blickte sinnierend zur Decke. »Antonia Marschler – elegant, eloquent, engagiert.«

»Wie wär es mit Antonia Teufel?«, schlug Tilly vor. »Künstlername.«

»Du bist wirklich gut.«

Nacheinander verließen sie den Tresor. Dieses Kapitel war endgültig abgeschlossen.

33. KAPITEL

Die Sonne lugte hinter den Baumwipfeln hervor, in der Luft lag der Geruch von feuchtem Laub. Unter ihren Schuhen knirschte der Kies.

Die Welpen tollten im Gras. Mal wurde spielerisch gerauft, dann genossen vor allem die Dackel den weiten Auslauf.

»Hund müsste man sein«, sagte Tilly sinnierend.

Sascha lachte neben ihr auf. »Aber nur mit einem guten Herrchen. Es gibt viel zu wenige.« Er blickte stolz auf die Welpen. »Mit dem neuen finanziellen Zufluss konnte ich einen weiteren Mitarbeiter einstellen. Wir bieten ab nächstem Monat Hundeführerscheine an. Damit Herrchen und Frauchen auch wissen, wie sie ihren vierbeinigen Freund richtig erziehen.«

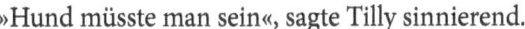

Tilly analysierte seinen Blick und schürzte die Lippen. »Lass mich raten, du empfiehlst mir, mich einzuschreiben?«

»Hiermit bist du angenommen.« Er zwinkerte ihr zu.

Sie hatten das Haus verlassen. Zuerst hatte Sascha Tilly die Hunderettungsstation gezeigt. Hier wurden jene Vierbeiner aufgepäppelt, die an Raststätten zurückgelassen worden waren oder aus Tötungsstationen im Ausland nach Deutschland gekommen waren. Spezielle Hundetrainer kümmerten sich um die traumatisierten Geschöpfe, bis sie wieder mit Artgenossen zusammengebracht werden konnten.

»Ich denke darüber nach, die Zucht auf Corgis auszuweiten«, sagte Sascha.

»Die sind süß.« Tilly erinnerte sich an die Dokumentation, die sie über die verstorbene Queen gesehen hatte.

»Das zusätzliche Geld könnte ich an weitere Hilfsorganisationen spenden.« Sascha sah nachdenklich auf die Welpenbande.

»Du bist ein guter Mensch«, sagte Tilly und wandte schnell den Blick ab. Wurde sie etwa schon wieder rot? Ihre Wangen glühten auf jeden Fall.

Sascha sah kurz zu ihr hinüber, blickte dann aber flink zu den Welpen. »Geht es deinen Freunden allen gut?«

»Antonia ist nach Hause gefahren«, erwiderte Tilly. »Ihre Krankschreibung läuft morgen aus, dann geht es wieder an die Arbeit im Nagelstudio. Leon hat in zwei Tagen eine Klausur, für die er ausnahmsweise mal lernen muss. Gerdy nimmt eifrig neue Kunden an, die mich buchen wollen. Sie hat einen Fragenkatalog entwickelt, um herauszufinden, ob sie mich nur ausfragen wollen oder tatsächlich eine Reinigungskraft benötigen.«

»Habe ich da nicht etwas von einem Fernsehinterview gehört?«

Tilly bückte sich und streichelte Muffin, der angelaufen kam. Nach kurzem Schwanzwedeln schoss er wieder davon, um mit seinem neuen besten Freund – einem

Dackel – herumzutollen. »Ich habe die Reporter an Sarah verwiesen.«

Saschas Augenbraue wanderte in die Höhe. »Ach?«

»Jaaa. Stubs macht ihr das Leben zur Hölle, weil sie ohne Rücksprache in die Villa gegangen ist. Er hat anfangs sogar versucht, die Schuld für alle möglichen Fehler auf sie abzuwälzen. Von wegen ›Spuren wurden übersehen‹ und so was. Aber ich habe ein Zeitungsinterview gegeben und einem Reporter aus Köln gleich eines hinterher. Darin habe ich erklärt, dass Sarah und ich quasi gleichzeitig auf die Lösung kamen. Das hat die Meute davon abgehalten, ›den Schuldigen‹ zu suchen. Sie gibt das Interview heute Abend, und damit ist sie vor irgendwelchen bürokratischen Attacken durch Stubs gesichert. Leider kann er ihr trotzdem alle möglichen langweiligen Büroarbeiten zuweisen.«

»Das tut mir leid.«

»Er und der Staatsanwalt sind total dicke«, sagte Tilly. »Stubs scheint unangreifbar, trotz mehrfacher Inkompetenz.«

»Erinner mich bloß nicht an den Staatsanwalt.« Sascha schüttelte den Kopf. »Der wollte damals einen Dackel von mir kaufen. Habe abgelehnt, weil er eine völlig falsche Vorstellung davon hatte, wozu so ein Hund da ist. Sicher nicht, um freche Kinder zu jagen, die mal über die Mauer klettern. Er ist dann wohl zu einem anderen Züchter gegangen. Bassets hält er zudem für nutzlose überdimensionierte Plüschtrottel.«

Tilly stieß aus Reflex ein wütendes Knurren aus. »Sorry, mein Beschützerinstinkt.«

»Gut so. Es wird doch.«

Irgendwie war Sascha plötzlich näher gerückt. Sein Lächeln schwebte direkt vor ihrem Gesicht, seine Augen blitzten im Herbstlicht. Sie versank darin. Ihr Gehirn war leergefegt, kein Wort mehr auffindbar.

»Du hast da was«, sagte er mit kratziger Stimme und zupfte etwas aus ihrem Haar.

»Der Trick ist alt.«

Sascha hielt ihr ein langes weißes Haar vors Gesicht. »Das ist aber nicht von dir.«

»Oh.« Sie wurde noch röter. »Das war wohl Muffin.«

»Ich würde nie gemeine Tricks anwenden.«

»Warum denn nicht?«, entfuhr es Tilly.

Weitere süße Grübchen erschienen um Saschas Mund herum. Er kam noch näher.

»Ah, Frau Blich!«, erklang eine Stimme.

Sie drehten beide den Kopf.

Vor ihnen stand Kriminalhauptkommissar Stubs, dem Tilly in diesem Augenblick wirklich gerne einen Wischmopp übergezogen hätte. Gleichzeitig wirkte es völlig surreal, dass er hier war.

»Störe ich?«, fragte er mit einem süffisanten Grinsen.

»Immer«, erklärte Tilly und trat einen Schritt zurück.

Das Grinsen erlosch wie ausgeknipst. »Dann wissen Sie jetzt, wie sich das anfühlt, wenn Sie ständig an Mordschauplätzen auftauchen.«

»Hat immerhin zur Lösung des Falls beigetragen«, stellte sie klar.

»Wir haben lediglich so lange benötigt, weil Sie zu Beginn der Sache Spuren zerstört haben«, beharrte Stubs. »Seien Sie bloß froh, dass ich das den Reportern nicht erzählt habe. Aber Untertannberg braucht nach dieser Phase wieder etwas Ruhe. Daher gönne ich der Kollegin Kraft ihren Platz im Rampenlicht.«

»Und Sie sind hierhergekommen, um mir das zu sagen?«, fragte Tilly.

»Nicht doch.« Stubs griff in die Tasche seines Mantels und zog ein Kuvert hervor. »Das wollte ich Ihnen persönlich übergeben.«

»Eine Belohnung?« Tilly nahm es entgegen.

»Mir ist zu Ohren gekommen, dass Sie auch die Frau unseres verstorbenen Bürgermeisters Blechle ›befragt‹ haben. Dabei haben Sie wohl Eindruck gemacht. Ilse war ganz aufgelöst und hat beim Finanzamt ihre Steuer korrigieren lassen. Es scheint fast, als hätte Ihr Vorgänger beim verstorbenen Bürgermeister unter Umgehung unserer Steuergesetze geputzt. Wer weiß, wo sonst noch?«

»Dafür kann man Tilly kaum verantwortlich machen«, sagte Sascha grimmig.

»Richtig, richtig.« Stubs nickte jovial. »Allerdings hat sie bei der Übernahme der Firma davon erfahren. Sie ist trotzdem noch einmal dorthin gegangen und hat ihre Tätigkeit ausgeübt. Schwarz. Das Finanzamt war sehr interessiert.«

Tilly erbleichte. Daran hatte sie gar nicht gedacht. Sie hatte von der illegalen Tätigkeit nicht nur durch das schwarze Buch gewusst, sie hatte diese sogar weitergeführt.

»Aber … das war doch nur für die Ermittlung.«

»Ich bin absolut sicher, dass mein guter Freund beim Finanzamt, der in Kürze bei Ihnen eine Steuerprüfung durchführt, das genauso sieht«, sagte Stubs, der seinen Triumph nur mühsam unterdrücken konnte. »Das Ganze geht ruckzuck über die Bühne, und dann können Sie Ihre Firma weiter aufbauen. Es sei denn, es kommt eine gewaltige Nachzahlung. Nun ja, vielleicht umgehen Sie diese ganzen Probleme und fahren einfach zurück nach Köln. Nur eine Idee. Schönen Tag noch.«

Zufrieden pfeifend schlenderte Stubs in Richtung Wohnhaus davon, wo Tilly den Farbklecks seines Autos erkennen konnte. Sie riss den Brief auf und überflog die Zeilen.

»Das ist eine Katastrophe«, hauchte sie. »Ich habe keinen Cent mehr übrig. Wenn ich nachzahlen muss, was Plitz schwarz erwirtschaftet hat oder gar irgendetwas Strafrechtliches abbekomme …« Ihre Euphorie schwand wie der frühmorgendliche Nebel zwischen den Bäumen.

»Das tut mir so leid.«

Tilly spürte die Kluft, die sich zwischen ihr und ihm auftat. Sascha war reich. Er musste sich die nächsten Jahre keine Gedanken mehr über Geld machen.

Sie besaß gar nichts. Weniger als vor ihrer Ankunft in Untertannberg. Selbst Leon hatte Sascha bereits, wenn auch im Scherz, als guten Fang bezeichnet. Sie wollte auf keinen Fall die arme Putze sein, die sich von ihm permanent unterstützen ließ. Ihre Probleme wollte sie allein lösen.

Tilly schob den Brief in ihre Tasche und wandte sich ab. »Ich muss zurück in die Firma.«

Kurz sah sie das enttäuschte Aufblitzen in Saschas Augen. Doch er nickte nur sanft. »Natürlich. Ich bringe dich noch zu deinem Wagen.«

In dem saß sie bereits fünf Minuten später. Die Hunderanch blieb hinter ihr zurück. Sie wurde von grauen Wolken über Untertannberg begrüßt, die ihre Stimmung perfekt spiegelten.

EPILOG

Tilly hatte den Tag damit verbracht, in der Firma die Stellung zu halten. Sie wollte im Internet zum Thema Steuerprüfung recherchieren, doch ihr Uraltrechner war abgestürzt. Wütend hatte sie die Faust auf den Tisch gedonnert, woraufhin eine der vier Stützen gebrochen war.

Die folgenden Putzaufträge hatten es nicht durch Gerdys Raster geschafft. Es handelte sich lediglich um neugierige Mordinteressierte. Sie hatte klargestellt, dass die Firma keinerlei Interesse hatte, weiter über den Fall zu sprechen. Gerdy hatte versprochen, später noch mit einem warmen Apfelstrudel vorbeizukommen.

Tilly streichelte Muffin, ging mit ihm spazieren und versuchte, ihre Gedanken auf etwas Schönes zu lenken. Doch so sehr sie sich bemühte, die über ihr schwebende Steuerprüfung drückte sie zu Boden.

Gegen Nachmittag klingelte das Telefon. Die örtliche Post bat darum, dass sie ihr Paket abholte. Da Ludwig nicht mehr zur Verfügung stand, musste erst ein neuer Postbote aufgetrieben werden.

Tilly reihte sich also in eine lange Schlange wütender Menschen ein. Es stellte sich heraus, dass Antonia ihr ein Paket geschickt hatte, in dem es verdächtig klirrte. Glücklicherweise hatten die Flaschen den Transport überstanden. Es handelte sich um ein zweites Paket Kölsch. Zurück in der Firma öffnete Tilly eine Flasche und genoss den prickelnden Geschmack. Es schmeckte wie Heimat.

Sollte sie es tatsächlich machen? Einfach nach Köln zurückkehren, ihren jämmerlichen Versuch, eine Firmenchefin sein zu wollen, aufgeben? Die meisten Menschen waren als Angestellte glücklich. Wer versuchte, als selbstständige Person Fuß zu fassen, wurde doch nur belächelt. Oder gleich für wahnsinnig gehalten. Ausufernde Bürokratie und 24/7-Arbeit gehörten dazu. Scheiterte man, war man der große Verlierer.

Tilly stellte wütend die Flasche ab. Wenn sie sich zwischen ihrer Freiheit und der verdammten Pseudosicherheit eines Jobs entscheiden musste, wählte sie die Freiheit. Dafür würde sie verdammt noch mal kämpfen. Notfalls würde sie eben ihren Vorgänger finden, an den Haaren ins Finanzamt schleifen und die Sache vollständig aufklären lassen. Oder seine Ex-Frau. Die hatte schließlich das zweideutige Inserat geschaltet.

»Du hast nie aufgegeben, Tilly Blich, jetzt fang gar nicht erst damit an«, sprach sie sich selbst Mut zu.

Am Nachmittag traf Gerdy ein. Beladen mit einem Tablett voller vorgeschnittener Stücke Apfelstrudel. »Du siehst aus, als bräuchtest du etwas für die Seele.«

Leon schien einen Radar für Kuchen zu besitzen, denn kurz darauf knallte er gegen die Tür und marschierte grummelnd zur Kaffeemaschine. Er hatte eine neue Röstung dabei, die er in den Bohnenschacht schüttete. »Meine Eltern lassen sich immer neue Sorten zum Austesten liefern. Diese hier hat einen nussigen Grundgeschmack und einen geringen Säuregehalt.«

»Wissen deine Eltern, dass du sie mitgenommen hast?«, fragte Tilly vorsichtig.

»Klar.« Er reckte stolz die Brust heraus. »Zuerst haben sie mich angebrüllt, weil ich mich mit einem Mörder angelegt habe. Dann haben sie beide geweint, weil mir etwas hätte passieren können. Später kam meine Mutter und hat mir die Bohnen in die Hand gedrückt. Für dich, weil du auf mich aufgepasst und obendrein einen Mörder zur Strecke gebracht hast. Und du sollst dich von Stubs auf keinen Fall ärgern lassen.«

»Das wäre dann wohl der richtige Zeitpunkt, um es euch zu sagen.« Sie legte den Brief des Finanzamts auf den Tisch. »Oder lest am besten selbst.«

Gerdy setzte ihre Brille auf und begann zu lesen.

Leon schaltete zuerst die Kaffeemaschine ein, er konnte einfach Prioritäten setzen.

»Dieser dämliche Hundsfot«, entfuhr es Gerdy.

»Ach, das ist schwäbisch?«, fragte Tilly.

»Ist es nicht«, stellte Gerdy klar. »Aber in manchen Fällen greife ich auch zu außerschwäbischen Beleidigungen.«

Leon las ebenfalls. »Oha. Aber wundert mich nicht. Stubs hat seine Lauscher überall. Das darfst du dir nicht gefallen lassen.«

»Gegen eine Prüfung kann ich kaum etwas machen«,

sagte Tilly. »Aber wo sind denn die Unterlagen? Ich konnte den Computer nicht prüfen, weil er abgestürzt ist.«

Leon verschränkte die Arme. »Vergiss das Ding. Ich habe mir schon einen Plan gemacht. Ein Kumpel von mir ist spitze damit. Wir bauen dir was komplett Neues auf.«

»Dann bitte auch einen neuen Schreibtisch«, bat Tilly.

»Darum kümmere ich mich gleich«, sagte Leon.

»Komm mal mit.« Gerdy winkte ihr zu, während Leon sich am Tisch zu schaffen machte.

Es quietschte, als Gerdy eine Tür zu den rückwärtigen Räumen öffnete. Tilly hatte bisher lediglich einen kurzen Blick hineingeworfen, das meiste war Gerümpel. Gestapelte Kisten, veraltetes Putzgerät und vieles mehr. Vor einem Metallregal blieb Gerdy stehen. Es war von oben bis unten mit Schuhkartons befüllt. Sie nahm einen heraus und öffnete ihn.

Tilly starrte entsetzt hinein. »Sind das Belege?«

»Und Rechnungen.« Gerdy nickte. »Der Tim hatte es nicht so mit Buchhaltung.«

»Ich sehe Nachtschichten vor mir«, sagte Tilly mit krächzender Stimme. »Viel Zeit bleibt uns nicht. Die Prüfung ist in wenigen Wochen.«

»Tut mir leid«, sagte Gerdy. »Ich habe die vor ein paar Tagen gefunden, wollte dir aber in all dem Trubel nicht noch mehr Kopfschmerzen bereiten. Das kriegen wir schon alles hin. Gemeinsam.«

»Ich schwör dir, dieser Tim Plitz kann etwas erleben.« Sie stemmte die Fäuste in die Hüfte. »Der kann nicht einfach abhauen und mich hier auf einem Trümmerberg samt Steuerprüfung sitzen lassen. Am Tag der Prüfung befindet der sich hier.«

»Stell dich hinten an«, sagte Gerdy. »Seine Frau will ihn auch unbedingt in die Finger bekommen. Hat bisher leider nicht geklappt.«

»Ich habe einen Mord aufgeklärt, da finde ich auch einen flüchtigen Ex-Mann«, sagte Tilly grimmig entschlossen.

»Tilly, Gerdy!«, rief Leon. »Kommt mal.«

Der Schuhkarton mit den Belegen wanderte mit einem schabenden Geräusch zurück ins Regal. Im Hauptraum stand Leon neben dem noch immer schiefen Tisch und hielt ein Pappkuvert in den Händen. Muffin stand neben ihm, reckte die Schnauze und prüfte, ob es sich um etwas Essbares handelte.

»Der war unten an den Tisch geklebt«, sagte Leon. »Ich wollte eines der Beine unterlegen, und habe ihn dabei entdeckt.«

Tilly nahm das Kuvert entgegen. Es fühlte sich schwer an. Etwas bewegte sich darin, eindeutig Metall. Sie riss an der Lasche und hielt das Kuvert schief. Mit einem Klirren landete ein Schlüssel auf dem Tisch.

Alle drei starrten darauf.

Tilly blickte mit gerunzelter Stirn in das Kuvert, griff hinein und zog ein Blatt Papier heraus. Sie faltete es auseinander und las. Gerdy und Leon schauten ihr über die Schulter.

Wenn ich verschwinde, benutze den Schlüssel.
Vielleicht kannst du mich noch retten.
Timothy

Tilly zweifelte keine Sekunde daran, dass mit Timothy niemand anderes gemeint war als Tim Plitz. Ihr Vorgänger. Damit erschien sein Verschwinden in einem völlig neuen Licht.

»Sieht so aus«, sagte Tilly leise, »als hätten wir ein weiteres Rätsel zu lösen.«

Ende

Wird Tilly die Steuerprüfung überstehen? Und was ist mit ihrem Vorgänger wirklich passiert? Im zweiten Fall für Tilly Blich geht es rasant weiter. Lest hier schon exklusiv den Prolog.

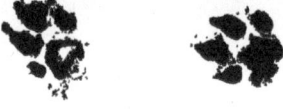

PROLOG BAND 2

Peinlicher konnte ein Probeputzen nicht verlaufen! Tilly ärgerte sich immer noch über Leons Unverfrorenheit, während sie die Bremse des Putzwagens mit einem Tritt einrasten ließ. Der blaue Müllsack war gefüllt mit dem Abfall aus dem Büro des Sportlehrers, das direkt an die Turnhalle des Gymnasiums grenzte.

Sie blickte sich erstmals richtig um. Reck und Barren waren noch aufgebaut, hier hatte wohl jemand vergessen, die Sportgeräte wegzuräumen.

In der Halle roch es nach verschwitzten Sportklamotten und Gummimatten, gemischt mit etwas, das sie nicht einordnen konnte. Tilly war froh, dass sie ihren kleinen Basset Muffin nicht mitgebracht hatte. Wahrscheinlich hätte er hier erst einmal überall sein Revier markiert. Ein ganz schlechtes Vorbild für die jüngeren Schüler.

Dummerweise hatte sie einen Leon dabei, der das gerne übernahm. Nicht das Reviermarkieren, aber die Sache mit dem schlechten Vorbild. Dem würde sie mal ordentlich die Leviten lesen müssen. Ein Benimmkurs für Putzkräfte wäre vielleicht auch eine gute Idee.

Tilly griff nach einem Lappen und machte sich an die Arbeit. Wieder erschnupperte sie diesen Geruch, den sie

364

nicht recht einordnen konnte. Etwas Vertrautes, doch was? Seitlich der Turnhalle befanden sich Abstellräume. Drei davon waren verschlossen, aber einer stand offen. Sie kannte solche Räume noch aus ihrer eigenen Schulzeit. Man musste sich bücken und einen Hebel am Boden betätigen, dann wurde die Tür wie bei einer Garage nach oben geschoben. Barren und Reck würden da wohl hineinpassen. Tilly war bereit, auch die Geräte zu putzen, aber sie würde sie auf keinen Fall wegräumen. Das gehörte eindeutig zu den Aufgaben des Sportlehrers.

Sie nahm die Sprühflasche und wischte alle Flächen gründlich ab. Da sie heute zum ersten Mal in der Schule putzte, musste das Ergebnis perfekt sein. Sie würde sich keinen Moment wundern, wenn ein paar Eltern hereingeschlichen kämen, um ihre Leistungen höchstpersönlich zu überprüfen.

»Wer wird heute noch freiwillig Lehrer?« Sie blickte nach rechts, in der Erwartung, dass Muffin sie treuherzig ansah – und ihr zustimmte.

Wie schnell man sich doch an einen Hund gewöhnen konnte. Prompt vermisste sie ihn.

Tilly schüttelte den Kopf und wandte sich der offenen Abstellkammer zu. Kam von dort dieser seltsame Geruch? Es roch nach Minze und Zitrusfrüchten mit einem Hauch von Metall. Fast wie der Kirschsaft, den ihre beste Freundin Antonia einmal hatte trinken müssen, weil der angeblich gegen ihren Eisenmangel half. Das Zeug schlug total auf den Magen.

Wieder mit dem Wischmopp ausgerüstet, betrat Tilly den Raum. Heute brauchte sie eine Eins mit Sternchen in Sauberkeit.

Sie wischte, umrundete eine breite blaue Matte …

… und erstarrte in der Bewegung.

Vor ihr lag ein Mann, die Augen weit geöffnet. Doch er sah nichts mehr. Sah nichts, fühlte nichts, hörte nicht Tillys resignierten Ausruf.

»Nicht schon wieder!«

Sie zückte ihr Smartphone und wählte die Nummer von Kriminalkommissarin Sarah Kraft.

Die Eins konnte sie heute vergessen.

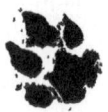

Stevens & Suchanek

Hochgeschwindigkeitsthriller aus deutscher Feder, raffiniert und voller falscher Fährten

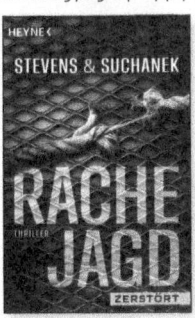

Kristina Hortenbach

Die perfekte Mischung aus Spannung und Humor, garniert mit vielen Gartentipps und einer bunten und liebenswerten Figurenriege

978-3-453-44152-1

978-3-453-42816-4